大是文化

這僅有一次的人生，一定要讀蘇東坡

…你遇到了什麼，
…蘇東坡就能療癒。

…學者、暨南大學教授、
…師
◎著

▶〔元〕趙孟頫〈東坡小像〉（〈行書赤壁賦〉局部）

畫中的蘇東坡手持竹杖，眼神平靜，從容的注視著前方。這正是那首著名詞作〈定風波．莫聽穿林打葉聲〉中，描繪的蘇東坡「竹杖芒鞋輕勝馬」的瀟灑形象。

圖片來源：國立故宮博物院。

▶〔元〕趙孟頫（傳）〈西園雅集圖〉

西園是北宋駙馬都尉王詵的宅第花園。元祐元年（一〇八六年），王詵曾邀蘇東坡、黃庭堅、米芾、秦觀、李公麟以及圓通大師等十六位文人名士在此遊園聚會，史稱西園雅集。當時，一眾文人名士聚集於此，揮毫潑墨、吟詩賦詞、撫琴唱和，極盡宴游之樂。

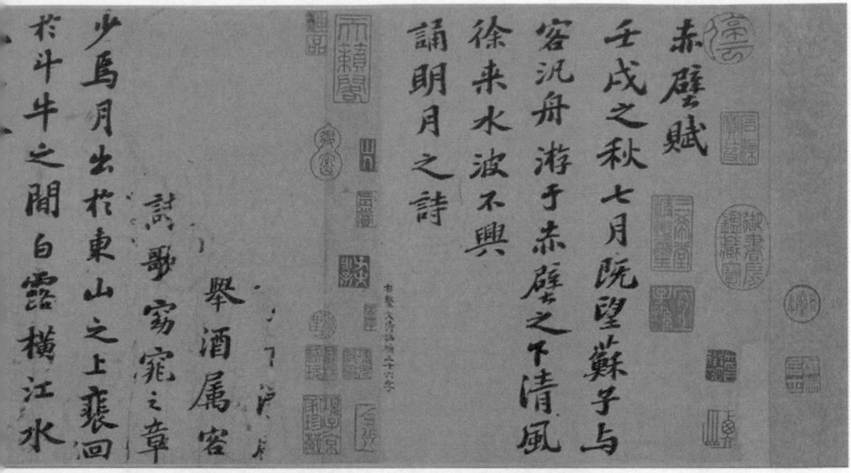

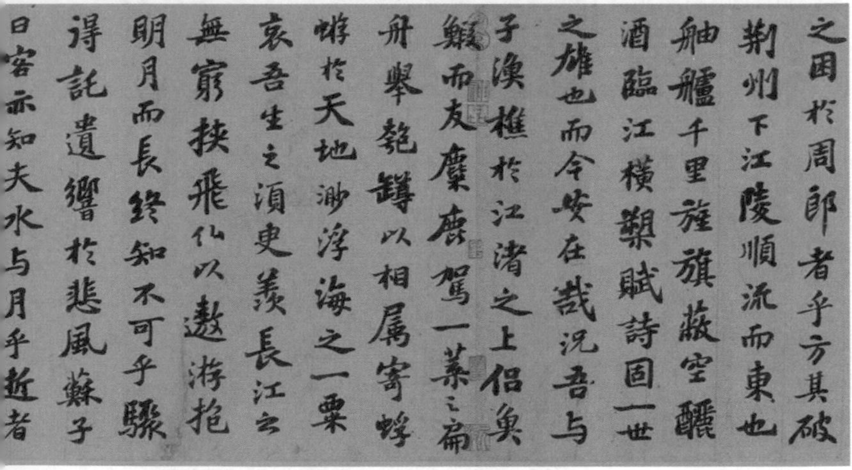

▲〔北宋〕蘇軾〈赤壁賦〉

惟江上之清風，與山間之明月，耳得之而為聲，目遇之而成色，取之無禁，用之不竭，是造物者之無盡藏也，而吾與子之所共食。

於是飲酒樂甚扣舷而
歌之歌曰桂棹兮蘭槳
擊空明兮泝流光渺渺兮
余懷望美人兮天一方客有
吹洞簫者倚歌而和之其
聲嗚嗚然如怨如慕如
泣如訴餘音嫋嫋不絕如
縷舞幽壑之潛蛟泣孤
舟之嫠婦蘇子愀然正
襟危坐而問客曰何為其
然也客曰月明星稀烏鵲
南飛此非曹孟德之詩乎
西望夏口東望武昌山川
相繆鬱乎蒼蒼此非孟德

曾不能以一瞬自其不變
者而觀之則物與我皆無
盡也而又何羨乎且夫天地
之間物各有主苟非吾之
所有雖一毫而莫取惟
江上之清風與山間之明
月耳得之而為聲目遇
之而成色取之無禁用之
不竭是造物者之無盡藏
也而吾與子之所共食客喜
而笑洗盞更平酌肴核
既盡杯盤狼藉相與枕
藉乎舟中不知東方之既
白

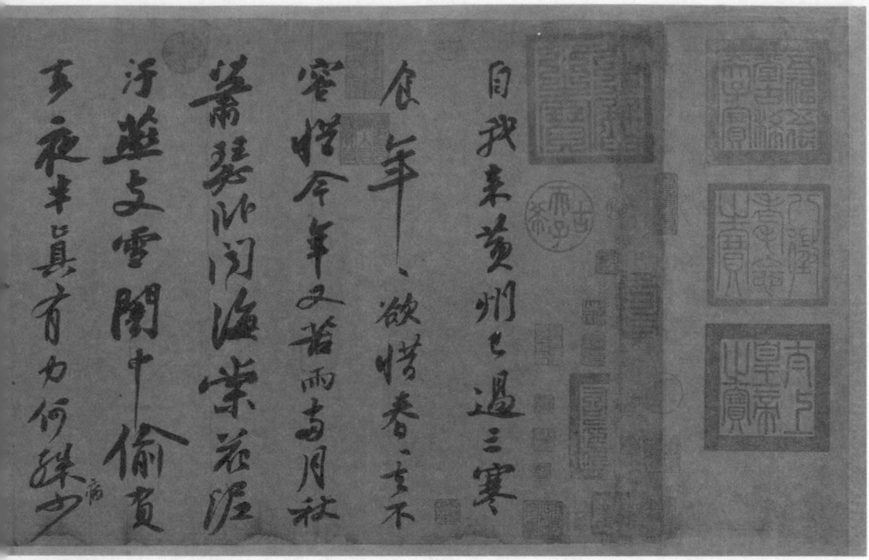

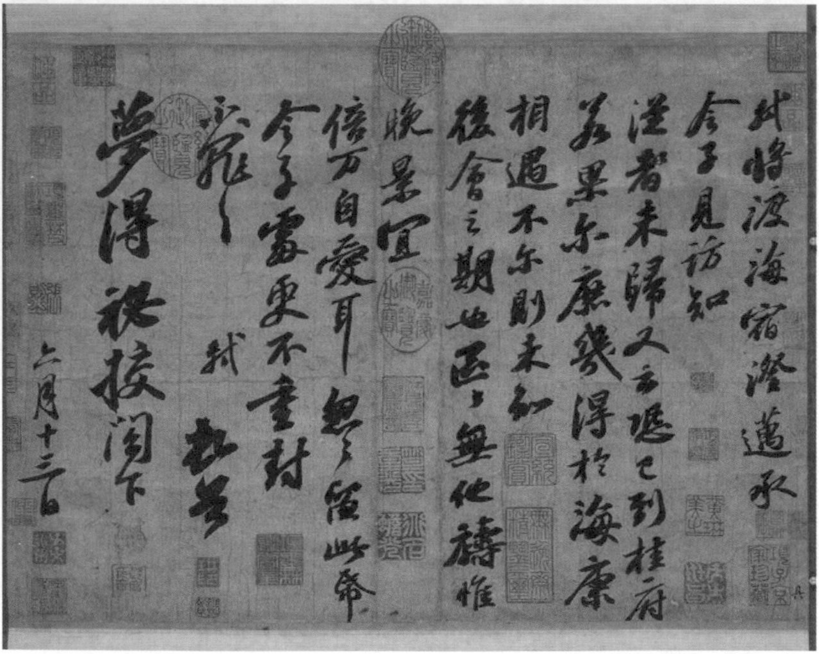

圖片來源：國立故宮博物院。

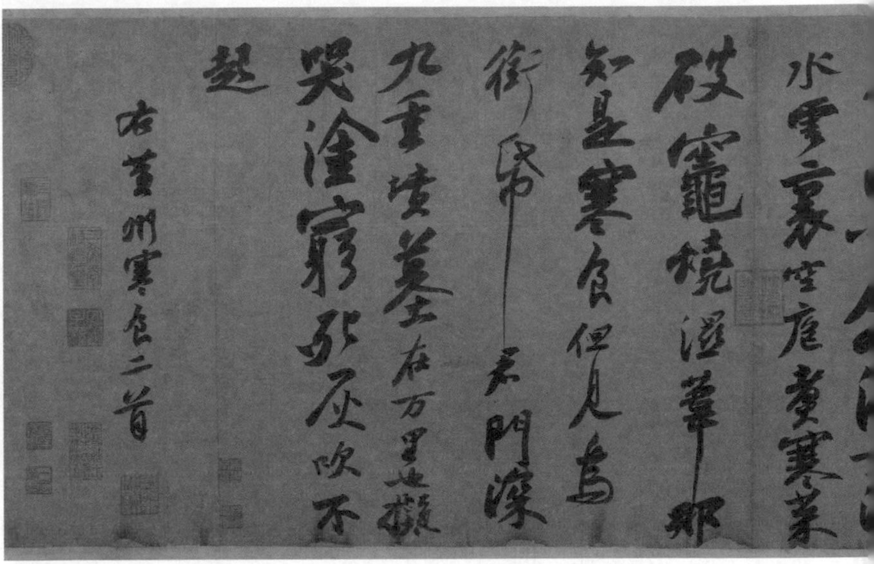

▶〈北宋〉蘇軾〈渡海帖〉，亦名〈致夢得祕校尺牘〉

此帖書於元符三年（一一〇〇年）六月，不做過多修飾，而是純真瀟灑、有感而發，為蘇東坡晚年時期的書法代表作。是年，六十五歲的蘇東坡原本被貶謫海南，突然被赦免，一時之間歸心似箭。渡海前夕，想與故人趙夢得見上一面，但不巧錯失機緣，只能用文字聊表思念，遂成〈渡海帖〉。

▲〈北宋〉蘇軾〈黃州寒食帖〉（局部）

蘇東坡不僅寫得一手好詩文，在書畫方面的造詣也是一流。〈黃州寒食帖〉為蘇東坡被貶黃州時期所作，是書法史上的不朽經典，享有「天下第三行書」的美譽。該詩作蒼涼而多情，抒發了蘇東坡彼時悵惘、孤獨的心境。通篇書法氣勢奔放，起伏跌宕，每一筆都湧動著生命的感知與情緒。

CONTENTS

第二章 一路得意，忘了求退之難……95

第三章 晴朗是生活，風雨也是生活……167

第四章 豁達不是冷漠，而是一種深情……245

第五章 蘇式治鬱主義，只要三件事 293

推薦序
「全拋世代」受用無窮的情商課——來讀蘇東坡

暢銷作家、諮商心理師／黃之盈

現今的i世代（按：指於一九九五年至二〇一二年間出生的年輕世代）是一個最好的時代，也是最壞的時代。在低薪、疫情、晚熟、育兒時代，你可以看到中生代的父母被經濟壓得喘不過氣。上有父母要照顧、下有孩子要教養，還得積極扮演家中經濟支柱的角色，壓力不可謂不大。

整個亞洲都有雷同的情況，在臺灣有人稱這個年代為「玻璃心的i世代」、「厭世代」，在韓國也充斥著低薪做牛做馬的「全拋世代」，日本則是出現「寬鬆世代」。在社會快速變遷的情況下，社會的變動、職涯的不定性、疫情的攪局，更讓我們身處在一個極具不確定性的社會處境中。

蘇東坡的一生也是處於風雨飄搖，不定感極重的狀態。人生的變動雖無常，但他總能透過創作，不斷調適自己的心境，以一句「人生到處知何似？應似飛鴻踏雪泥」，平定外界帶來的風波，並以豁達的態度，度過早年的漂泊、中年的不如意、晚年的不確定性。而在現代人生活中常會遇見的困難和挫折，不外是低薪、身體病痛、人際剝削、情感勒索……不管現在的你遇到了什麼，不妨讀讀這本，你一定可以從蘇東坡身上學到應對、排解的方法。

舉例來說，蘇東坡曾在〈聽僧昭素琴〉中說，聽琴能「散我不平氣，洗我不和心」（琴聲能把我心中種種的不平驅散，把心中種種的不和洗淨，讓心變得平和），所以當心中有委屈不平時，不妨學學蘇東坡，聽音樂緩和心情。

我們對於困境的回應模式，是深受媒體影響，而最佳的「治鬱計」（治癒劑）就是放輕鬆。放輕鬆能幫助我們找回身與心的平衡，讓疲憊又焦躁的身體，進入重新啟動的狀態。不管是面對變法危機、被貶謫、被無視的蘇東坡，還是選擇十年期間，不再過問朝廷政事，隱遁撰寫《資治通鑑》的司馬光，都有各自的「**逆境適應哲學**」，越古亙今，都有值得我們效法、學習的地方。

慢下來、靜下心，誠實面對真實的自己，真誠的與自己和解，大膽寬容對待自己，相信你也能找到適合你的擺脫創傷與負面情緒糾纏的方法。

序

不管你遇到什麼，一句蘇東坡就能療癒

近年來流行「療癒」這個概念，有時也叫「療癒系」，大概是因為太多人需要被療癒。這個概念來自日本，出現在一九九九年前後，起初指的是某個演員能給人一種安靜、清爽的感覺，一看到她／他，或者和她／他在一起，雖然不是戀愛，卻覺得很自在，覺得被療癒了，有療癒系女孩／男孩的說法。

又指某一類事物，能夠安慰悲傷的心靈的動漫叫療癒系動漫，也有療癒系音樂，指的是那種能讓人平靜下來的音樂，隨後慢慢擴展到療癒系風景、療癒系食物、療癒系讀物。凡是讓我們不再悲傷、不再混亂，能夠平靜下來的事物，都可以稱為療癒系。

按照這個標準，蘇東坡應該是最具療癒效果的人，是一個療癒了所有中國人的人。在大量的公眾號[1]上，有類似這樣的推文——假如你遇到了什麼，一句蘇東坡的什麼話，就能療癒你。用一句現在很流行的話形容就是：「人生緣何不快樂，只因未讀蘇東坡。」

古羅馬哲學家馬庫斯・圖利烏斯・西塞羅（Marcus Tullius Cicero）說：「我向你們保證，有一種治療靈魂的醫術。它是哲學，不需要像對身體的疾病那樣，要到我們的身體以外去尋找它的救助方法。我們一定要使用我們所有的資源和力量，去努力變得能夠治療自己。」

西塞羅說我們的靈魂需要哲學的治療，身體則需要到外面去尋求治療。而事實上，我們的身體也可以自我療癒，自癒是人體的一種機能。養生即自我療癒。過度依賴外界，我們漸漸遺忘了人的身心都是可以自我療癒的。

林語堂先生在《蘇東坡傳》裡把蘇東坡看作人間獨一無二的人物：

> 是個秉性難改的樂天派，是悲天憫人的道德家，是黎民百姓的好朋友，是散文作家，是新派的畫家，是偉大的書法家，是釀酒的實驗者，是工程師，是假道學的反對派，是瑜伽術的修煉者，是佛教徒，是士大夫，是皇帝的祕書，

是飲酒成癖者，是心腸慈悲的法官，是政治上的堅持己見者，是月下的漫步者，是詩人，是生性詼諧愛開玩笑的人。

可是這些也許還不足以勾勒出蘇東坡的全貌。我若說，一提到蘇東坡，總會引起人親切敬佩的微笑，也許這話最能概括蘇東坡的一切了。

關鍵是最後一句：一提到蘇東坡，總會引起人親切敬佩的微笑。蘇東坡給人帶來快樂。一千年來，蘇東坡以快樂的形象療癒了無數人，但實際上，蘇東坡一生的經歷並不是快樂的。他的一生，是自我療癒的一生，甚至在很多時候，他都是自己做自己的醫生。

蘇東坡對於人生的問題，從不迴避，總是老老實實去面對，用「作個閒人」這樣一種生活方式，一一去化解。我把蘇東坡「作個閒人」的生活方式，叫做「療癒主義」。或者說，對於人生的煩惱，蘇東坡實踐了一種治鬱主義的解決方案，成就了他生命的豐富和快樂。

1 類似臉書的粉絲專頁，用以推廣品牌及傳遞品牌資訊。

蘇東坡說，**再可怕的事，本身並不可怕，可怕的是還沒有發生時我們的擔心和恐懼，一旦真正發生了，也就沒有什麼可怕了**。所以，沒有必要胡思亂想，不如安靜下來，去經歷生命的各種形態，去體驗眼前的現實，去用心做好當下的事情，哪怕是很小的一件事。在經歷之中、在體驗之中、在做事的過程裡，人生的奧祕就會向我們顯現，不確定性帶來的困擾就會消解。

蘇東坡把這種活法叫做「作個閒人」。蘇東坡說，**誰都可以作一個閒人，只要他願意運用這三種元素：**

第一種元素：一溪雲。雲是天上的，溪流是地上的，雲映照在溪流裡。這是自然的元素。蘇東坡的一生都在雲端看著這個世界。〈水調歌頭．明月幾時有〉第一句：「明月幾時有？把酒問青天。」這是從雲端回望人間。

蘇東坡的一生也都在地上，熱愛花花草草、熱愛季節的流轉。「水光瀲灩晴方好，山色空濛雨亦奇。」（〈飲湖上初晴後雨二首〉其二）「明月如霜，好風如水，清景無限。」（〈永遇樂．明月如霜〉）「花褪殘紅青杏小，燕子飛時，綠水人家繞。」（〈蝶戀花．春景〉）這些句子貫穿了他生命的每一個時刻，使他一生都在自然的場景裡。

第二種元素：一壺酒。這是美食元素。對蘇東坡而言，喝酒意味著對生活的熱愛：「持杯遙勸天邊月，願月圓無缺。持杯更復勸花枝，且願花枝長在、莫離披。持杯月下花前醉，休問榮枯事。此歡能有幾人知，對酒逢花不飲、待何時。」（〈虞美人・持杯遙勸天邊月〉）

蘇東坡說自己酒量很小，但喜歡「把杯為樂」。他在杭州做通判時，一次酒醉寫下：「人老簪花不自羞，花應羞上老人頭。醉歸扶路人應笑，十里珠簾半上鉤。」（〈吉祥寺賞牡丹〉）在徐州做知州時，也是一次酒醉，寫下：「醉中走上黃茅岡，滿岡亂石如群羊。岡頭醉倒石作床，仰看白雲天茫茫。歌聲落谷秋風長，路人舉首東南望，拍手大笑使君狂。」（〈登雲龍山〉）

在黃州時，又是一次酒醉，寫下「夜飲東坡醒復醉」，然後就「長恨此身非我有，何時忘卻營營」。（〈臨江仙・夜飲東坡醒復醉〉）他寫漁父喝醉了：「漁父醉，蓑衣舞，醉裡卻尋歸路。輕舟短棹任斜橫，醒後不知何處。」（〈漁父・漁父醉〉）

歐陽修曾說，醉翁之意不在酒，在乎山水之間也。對蘇東坡來說，醉翁之意不在酒，而在於自我解放，在於忘掉世俗、忘掉自我。蘇東坡喝出了一種微醺的境界，酒醉帶來的是清醒。他喝了一輩子的酒，越喝越清醒、越喝越快樂，以微醺療癒了世間的一切不快樂。

第三種元素：一張琴。這是藝術元素。蘇東坡喜歡古琴，家裡藏有唐代的古琴「雷琴」，而且他也是演奏的高手。他還是頂尖的歌詞作者，精通音律，開創了豪放派的詞風。他對音樂頗有研究，關於音樂和政治、音樂和人心，都有一套自己的看法。當然，他喜歡音樂，更喜歡欣賞音樂。在〈聽僧昭素琴〉裡，他稱琴聲「散我不平氣，洗我不和心」。

一一〇〇年六月二十日，已經六十五歲的蘇東坡，從海南島北歸中原，晚上渡海的時候，他看到海天一色，覺得從此不必像孔子那樣顛沛流離，當理想和現實衝突時，就乘著小船浮游在海上。又因波濤聲想到《莊子》裡講軒轅帝在洞庭之野演奏〈咸池〉這首樂曲，聽到這首樂曲，就會進入物我兩忘的境界，看透得失榮辱。

空餘魯叟乘桴意，粗識軒轅奏樂聲。九死南荒吾不恨，茲遊奇絕冠平生。

（〈六月二十日夜渡海〉）

雖然在海南島幾乎死去，但我一點也沒有怨恨，反而覺得這次經歷是我一生中最奇特的。

蘇東坡一生大起大落，但在每一個時刻，他都有「一張琴、一壺酒、一溪雲」，因而每一個時刻都是閃閃發光的一刻。每一刻裡既有「也無風雨也無晴」的平靜，也有「大江東去浪淘盡」的豪邁；既有「千鍾美酒，一曲滿庭芳」的痛快淋漓，也有「天涯何處無芳草」的婉轉感傷；既有「世事一場大夢，人生幾度秋涼」的悲哀沮喪，也有「門前流水尚能西，休將白髮唱黃雞」的積極奮進。

蘇東坡是一個天才型的人物，在他生活的年代，他的名聲已經達到巔峰。但是，他的很多煩惱，和我們現在的普通人沒有什麼兩樣。他寫過這樣一封信給朋友，內容大致是：

我想到江浙一個州郡任職，聽說浙江四明縣明年四月有空缺，尚未定人，請您在朝中打聽一下，找找門路，有消息就回個訊息。上次找您，您沒有很留意。這次求托四明的事，恐不能太久，怕別人也謀取這個職位。到那時，就更加沒有希望了。這也許對您有點苛求，但謀職一事，切不可一般的跑跑就想輕易的弄到手。

也許，誰都不會相信這是蘇東坡寫的信。在另外好幾封信裡，他絮絮叨叨的講述自己如何受痔瘡的折磨。還有很多信件，像我們現在的父母一樣，為子女的前途操心。

蘇東坡是一個偉大的文學家、書法家、畫家，優秀的政治家，但也是一個平凡的父親、一個焦慮不安的官員。他從不掩飾自己平凡的一面，從不迴避問題。他承認自己無能為力，只好去作個閒人，有一張琴、一壺酒、一溪雲。從一張琴上，他找到了生命的旋律；從一壺酒中，他享受了生活的美味；從一溪雲裡，他懂得了自然之道。

蘇東坡有一次隨手寫一篇劄記[2]，記錄了他很平常的一種狀態：

東坡居士酒醉飯飽，倚於几上。白雲左繞，清江右洄，重門洞開，林巒岔入。當是時，若有思而無所思，以受萬物之備，慚愧！慚愧！（〈書臨皋亭〉）

連蘇東坡那樣厲害的人，最後都「知命」，不敢說萬物皆備於我，而是讓自己「受萬物之備」，不敢說自己如何利用萬物，而是讓萬物來利用自己。承認自己的渺小、承認自己不夠完美、承認自己無能為力，安於天命，把自己交給大自然，抱著慚愧心，隨遇而安，想做的事，盡力去做，喝喝小酒、聽聽音樂、看看白雲，倒也活得快樂。

人生有許多的痛苦與挫折，只能靠我們自己療癒自己、自己拯救自己。人世間多的是錦上添花，很少有雪中送炭，越是在寒冷的冬季，我們越要學會為自己取暖。還好，無論在哪裡，總還是可以有一張琴、一壺酒、一溪雲。在旋律裡、在微醺裡、在自然裡，我們總能找到快樂的源泉、找到平靜的源流。還好，即使我們孤單一人，也可以和蘇東坡聊聊天，聊聊怎樣用一張琴、一壺酒、一溪雲調動我們的五官，打開我們的心扉，照亮眼前的現實。

▲一口氣看完蘇軾的一生。

2 箚音同札，讀書時摘記下來的要點或心得。

第一章

四處漂泊的人生，哪裡才是我的家？

蘇東坡六十六年的一生中，先後在眉州（今四川眉山）、汴京（今河南開封）、鳳翔、杭州、密州（今山東諸城）、徐州、湖州、黃州、潁州、揚州、定州、惠州、儋州等十餘個地方生活過。除了在故鄉眉州生活的二十年之外，蘇東坡分別在杭州、汴京居住過兩次，其他地方很少居住超過四年，說蘇東坡一生都在漂泊之中，一點也不誇張。

他年輕時的那句「人生到處知何似」，成了他人生的寫照。漂泊之中，他書寫了羈旅天涯的動盪不安，也寫了動盪不安中的單調重複，更寫出一個想要家的人，卻始終身不由己、無法安家的那種痛苦。就像當今的許多人，想要有一個家，卻始終無法擁有一間屬於自己的房子一樣。蘇東坡不僅細膩的表達了這些痛苦，更寫出了當這種痛苦侵擾時，如何以「此心安處是無鄉」的曠達心態來化解這些痛苦，成就了一種「處處無家處處家」的生活境界。

▲ 蘇軾人生路線圖影片。

01 人生到處知何似？應似飛鴻踏雪泥

人的一生總是四處漂泊，到底像什麼呢？應該就像飛翔的鳥兒剛踏在雪泥上，然後又飛走了。

蘇東坡於一〇三七年一月八日出生在眉州。他是一個典型的小鎮青年，也可以說是農家子弟，而且是偏遠地區的小鎮青年或農家子弟。他的原籍在河北欒城，但蘇家在眉州已經延續了好幾代。唐朝時期，有一個叫蘇味道的人，到眉州做刺史，在他去世後，他的一個兒子留在了眉州，這個人就是蘇家的曾祖父。蘇家在眉州有田地，也經商，是地方上有一定名望的家族，但一直淡泊名利、勤儉節約，過著與世無爭的生活。

但到了蘇東坡的父輩，平淡的日子發生了變化，蘇家子弟有了想出去的念頭。就像我們今天一樣，一旦我們想要離開家鄉上大學或工作，甚至想出國留學、移民，這就意味著我們的人生脫離了原來的軌道，走上了一條全新的路。蘇東坡的伯父蘇渙，在一〇二四年考上了進士，是蘇家第一個走出眉州的人，當時在整個蜀地都很轟動，也帶動了蜀地的年輕人考科舉的熱情。

蘇東坡的父親蘇洵在二十五歲時，也決定要透過科舉考取功名。雖然科考不是很順利，但他想要離開眉州的決心一直很堅決。他在一首詩裡表達了這樣的意思：蜀地雖然富裕，過過小日子還可以，但是，後代在這樣的環境裡會變得粗鄙愚昧；而河南嵩山一帶山清水秀，人文氣息濃厚，又是政治中心，是定居的好地方。因為自己科考不順利，年齡也大了，蘇洵就把希望寄託在兩個兒子身上。

也許是受父親的影響，蘇東坡在青年時代也有想要離開家鄉的意願。彼時，他有一個朋友要去京城，他寫了一首詩為這位朋友送行。詩裡勉勵他的朋友，生活需要廣闊的天地，首先就是要走出去。他還用了一個形象的比喻，山間石溪裡的鯉魚，偶然遇上赤日沸水的天氣，而溪流裡全部是密密麻麻的石頭，找不到可以鑽的隙縫，就會陷於窘迫，如涸轍之鮒。所以，一定要躍出小溪，去大江大海，不要做浮沉淺水的群蛙。

一〇五六年三月，蘇洵帶著蘇東坡和蘇轍，前往汴京參加開封府試。這是蘇東坡一生中第一個重要的轉捩點，在這個轉捩點上，他走出蜀地，開始了士大夫生涯的第一步。

蘇東坡和父親、弟弟三個人從蜀地一路奔赴京城，走了兩個多月，快到河南澠池時，騎的兩匹馬死掉了，只好換騎一頭瘸了腿的驢子。當時奉閒法師在附近一座寺廟當住持，熱情接待了他們。蘇東坡兄弟在廟裡的牆壁上題了詩。第一次離開家鄉，旅途中發生的事，會成為一種難忘的記憶。

到了京城以後，他們首先參加了開封府試，均名列前茅。尤其是一〇五七年，歐陽修主持的禮部考試，蘇家兩兄弟同科進士及第，一時之間名揚天下。蘇東坡那篇〈刑賞忠厚之至論〉受到歐陽修的欣賞，一時之間使其進入了權力和文化的核心圈子。一〇六一年，蘇東坡、蘇轍兄弟二人參加了制科考試[1]，蘇東坡寫了〈進策〉、〈進論〉各二十五篇，最終，蘇東坡被取為第三等。

制科分五等，第一、二等為虛設，實際上第三等為最高等。蘇東坡是北宋有

1 宋朝（南、北宋）的一種特殊的考試制度。參加制科考試的人員由朝廷中的大臣進行推薦，然後參加一次預試。最後，由皇帝親自出考題。科舉考試每三年一次，而制科考試是不定期的。

制科考試以來第二個被取為第三等的考生[2]，蘇轍入第四等。

一〇六一年，朝廷任命蘇東坡為大理評事，簽書鳳翔府節度判官廳公事。這是他的第一份工作，是職業生涯的開始。一〇六一年十一月，蘇東坡去鳳翔任職。蘇轍為他送行，一直送到鄭州。蘇東坡繼續往前走，又到了澠池，也就是四年前他們經過的地方。那個寺廟還在，但奉閒法師已經去世了，遺體葬在寺廟後院的一座塔裡面。而四年前他們在牆壁上題的詩，已經看不見了。

到鳳翔後，蘇東坡收到弟弟寄來的一首詩〈懷澠池寄子瞻兄〉，馬上就和了一首〈和子由澠池懷舊〉：

人生到處知何似？應似飛鴻踏雪泥。
泥上偶然留指爪，鴻飛那復計東西。
老僧已死成新塔，壞壁無由見舊題。
往日崎嶇還記否？路長人困蹇驢嘶。

這首詩第一句就出手不凡。「人生到處知何似」，人的一生總是四處漂泊，到底像什麼呢？蘇東坡當時二十歲出頭，只是在眉州和汴京之間有過兩次來回，第一次是一〇五六年經過澠池那一次，第二次是一〇五七年母親去世回眉州奔喪，然後在一〇六〇年回到汴京。就是這兩次來回，蘇東坡卻敏銳的感受到了人生的漂泊，好像總是在走來走去。

人的漂泊像什麼呢？他創造了一個不同凡響的比喻，**「應似飛鴻踏雪泥」**，就像飛翔的鳥兒剛踏在雪泥上，然後又飛走了。這是**年輕的蘇東坡對於人生的第一次描述**。

鴻，是一種鳥，在季節的流轉裡飛來飛去。《詩經》裡有一首詩叫〈鴻雁〉：「鴻雁于飛，肅肅其羽。」鴻雁翩翩飛在空中，扇動著翅膀嗖嗖的發出響聲。《易經》裡也有一句話：「鴻漸于干。」按次序逐步往前走，後來比喻進入仕途。

「泥上偶然留指爪，鴻飛那復計東西。」鳥兒偶然停留在雪地上，會留下

2 在蘇東坡之前，只有一個叫吳育的人入了第三等，而且第三等還分為三等和三等次，吳育是三等次，而蘇東坡是三等，為宋朝開國一百多年來的開山第一人。

痕跡，然後又飛走了，不知道是往東還是往西。人也是一樣，偶然來到了這個地方，停留了一段時間，馬上又要離開，不知道會去哪裡。

「老僧已死成新塔，壞壁無由見舊題。」老僧，老和尚，就是奉閒法師已經去世了，塔還是新的，表示去世不久。牆壁不知道什麼原因壞掉了，以前題寫的詩歌也看不到了。

「往日崎嶇還記否？路長人困蹇驢嘶。」還記得那次艱難的旅途嗎？道路崎嶇，人很困乏，跛腳的驢子發出嘶鳴。

首聯和頷聯寫出對於人生的感觸，頸聯和尾聯寫出重遊舊地的內心感受。好像有點悲觀，但細細品味，又暗藏著一絲溫暖與豪邁。為什麼會這樣呢？

首先，是因為「飛鴻踏雪泥」這個比喻很特別。我們經常用夢來比喻人生，也會用驛站來比喻人生。蘇東坡後來的詩詞裡用過這樣的比喻，比如「世事一場大夢」、「人生如逆旅」等。夢的比喻，給人更多的是虛幻感；驛站的比喻，給人更多的是過客感。飛鴻踏雪泥，是一系列動作，雖然也有虛幻感和過客感，但是又有鳥兒飛翔的動作，還有留下痕跡的意象，沖淡了感傷和悲觀。人生的一切努力，一切追索[3]，都濃縮在「飛鴻踏雪泥」這樣一個姿態裡了。

其次，在最後的問句裡，蘇東坡說，還記不記得從前我們一起走過崎嶇的漫長道路？還記得一路上的艱辛嗎？雖然是一個問句，但充滿了肯定的意蘊。**人生像飛鴻踏雪泥，留下的痕跡都會消失**。雖然人生的旅途非常艱難，但是，這一切都成了我們兄弟共同的回憶。我們共同的記憶，消解了人生的艱難。

年輕的蘇東坡在他事業剛起步時，在他被認為是少年得志時，卻體會到了人生的虛無感和漂泊感，好像預示了他一生的經歷：一直無法安頓下來，一直在漂泊。同時，他又以飛鳥的形象，暗暗傳遞了一種向上的力量，並且以回憶和兄弟之情，療癒了這種虛無，流露出一絲溫暖。

這首詩的微妙之處在於，既有對於前途的感傷，但感傷裡又隱隱的有一種豪邁；既有時間的風霜，讓人感到寒冷，但寒冷裡又有親情的溫暖。**悲觀和樂觀，奇妙的交織在一起，構成了蘇東坡式的達觀**。

3 追趕取回。

02 我本無家更安往，故鄉無此好湖山

我本來就已經沒有家鄉了，能夠到哪裡去呢？再說，我的故鄉眉州也沒有這樣美好的湖光山色。

下面這首〈六月二十七日望湖樓醉書五絕〉其一，顯示了蘇東坡從「人生到處知何似」那種青春期的茫然，轉向「我本無家更安往」那種聚焦於安家的願望，也顯示了一般中國士大夫所嚮往的生活。

未成小隱聊中隱，可得長閒勝暫閒。
我本無家更安往，故鄉無此好湖山。

這首詩是一〇七二年蘇東坡剛到杭州做通判時寫的。「未成小隱聊中隱，可得長閒勝暫閒。」一直做不到小隱隱於野，也做不到大隱隱於市，沒想到到了杭

州，可以實現中隱，也算是得到了長久的清閒。「我本無家更安往，故鄉無此好湖山。」我本來就已經沒有家鄉了，能夠到哪裡去呢？再說，我的故鄉眉州也沒有這樣美好的湖光山色。

這首詩的第一句有一個關鍵字——隱，隱居的隱，隱逸的隱。中國的士大夫自古以來就有「隱」的情結，這個「隱」到底是什麼意思？

第一層意思，指的是「不事王侯，高尚其事」，出自《易經》裡「蠱」卦，一般解釋為賢人君子高尚其志節，不肯出仕。更準確的意思是，不去為皇帝官府服務，而專心侍奉自己的父母。現代也有人辭掉工作，回家照顧父母，這也叫做隱。

第二層意思，是孔子說的「天下有道則見，無道則隱」，天下政治清明，就出來做官，如果政治黑暗，就不做官。第三層意思，完全否定政治，甚至否定世俗生活，返回到「老死不相往來」的自然生活裡。

「隱」這個概念涉及的是人如何對待工作，更確切的說，是人如何對待社會化的活動，也就是如何對待名利。

小隱隱於野，是完全脫離了社會，到自然中去隱居。一般人做不到。大隱隱於市，是身在紅塵之中，卻能隱藏機鋒，清靜無為，大智若愚；又或者像禪宗說的那樣，在坐立臥行的日常行為裡，不著相，不起分別心。這種境界也很難做到。所以，蘇東坡說不如「中隱」。

這種說法不是蘇東坡首創，而是來自白居易。白居易有一首詩叫〈中隱〉，裡面就說大隱要隱在朝廷，太喧囂了；小隱要躲在深山，太冷清了；不如中隱，去做一個不大不小的地方官。沒有多少責任，既不會太忙碌，又不會太空閒；雖然不會大富大貴，卻也不會忍受飢寒。

這首詩的第二句，有一個關鍵字——家。看似表達上有一點矛盾，一方面說自己沒有家，另一方面又說自己的故鄉沒有這樣美麗的湖山。其實並不矛盾，就像我們今天考上了大學離開家鄉，不打算回去，畢業之後面臨著各種選擇，不知道最終在哪兒安定下來，一方面有故鄉，另一方面確實不知道家在哪裡。

蘇東坡離開眉州之後，他的父親想定居在河南，但其父親顯然沒有實現這個願望，他去世之後靈柩被運回到眉州老家。蘇東坡先是到了鳳翔，但顯然沒有定居鳳翔的打算，他曾以一首〈鳳翔八觀．東湖〉來表達自己對鳳翔與眉州的感受，覺得鳳翔遠不如自己的家鄉眉州美麗（以下節選）。

吾家蜀江上，江水清如藍。
爾來走塵土，意思殊不堪。
況當岐山下，風物尤可慚。
有山禿如赭，有水濁如泔。

然而，一到杭州，他卻又說：「我本無家更安往，故鄉無此好湖山。」蘇東坡甚至認為，「前生我已到杭州，到處長如到舊遊」，由此可見他對於杭州的喜愛。

一〇七四年，蘇東坡調任密州知州，第二年的正月十五，他填了一首〈蝶戀花．密州上元〉，懷念起杭州的繁華。

燈火錢塘三五夜，明月如霜，照見人如畫。帳底吹笙香吐麝，更無一點塵隨馬。
寂寞山城人老也，擊鼓吹簫，卻入農桑社。火冷燈稀霜露下，昏昏雪意雲垂野。

很多年後，元祐年間，他又到杭州做知州，寫過一首詩〈送襄陽從事李友諒歸錢塘〉：

> 居杭積五歲，自意本杭人。
> 故山歸無家，欲卜西湖鄰。

在杭州住了五年多了，自己覺得已經是杭州人了，在故鄉眉州其實已經沒有家了，想在杭州住下來，和西湖做鄰居。

顯然，蘇東坡很想定居在杭州，但不知道什麼原因，這個願望沒有實現，也許只是因為買不起杭州的房子。「我本無家更安往？」故鄉眉州已經不打算回去，那**到底要在哪裡安家呢？想要安定下來，這個念頭跟隨了蘇東坡一輩子**。

03 多病多愁，須信從來錯

為了當官，到處浮游，多病多愁，實在得不償失，應該是從一開始就錯了，一開始我們就不應該離開故鄉。

蘇東坡剛到杭州時，一下子陶醉在杭州的美麗之中，產生出「我本無家更安往，故鄉無此好湖山」這樣的感嘆，杭州讓他想起了家，而家應該在哪裡呢？好像不在自己的故鄉，因為他不會再回去了，那麼有著美好湖山的杭州是家嗎？蘇東坡沒有明說，只是說自己前生就是杭州人。既然前生是杭州人，那照道理杭州就應該是家，來了就是回家，不用走了。

但是，身不由己。一〇七四年九月，朝廷任命蘇東坡為密州知州，必須離開杭州。就在去密州的前夕，他遇到了楊元素[4]，一個蜀地同鄉，一下子激起他對

4 楊繪，字元素，所以也叫楊元素。

於故鄉的想念，甚至覺得自己當年離開眉州，是一個錯誤的決定。

從「我本無家更安往」到「須信從來錯」，雖然都是漂泊感，但內涵發生了變化，已經**不僅僅是總在旅途的那種不安定感，而是對於自己的人生道路產生了疑惑**。假如當初一直留在自己的故鄉，會怎麼樣呢？後來蘇東坡在常州又遇楊繪，是旅途中的擦肩而過，留下了一首〈醉落魄．席上呈元素〉：

分攜如昨。人生到處萍漂泊。偶然相聚還離索。多病多愁，須信從來錯。尊前一笑休辭卻。天涯同是傷淪落。故山猶負平生約。西望峨嵋，長羨歸飛鶴。

「分攜如昨」，分攜，即分別。不久前我還在汴京，因為要去杭州做通判，於是和包括楊繪在內的朋友們一起飲酒告別，這些事好像發生在昨天。想不到現在我又要去密州，而你楊繪卻要去杭州。

「人生到處萍漂泊」，人的一生到處走來走去，像浮萍一樣漂泊。「偶然相聚還離索」，偶然遇到了，馬上又要分開。「多病多愁，須信從來錯」，這樣為了當官，到處浮游，多病多愁，實在得不償失，應該是從一開始就錯了，一開始我們就不應該離開故鄉。但已經錯了，又能怎麼樣呢？「尊前一笑休辭卻」，就不要推辭喝酒取樂了。

「天涯同是傷淪落」，我們兩個都淪落在異鄉。「故山猶負平生約」，回歸故鄉的約定，至今不能踐約。「西望峨嵋，長羨歸飛鶴」，向西望著故鄉峨眉山，期盼著能夠回去。丁令威[5]這樣成仙的人，還會回到故鄉，何況我們呢？

在寫這首詞之前，蘇東坡和楊繪在杭州還有過一次聚會，他寫下一首〈南鄉子・和楊元素時移守密州〉，裡面說：「何日功成名遂了，還鄉，醉笑陪公三萬場。」什麼時候功成名就了，我們一起回到故鄉，我要陪你大醉三萬場。

故鄉眉州，仍然是蘇東坡可以歸去的寄託。但這首詞最耐人尋味的不是這種天涯淪落思故鄉的情懷，而是暗暗隱藏著一種懷疑，「多病多愁，須信從來錯」。是不是一開始就錯了？還記不記得年輕時的蘇東坡，勉勵朋友和自己不要

5 西漢時期遼東人，原是一位州官，為政廉潔，愛民如子，兩袖清風。為官之餘，他的最大樂趣就是養鶴。傳說曾學道於靈墟山，後駕鶴升仙。

安於故鄉這個小地方，而是要到外面去，到京城去，到舞臺的中央去？但現在，他開始懷疑當初的選擇是不是錯了。

這種懷疑，其實早已出現。一〇六六年，蘇洵去世，蘇東坡護送父親的靈柩回眉州，路過泗州的龜山，一〇七一年蘇東坡從京城去杭州途中，再次路過了泗州的龜山。一晃五年過去了，蘇東坡寫了一首〈龜山〉，首聯「我生飄蕩去何求，再過龜山歲五周」，我這一生要飄蕩到哪兒去呢？再次經過龜山，已經五年過去了。

頷聯「身行萬里半天下，僧臥一庵初白頭」，這五年我在眉州和汴京之間來回奔波，幾乎走遍半個中國，而廟裡的師父安安靜靜在廟裡，頭髮開始白了。

黃庭堅讀到這一句，認為「初白頭」是筆誤，應該是「初日頭」，這樣才能和上一句的「半天下」對仗。有人就去問蘇東坡本人，蘇東坡回答他寫的是「初白頭」，但要是黃庭堅非要改作「初日頭」，那也無可奈何。

不管是「初日頭」，還是「初白頭」，和「身行萬里半天下」都形成了對比，前者是靜態中時間流逝，後者是動態中時間流逝。「初日頭」，天天晒太陽。和尚就是待在同一個廟裡，每天就是晒晒太陽，打打坐，而蘇東坡為了謀求事業，到處奔波。這樣的對比之中，隱隱的藏著一個問題：到底誰過得更好呢？

延伸開來，有人一直待在眉州，安安穩穩過小日子，有人一直在外面努力奮鬥獲取功名，誰比誰更幸福呢？有人一輩子待在一個單位，做同一種工作，有人不斷跳槽，不斷換工作，到底誰比誰幸福呢？往往是圍牆裡的人想要出來，圍牆外的人想要進去。**漂泊的人羨慕安定的人歲月靜好，而安定的人又羨慕漂泊的人生活多姿多采。**

在「人生到處萍漂泊」的感嘆中，蘇東坡對於自己所走的道路產生了懷疑。是不是走錯路了？後來蘇轍在一首詩中，把蘇東坡的「須信從來錯」表達得更加清晰：「目斷家山空記路，手披禪冊漸忘情。功名久已知前錯，婚嫁猶須畢此生。」（〈次韻子瞻與安節夜坐三首〉）大意是故鄉已經回不去了，只能靠參禪來緩解痛苦的情緒，走上了一條追求功名的不歸路，這是一個錯誤的選擇。

因為覺得一開始就錯了，就更加強化了漂泊的感覺，不知道自己的家到底在哪裡，不知道自己到底應該在哪裡安定下來。

04 天涯流落俱可念，為飲一樽歌此曲

海棠啊，我和你一樣，都是從蜀地流落到黃州，都很可憐，不如一起喝一杯酒。

〈寓居定惠院之東，雜花滿山，有海棠一株，土人不知貴也〉，是一首詩的題目，名字很長，但把這首詩的背景講清楚了。一〇八〇年蘇東坡剛到黃州，借住在定惠院，東邊的山上開滿了野花，居然有一株海棠花，而當地人並不知道海棠花有多高貴。透過這首詩我們可以感受到，之前蘇東坡對楊繪感嘆的「同是天涯傷淪落」，不過是泛泛的人生感嘆，到了黃州，在這株海棠花的意象上，蘇東坡才真正寫出了天涯淪落的哀痛。

一株高貴的海棠，本來是蜀地的名花，卻不知道什麼原因，流落在了偏僻的黃州，彷彿就是蘇東坡自己的寫照。蘇東坡到黃州，是從高處一下子跌落到了底層。**蘇東坡是一個少年得志的人**。一〇五七年，二十二歲的蘇東坡參加歐陽修主

持的禮部考試，以一篇〈刑賞忠厚之至論〉獲得主考官歐陽修的賞識，和弟弟蘇轍同科進士及第。〈刑賞忠厚之至論〉是蘇東坡的成名之作，當時的主考官歐陽修對這篇文章讚不絕口，他在寫給梅聖俞[6]的信中說：「讀軾（蘇東坡）書，不覺汗出。快哉！快哉！老夫當避此人，放出一頭地也。可喜！可喜！」（歐陽修〈與梅聖俞書〉其三〇）那種發現人才的喜悅之情躍然紙上。

他還對人說：「更三十年，無人道著我也。」大意是再過三十年，因為有蘇東坡，不會有人再提到他了。要知道，歐陽修當時不僅是文壇領袖，還是政壇大老，能得到他的垂青，為蘇東坡今後的仕途發展打下了堅實的基礎。

殿試的時候，仁宗皇帝主持策問，對於蘇氏兄弟的回答非常滿意，回去後興奮的對皇后說：「我今天為子孫找到了兩個太平宰相。」這是皇帝對於他們的期許。可以說，蘇東坡在參加第一次進士考試時已經名滿天下，但後來的仕途一波三折。因為政見不同，雖然得不到神宗皇帝的重用，但他一直被認為是舉足輕重的人物，而且他的詩詞文章享有盛譽，**在歐陽修之後，理所當然的被認為是當時**

6 梅堯臣，字聖俞，宣城（今屬安徽）人。宣城古名宛陵，故世稱宛陵先生。

的文壇領袖。

誰料，一〇七九年七月的一天，在湖州，一切戛然而止，**蘇東坡從名滿天下、前途無量的臣子，瞬間成為罪犯，受盡羞辱**。他在京城的監獄被關押了幾個月之後被貶至黃州。一〇八〇年二月，蘇東坡初到黃州，雖然名義上還是團練副使，但實際上不能行使職權，屬於被監管居住。

剛到黃州，他堂兄的兒子去看望他，他說自己害怕見人，已經變得很遲鈍，問起從前眉州的故交，差不多有一半已不在人世了。又說自己「永夜思家在何處」，漫漫長夜裡，思念自己家鄉，卻不知道自己的家在哪裡。從前在杭州，蘇東坡說「我本無家更安往」，緊接著是「故鄉無此好湖山」，故鄉沒有杭州這樣的秀美湖山。而現在在黃州，他說完「永夜思家在何處」之後，接著說「夢斷酒醒山雨絕，笑看飢鼠上燈檠」，夢醒了，酒醒了，山中的雨也停了，看著飢餓的老鼠爬上了燈架，覺得有點可笑。我們可以細細體會一下其心態的深刻變化。

如果說在杭州的「我本無家更安往」，淡淡感傷裡更多的是對於未來的憧憬，那麼在黃州的「永夜思家在何處」，是一種對於未來不抱任何希望的痛楚。

蘇東坡剛到黃州時，寫給朋友的信中說：

我借住在廟裡，隨著和尚吃素，過得還可以。除了感謝這次變故中幫助我的人，以及反省自己的過錯，心灰意冷，不願意和人說什麼，也不願意去交往。你問我每天做什麼，我就是到村裡的另一個寺廟裡洗澡，去山裡尋找溪水釣魚，或者到山谷裡去採藥，自己娛樂自己。

「借住在廟裡」，這個廟就是定惠院。有一次，他在定惠院的東邊山坡上，發現了一株海棠花，這是蜀地的花，居然在這樣的地方遇到了！蘇東坡為這株海棠寫了一首〈寓居定惠院之東，雜花滿山，有海棠一株，土人不知貴也〉：

江城地瘴蕃草木，只有名花苦幽獨。
嫣然一笑竹籬間，桃李漫山總粗俗。
也知造物有深意，故遣佳人在空谷。
自然富貴出天姿，不待金盤薦華屋。
朱脣得酒暈生臉，翠袖卷紗紅映肉。
林深霧暗曉光遲，日暖風輕春睡足。

雨中有淚亦悽愴，月下無人更清淑。
先生食飽無一事，散步逍遙自捫腹。
不問人家與僧舍，拄杖敲門看修竹。
忽逢絕豔照衰朽，嘆息無言揩病目。
陋邦何處得此花，無乃好事移西蜀？
寸根千里不易致，銜子飛來定鴻鵠。
天涯流落俱可念，為飲一樽歌此曲。
明朝酒醒還獨來，雪落紛紛那忍觸！

詩的前半部分，把海棠花比喻為一個美人，寫了她的各種情態。黃州在長江邊，很潮溼，各種草木特別繁盛，但海棠花很少見。偶然有一株在竹林間，像一個美人嫣然一笑，讓邊上的花花草草，都顯得粗俗。一定是上天有什麼想法，特意讓海棠長在了這個空曠的山谷。海棠天生麗質，不需要華美的房子或貴重的盤子來襯托。海棠花的美，好像美女酒後雙頰微紅，捲起衣袖紅紗映現出如雪的肌膚。樹林裡濃霧彌漫，陽光透進來，有暗淡的光，海棠又彷彿是和風暖日中剛剛睡醒的美女。當風雨來襲，海棠又好像是含淚的佳人，神情淒婉。月光下，空無一人，海棠更顯得清秀美好。

詩的後半部分，寫自己和海棠花的相遇。經歷了一場巨大的變故，被貶至黃州的蘇東坡，一方面非常痛苦，甚至還有點驚恐，害怕再被抓住什麼把柄；另一方面，因為沒有什麼工作，每天吃飽飯，就自己摸著肚皮散步，逍遙自在。

「先生食飽無一事，散步逍遙自捫腹。」巨大痛苦之後，是平靜。以前總覺得自己的主張如何高明，總希望皇帝還有其他人能夠採納自己的主張。以前從杭州調動到密州，也會感傷，以為是天涯淪落。現在真的淪落了，真的掉到了社會的最底層，連溫飽都成了問題。從前的一切，都成了煙雲，只要能吃飽飯，就心滿意足了。生活變得很簡單。失去了名利，好像也失去了壓力，這樣也挺好。

拄著杖走在路上，不管遇到別人家的院子，還是寺廟，都要敲門進去，只是為了看看修長挺拔的竹子。竹林間，長滿了各種野草野花，突然有一朵絕色的海棠花，映照著衰老的自己。這麼高貴的花，卻流落到這樣僻陋的地方，蘇東坡不禁嘆息，淚水模糊了雙眼。海棠生長在蜀地的西部，難道是有什麼好事的人，把它帶到了這裡嗎？黃州和蜀地相距幾千里，大概是鴻雁銜了種子帶來的吧。

「天涯淪落俱可念，為飲一樽歌此曲。」這朵海棠花和蘇東坡一樣，都從蜀地流落到黃州，都很可憐，不如一起喝一杯酒。「明朝酒醒還獨來，雪落紛紛那忍觸。」等到明天酒醒了，還要一個人再來，大雪紛飛裡，柔美的海棠正經受著嚴寒，哪忍心去觸摸呢？

「先生食飽無一事，散步逍遙自捫腹。」因為遇到海棠，激發了內心的最痛，是無法言說的痛，是「明朝酒醒還獨來，雪落紛紛那忍觸」。

蘇東坡很喜歡這首寫海棠的詩，認為是其平生少有的「得意之作」，經常抄寫後送給朋友。孤獨中的蘇東坡，不願意和人來往，卻和海棠建立了一種深刻的聯結。後來的〈寒食詩〉，也就是有名的〈黃州寒食帖〉裡，也寫到海棠。一〇八四年，蘇東坡即將離開黃州，寫過一首〈海棠〉：

東風嫋嫋泛崇光，香霧空濛月轉廊。
只恐夜深花睡去，故燒高燭照紅妝。

夜深了，擔心海棠睡去，居然燒著蠟燭，一夜照著海棠。對於海棠的深情，可見一斑。據說蘇東坡即將離開黃州時，當地的朋友宴飲送別，席上有一個叫李琪的歌妓，請蘇東坡為她寫一首詩，蘇東坡提筆寫了第一句：

東坡五載黃州住，何事無言及李琪？

然後，就和別人聊天喝酒。當李琪提醒他，還有下一句時，他提筆寫下了：

卻似西川杜工部，海棠雖好不吟詩。

杜甫很喜歡海棠，喜歡到什麼程度呢？從來沒有為海棠寫過一首詩，因為太喜歡了，反而默默埋在心裡。蘇東坡這首詩屬於應景的遊戲之作，但隨手寫出了一種深愛，**因為深愛，所以不敢提起**，就像海棠之於杜甫。其實，表達的仍是自己對海棠的一往情深。

05 十年歸夢寄西風，此去真為田舍翁

歸家的夢做了十年，總是實現不了，只能寄託在西風裡。現在終於可以做一個田家老農了。

蘇東坡的父親有一個夢想，就是在河南安家。但蘇東坡喜歡上了江南，喜歡上了宜興。早在一〇五七年，一起考中進士的宜興人蔣之奇，在宴會上和蘇東坡同桌，向蘇東坡講起自己家鄉的山水之美，聽得蘇東坡很神往，相約以後退休了一起去宜興居住。

一〇七一年到一〇七四年間，蘇東坡在杭州做通判，去過宜興多次。宜興是蘇東坡計畫退休後定居的首選之地。據說早在一〇七四年，蘇東坡就在宜興買過田。在一首詩裡，他甚至在腦海裡想像出自己在宜興做田舍翁[7]，招待朋友的畫面。但不久，突然發生了「烏臺詩案」，退隱宜興已經不太可能。一〇七九年十二月二十九日，朝廷做出最終判決，蘇東坡被貶謫黃州。一〇八〇年二月，蘇

東坡到達黃州，這一年他已經四十五歲，在古代，算是步入老年。他不知道會在黃州待多久，但已經做好了安居黃州的打算。

他甚至計畫過，買一個園子，讓蘇轍一家也搬到黃州。他還計畫買田，也實實在在的開墾過荒地，開墾出了東坡，還修築了「東坡雪堂」。但這些計畫後來大都落空了。一〇八三年，侍妾王朝雲為其誕下兒子蘇遁。一家人已經融入黃州的生活，孩子講的都是當地的土話。

一〇八四年，當新的任命傳來，應該出乎蘇東坡的意料。這一年的正月，神宗親手寫下手箚[8]：「蘇軾黜居思咎，閱歲滋深；人材實難，不忍終棄。」下詔把蘇東坡改授為汝州團練副使，本州安置，不得簽書公事。這個任命從表面看是平調，但並沒有改變原有的處分，只是改派到離京城更近的一個地方。但由皇帝親自下詔，又有不同尋常的意義，意味著蘇東坡的政治道路上又出現了曙光。

才剛想在黃州安定下來，卻又因皇帝的新任命要去汝州。蘇東坡的心情，

7 田家老農。
8 手札。

就像〈滿庭芳．歸去來兮〉寫的那樣：「歸去來兮，吾歸何處？萬里家在岷峨。百年強半，來日苦無多。」要回去了，但我能夠回哪兒去呢？故鄉眉州在萬里之外，我年過半百，未來的日子已經不多了。到底哪裡是家？再次成為一個疑問。

一〇八四年，在去河南的途中，他遊覽了廬山，又到金陵（今江蘇南京）拜訪王安石，起過在金陵買地定居的念頭。但最終，他還是決定在宜興定居。他去宜興買了田，這件事記錄在〈楚頌帖〉裡：

> 吾來陽羨（宜興），船入荊溪，意思豁然。如愜平生之欲，逝將歸老，殆是前緣。王逸少云，我卒當以樂死，殆非虛言。吾性好種植，能手自接果木，尤好栽橘。陽羨在洞庭上，柑橘栽至易得。當買一小園，種柑橘三百本。屈原作橘頌，吾園若成，當作一亭，名之曰楚頌。元豐七年十月二日書。

看來，他喜歡宜興，只是因為那裡的山水很美，可以實現對美好生活的嚮往，好像是前世有緣。然後，他引用了王羲之（王逸少）的話：我最後一定要在快樂之中死去。蘇東坡說這句話不是虛言，他的意思是自己可以在宜興快樂到死。他說自己喜歡種植，尤其喜歡種橘樹。宜興在洞庭上，很容易種柑橘。他計畫買一個小園，種柑橘三百株。因為屈原寫過〈橘頌〉，所以，園子建成後，要在裡面建一個小亭子，就叫楚頌亭。

元代書法家趙孟頫，在這幅書法上有一個題跋：「東坡公欲買田種橘於荊溪上，然志竟不遂，豈造物者當有所靳也！而楚頌一帖傳之後世為不朽，則又非造物有所能靳也。」大意是，蘇東坡想在荊溪上買田種橘，最終卻不能實現，難道是造物者不肯給予嗎？而〈楚頌帖〉傳到後世，是不朽之作，難道又是造物主所能控制的？但很可惜，這幅不朽之作的真跡，在明代以後就佚失了。

當然，寫這幅帖時，蘇東坡並沒有想到願望會落空。在去汝州的路上，他一連兩次寫奏章給神宗皇帝，要求改派常州作為居住地。他在〈乞常州居住表〉一文裡描述了自己的困境：「自離黃州，風濤驚恐，舉家重病，一子喪亡。今雖已至泗州，而貲用罄竭，去汝尚遠，難於陸行。無屋可居，無田可食，二十餘口，不知所歸，飢寒之憂，近在朝夕。與其強顏忍恥，干求於眾人，不若歸命投誠，控告於君父。臣有薄田在常州宜興縣，粗給饘粥，欲望聖慈，許於常州居住。」

這一段文字，講了蘇東坡一家二十多口從黃州乘船北歸，旅途艱險，全家人都生了病，小兒子不幸夭折。現在到了泗州，離河南汝州尚遠，但旅費幾乎花完了，很難再走陸地。又沒有房子可以居住，沒有田地可以耕食，全家二十多人，不知道去哪裡，受飢寒之苦，近在朝夕。與其勉強厚著臉皮忍受恥辱去乞求眾人，不如老老實實向皇上真誠表達。蘇東坡又說自己有薄田在常州宜興，可以勉強養家，希望皇帝能夠仁慈，允許他在常州居住。

終於在一〇八五年獲得神宗的批准，當蘇東坡接到批准時，他已經到了河南商丘，當時的「南京」。北宋有一段時間，南京商丘和東京開封並立，故此也稱南都。一〇八五年三月，蘇東坡南下前往常州，經過揚州時寫下了〈歸宜興，留題竹西寺〉三首，其中有一首：

十年歸夢寄西風，此去真為田舍翁。
剩覓蜀岡新井水，要攜鄉味過江東。

另有一首：

此生已覺都無事，今歲仍逢大有年。
山寺歸來聞好語，野花啼鳥亦欣然。

題目裡用了「歸宜興」，這個「歸」字，經常出現在蘇東坡的詩詞裡。「歸」有兩層含義，一是歸家的「歸」，相當於回到家，背後的問題是在哪裡安家，或者說，家在哪裡。二是歸隱的「歸」，相當於退隱，背後的問題是要不要當官，當什麼樣的官？這兩層含義，有時候指的是同一件事。在哪裡安家，就意味著從官場隱退。從官場隱退，意味著要找一個地方安頓下來。

蘇東坡有過定居黃州的想法，但那不是自己的選擇，是無奈的隨遇而安。而宜興是蘇東坡自己選擇想安家的地方，現在他終於實現這個願望了，心中的喜悅可想而知。所以，他把宜興看作自己的家，並說這個歸家的夢做了十年，總是實現不了，只能寄託在西風裡。

推算起來，蘇東坡大約是在一〇七四年在宜興買田，起了在那裡安家的念頭，到一〇八四年，正好十年。經歷了那麼多風雨，現在終於可以做一個田舍翁了。揚州竹西寺的後面有一片山岡，叫蜀岡，那裡井水的味道，和蜀地的水很像。所以，蘇東坡說，我帶著有故鄉味道的水，去宜興，去我的新家。

另外一首的一句「此生已覺都無事，今歲仍逢大有年」，終於安定下來了，這輩子再也不會有什麼事了，正好今年又碰上豐收年。從山裡的寺廟裡回來，聽到了好消息，連鳥兒和花朵也在為我高興。

這兩首詩表達了一種，終於開始過上自己想過的生活的喜悅之情。當然，蘇東坡做夢都不會想到，很多年後，這組詩成為他的一個罪證。因為寫詩的時間，剛好是神宗去世不久，有人認為蘇東坡是聽到皇帝駕崩的消息而感到高興。

蘇東坡在宜興有過短暫的停留，這可能是他一生中唯一一次按照自己的意願生活，因此在當地留下不少傳說。據說他為了喝好茶，自己設計了一種茶壺，叫「提梁壺」，也叫「東坡提梁壺」，靈感來自燈籠的形狀。他還將「松風竹爐，提壺相呼」這句話刻在茶壺上，展現出一幅宋代人煎茶、飲茶的畫面。

雖然蘇東坡最終沒有在宜興定居，但是〈楚頌帖〉短短數語構想的「宜興生活」，至今打動人心。其實，**無論處在什麼情況下，都不妨礙我們設計自己的生活，找一個喜愛的地方，過一種平淡的生活**。也許暫時不能達到，但會成為一種內在的動力，帶著我們在生活裡不斷向上。

06 此心安處是吾鄉

心安定下來了，哪裡都是自己的家鄉，都可以過得很好。

蘇東坡的詞〈定風波．南海歸贈王定國侍人寓娘〉裡，有一句很有名的話：「此心安處是吾鄉。」如何解決人生漂泊？如何解決身不由己？這句話好像就是一個最簡單的答案——此心安處是吾鄉。你的心在哪裡安定下來，哪裡就是你的家鄉。聽起來很簡單，實際上並不簡單。

心如何安是一個很大的問題。當年達摩在少林寺修行，有一個叫神光的人去那裡求法，達摩不見他，他就在雪地裡等著，一直不走，達摩就是不開門。後來神光就把自己的手臂砍了，達摩只好出來，問他想要求什麼。神光說：「請大師為我安心。」一看來，心不能安定，困擾著神光，這是他找達摩的原因。這個問題深深的困擾著他，所以，為了弄明白這個問題，不惜斷掉自己的手臂。

達摩就說：「那請你把你的心拿來。」神光聽完很詫異：「我就是因為不知道我的心在哪裡，才來找您啊！」達摩看了他一下，突然說：「我已經幫你把心安好了。」一剎那間，神光就覺悟了，成了禪宗的二世祖，達摩給他取了個名字叫慧可。

不知道大家聽了，有沒有弄明白到底怎麼樣才能把心安下來呢？暫且把達摩放下，看看蘇東坡是怎麼說的。

蘇東坡這一首〈定風波·南海歸贈王定國侍人寓娘〉寫於一〇八六年，但要了解這一首詞的創作背景，還得回到一〇七九年。那一年因烏臺詩案，蘇東坡被貶謫到黃州，受到牽連的有二十多人，遭受到各種懲罰。這些人平時和蘇東坡有書信來往，可能講了一些牢騷話，或者傳播了蘇東坡諷刺當時「新政」的詩歌。

其中有一個人叫王鞏，也叫王定國，受到的懲罰最重，他被貶到了當時的荒蠻之地——嶺南的賓州（今廣西賓陽）。蘇東坡對他一直心感愧疚，這從蘇東坡寫給王定國的很多信裡可以看出來。而王定國對於這件事，一直不以為意，不怨天，也不尤人。一〇八六年他從嶺南回來了，正好蘇東坡也回了朝廷，王定國就設酒宴宴請蘇東坡。宴會之後，蘇東坡寫了這首〈定風波·南海歸贈王定國侍人寓娘〉：

常羨人間琢玉郎，天應乞與點酥娘。盡道清歌傳皓齒，風起，雪飛炎海變清涼。

萬里歸來顏愈少。微笑，笑時猶帶嶺梅香。試問嶺南應不好，卻道：此心安處是吾鄉。

「常羨人間琢玉郎」，琢玉，像雕琢過的玉石，琢玉郎，形容王定國是長得豐神俊朗的男子，常常羨慕這人世間還有這樣俊美的男子。

「天應乞與點酥娘」，就連上天也憐惜他，贈予他溫婉美麗、膚如凝脂的女子陪伴他。這個女子就是王定國的歌妓，叫柔奴，也稱寓娘。

「盡道清歌傳皓齒」，大家稱讚這個女子歌聲清亮悅耳，笑容柔美。

「風起，雪飛炎海變清涼」，聽到這個女子的歌聲，就好像風吹來，雪片飛過炎熱的夏天，讓世界都變得清涼了。

「萬里歸來顏愈少。微笑，笑時猶帶嶺梅香」，流落在萬里之外的嶺南，一定吃了不少苦，卻更顯得年輕。微笑時，還帶著嶺南梅花的清香。

「試問嶺南應不好，卻道：此心安處是吾鄉」，我試探著詢問你在嶺南應該吃了不少苦吧，沒想到你卻回答：過得也挺好，心安定下來了，哪裡都是自己的家鄉，都可以過得很好。

歷經滄桑，受盡苦難，卻變得更有生命力了，為什麼呢？一個歌妓的回答是：此心安處是吾鄉。這個說法，其實更早出現在白居易的幾首詩裡，白居易有一首〈吾土〉：「身心安處為吾土，豈限長安與洛陽。水竹花前謀活計，琴詩酒裡到家鄉。」感到身心安寧的地方就是家鄉，管他是在長安還是在洛陽，有水、有竹子、有花的地方，都可以活得很好，只要能夠彈琴、飲酒、寫詩，就是到了家鄉。

他還有一首〈種桃杏〉，裡面有一句：「無論海角與天涯，大抵心安即是家。」**不管在天涯還是海角，心安就是家**。又有一首〈初出城留別〉，裡面有一句：「我生本無鄉，心安即歸處。」人生本來漂泊，內心安定的地方，就是我的歸宿。這些句子，蘇東坡應該是知道的。

當然，作為禪宗的信徒，蘇東坡也知道禪宗有一句詩：「處處無家處處家。」實際上，早在一〇七五年，他在密州寫過一篇文章叫做〈超然臺記〉，從另一個角度講了「此心安處是吾鄉」。文章題目很有莊子超然物外的味道，第一段：

凡物皆有可觀。苟有可觀，皆有可樂，非必怪奇偉麗者也。哺糟啜醨，皆可以醉；果蔬草木，皆可以飽。推此類也，吾安往而不樂？

萬物都有可以觀賞之處。既然都可以觀賞，那麼，也一定會給人帶來快樂。不一定非要奇特、新奇、華美的東西，就算是吃酒糟、喝淡酒，也可以使人醉；水果、蔬菜、雜草、樹葉，也可以填飽肚皮。按照這樣的邏輯去推論，無論我到哪裡，怎麼可能不快樂呢？

然後，他講了人們只願意追求幸福而迴避災禍的心理，但恰恰是這種心理，給人帶來無限的痛苦。如果我們能夠跳出事物的局限，就不會在意幸福或者不幸。接著，他說自己從杭州調到密州，放棄了杭州的繁華，過上了困苦的生活，一般人肯定以為他不快樂。但實際上，他在密州待了一年之後，面貌更加豐潤，白髮也一天天變黑了。

雖然生活困苦，但他很享受密州淳樸的民風，也喜歡那裡的老百姓。最後說自己之所以寫這一篇文章，是為了「以見余之無所往而不樂者，蓋遊於物之外也」。我之所以到哪裡都很快樂，是因為我能逍遙於物之外吧。

這篇文章，寫的是為什麼自己到了簡陋的地方，還能變得年輕，幾乎是〈定風波〉那首詞的文章版。只不過，經歷了黃州的磨難，蘇東坡在詞裡的感受更為深厚。寫〈超然臺記〉時，蘇東坡從杭州調到密州，只是很小的不愉快，所以，文章大都是講道理。到了黃州，更多的是當下的行動，道理會顯得輕飄。當然，蘇東坡原先就有的這種超然物外的理念，幫助他很快在人生的巨變之中把心安定下來。一旦真正把心安定下來，也就不需要講道理了。

真正痛苦的時候，道理都懂，但意志薄弱，需要立即把道理轉化為行動，在行動中才能度過最艱難的時光。光想是沒有用的，只會帶來更多的焦慮。

達摩不願意和神光講道理，大概是想要讓他在當下就採取行動。

蘇東坡的詞裡，最精彩的是這一句「此心安處是吾鄉」。但細細品讀整首詞，有兩個意象很突出，一是柔奴的歌聲，能夠讓世界變得清涼，想像一下是什麼樣的音樂呢？二是嶺南的梅花。即使在蠻荒的嶺南，梅花仍然給予我們清香，想像一下梅花的清香彌漫在我們的周圍。這兩個意象都具有能動性[9]，似乎是在提醒我們，所謂此心安處是吾鄉，不是簡單的被動的隨波逐流，不是消極的接受命運，而是**面對不可抵抗的命運**，**盡自己的一切努力**，**在有限的資源裡為自己創造最好的狀態**。用通俗的話說就是，哪怕窮得穿破衣服，也要打理得乾乾淨淨，保持尊嚴。

所以，此心安處是吾鄉，不是消極的認命，更不是苟且，而是創造，是生命的呼喚。即使在糟糕的情況下，也不能妨礙我去彈琴、去寫字、去寫詩，也不能妨礙我去喝酒、去遊山玩水、去看月亮。這些主動的行為來自我們的心，沒有什麼東西可以阻擋。只要我們的**心無罣礙**，**不受外物的局限**，**那麼就能做到此心安處是吾鄉**，也能像蘇東坡那樣，**無論身處何種環境都很快樂**。

---

9 能動性可以被歸類為無意識、非自願的行為，或有目的、目標導向的活動（故意行為）。

07 人生如逆旅，我亦是行人

人生就像旅館、驛站，我也不過是一個行人，一個過客。

蘇東坡的詞〈臨江仙．送錢穆父〉裡面有一句很有名的話：「人生如逆旅，我亦是行人。」這首詞寫於一〇九一年，為什麼到了這年，蘇東坡會覺得自己不過是一個旅人，人生不過是從這個驛站到另一個驛站呢？

這要從一〇八五年說起，蘇東坡本來已經得到了神宗皇帝的批准，允許他在宜興定居。但同年三月，神宗駕崩，年僅十歲的哲宗即位，由於哲宗的年齡尚小，由神宗的母親高太后主政。高太后主政的第一件事，就是起用舊黨，蘇東坡不僅被平反，還得到重用。蘇東坡雖然對宜興尚有留戀，但他內心的抱負還是促使他很快決定重新回到京城。一〇八五年到一〇八九年，應該是他一生中事業最輝煌的時期，也是家庭生活最幸福的時期。

蘇東坡在京城安了家。黃庭堅寫過一首詩〈雨過至城西蘇家〉，寫雨後拜訪蘇東坡家的喜悅。據文獻記載，當時的開封城西相當於我們現在所說的「高級住宅區」，應該是蘇東坡一生中住過最好的地方。

當時在蘇家，經常舉辦各種聚會，熱鬧非凡。畫家李公麟也是常客，他畫的〈西園雅集〉，有一部分場景可能來自他在蘇家的聚會。那時，蘇東坡一家，除了長子蘇邁在外地做官，其他的孩子都在身邊，大大小小有二十多口人。尤其是弟弟蘇轍也在京城的戶部上班，兄弟倆經常見面，算得上是一大家子其樂融融。他有一次寫自己倒滿了酒，等待蘇轍過來一起小酌。又有一次過年，寫自己被家人催著穿新衣服，和一家大小玩樂。這是蘇東坡詩詞裡並不多見的喜樂場面。

僅僅四、五年時光，因為厭倦朝廷裡的權力鬥爭，蘇東坡又主動要求外派，結果又去了杭州，上次是做通判，這一次是做知州。一〇八九年蘇東坡到杭州，從前的朋友，有的老了，有的去世了，讓他發出了「到處相逢亦偶然」的感嘆。

一〇九一年他在杭州遇到吳越錢王的後裔錢勰（字穆父），錢穆父是一位書法家，也是一位書法收藏家，他收藏的〈魯公寒食帖〉、〈顏魯公帖〉、〈懷素兩帖〉、〈唐人書白樂天詩〉、〈出師頌〉、〈王子敬草書〉、〈洛神賦〉摹本等，在書法史上都很有名。錢穆父和蘇東坡是老朋友。元祐初年，他們兩人在京城時常來往。這次在杭州，是重逢，又是送別，蘇東坡寫了一首〈臨江仙・送錢穆父〉：

一別都門三改火，天涯踏盡紅塵。依然一笑作春溫。無波真古井，有節是秋筠。

惆悵孤帆連夜發，送行淡月微雲。尊前不用翠眉顰。人生如逆旅，我亦是行人。

「一別都門三改火」，說的是在京城告別以後，已有三年沒見了，沒想到會在杭州重聚。但短暫的相聚之後，馬上又要送錢穆父去瀛洲。

「天涯踏盡紅塵」，講的是錢穆父這三年從京城到越州，馬上又要去瀛洲，好像總在旅途上，總在人世間奔波。

「依然一笑作春溫」，雖然紅塵滾滾，相逢時卻依然笑得如春天般溫暖。

「無波真古井」，你的心像一口古井那樣平靜，不受外界的影響。

「有節是秋筠」，你的節操和品格，就像秋天的竹子。

「惆悵孤帆連夜發」，我感到很惆悵，因為你連夜要坐船出發去瀛洲。

「送行淡月微雲」，雲彩微茫，月光淡淡，為你送行。

「尊前不用翠眉顰」，席間的歌妓無須皺眉悲傷。

「人生如逆旅，我亦是行人」，人生就像旅館、驛站，我也不過是一個行人、一個過客。

這首詞裡的「天涯踏盡紅塵。依然一笑作春溫」和「萬里歸來顏愈少。微笑，笑時猶帶嶺梅香」意思很相近，「人生如逆旅」又呼應了早期的「人生到處知何似」，一方面是前路茫茫，一方面是人生短暫。

一〇九二年到一〇九三年這一段時間，蘇東坡的詩文作品裡，又多了一份漂泊感，好像再一次渴望安定，再一次懷念故鄉眉州。一〇九二年蘇東坡被任命為揚州知州時，設想要在揚州任上請求退休，打算回到家鄉眉州「築室種果」，等到弟弟年紀大一點也回到家鄉，他說這個願望不知道能否實現。

在另外一篇短文裡，又說自己打算在京口（今江蘇鎮江）買田。一〇九三年，蘇東坡去定州之前和蘇轍告別，又想起了兄弟曾經「夜雨對床」的約定。「對床定悠悠，夜雨空蕭瑟。」「夜雨對床」這個典故出自唐朝詩人韋應物的一句詩：「安知風雨夜，復此對床眠。」在風雨之夜，兩個人能夠對床而眠，別有一種風雨中的溫馨。蘇東坡、蘇轍兄弟借用這句詩，翻寫了不少詩句，表達的是一種期待兄弟相聚的渴望。但是，一〇九三年的蘇東坡，又一次感到了前路茫茫，「白首歸無期」，頭髮白了，好像仍看不到歸期。

一〇九三年蘇東坡寫下一首〈和陶飲酒二十首〉其十五：「去鄉三十年，風雨荒舊宅。惟存一束書，寄食無定跡。」離開故鄉眉州三十多年了，老宅子在風雨中荒廢了。留下來的只有一捆書，到處漂泊，沒有固定的行蹤。經過了一段繁華，好像又回到了起點，蘇東坡再次覺得自己不過是一個旅人，在天涯漂泊，渴望著能夠安定下來。

在送別錢穆父時，蘇東坡稱讚錢穆父「天涯踏盡紅塵。依然一笑作春溫」，歷經風風雨雨，笑容依舊如春天般溫暖。這大概也是蘇東坡自己的畫像，就像「此心安處是吾鄉」，是對柔奴的讚美，其實也是蘇東坡自己的寫照。

08 團團如磨牛，步步踏陳跡

好像在往前走，但實際上像拉磨的牛在團團轉，每一步都在重複走過的足跡。

一〇九二年至一〇九三年這段時間，蘇東坡再次體會出「到處相逢亦偶然」、「人生如逆旅，我亦是行人」這樣的漂泊感，但另一方面，〈送芝上人遊廬山〉寫了另一種漂泊感，漂泊無定，卻又是不斷重複。如果蘇東坡之前寫漂泊感，更多的是感嘆前路茫茫、身世不定，那麼這一首詩寫的漂泊感，卻是在感嘆人生重複無趣的痛苦，用作家錢鍾書的話說就是一種「陳陳相襲、沉沉欲死、心生倦怠、擺脫無從」的狀態。

這首詩是寫給芝上人，芝上人是臨濟宗的一個禪師，叫法芝，也叫曇秀，是蘇東坡在杭州做通判時交往的一個朋友。一〇九七年，蘇東坡被貶在惠州，這個禪師還去探望過蘇東坡，當時蘇東坡的兒子蘇過還寫了一首詩給他。據說，這個禪師俗姓錢，和前面提到的錢穆父一樣，也是吳越錢王的後裔。

一〇九二年，蘇東坡在揚州任知州，遇到即將去廬山的法芝，就寫了這樣一首〈送芝上人遊廬山〉：

二年閱三州，我老不自惜。
團團如磨牛，步步踏陳跡。
豈知世外人，長與魚鳥逸。
老芝如雲月，炯炯時一出。
比年三見之，常若有所適。
逝將走廬阜，計闊道逾密。
吾生如寄耳，出處誰能必。
江南千萬峰，何處訪子室。

這首詩首先表達了一種厭倦感。一〇九一年至一〇九二年這兩年，蘇東坡先後擔任杭州、潁州、揚州的知州。二十年前，即一〇七一年，為了躲避新黨舊黨的鬥爭，蘇東坡主動要求離開朝廷，外派到杭州做地方官，然後去了密州、徐州、湖州，直到一〇七九年被捕入獄。一〇八九年，為了躲避舊黨內部的派系鬥爭，他主動要求去杭州做地方官，不久又去了潁州、揚州，好像一個輪迴。

所以，蘇東坡說「三年閱三州」，短短的兩年時間，就換了三個州做知州。可怕的是，換了地方，但生活沒有任何改變，還是一樣的早出晚歸、一樣的公文。所以，蘇東坡用了一個比喻——「團團如磨牛，步步踏陳跡」。**好像在往前走，實際上像拉磨的牛在團團轉，每一步都在重複走過的足跡**。

接著寫了芝上人，好像世外之人，和魚鳥一樣自由安逸，又像雲中的月亮，一旦有光就會破雲而出。每年見面三次，每一次都好像有合適的地方可去，現在即將去廬山，越來越開闊，修行也會越來越深入。人活著，好像暫時寄生在這個世界上，哪有什麼一定的出處和去處呢？江南有那麼多山峰，到哪裡去尋訪你的住處呢？

自己的「團團如磨牛」，相對於法師的「長與魚鳥逸」，前後有一個對比，我自己到處奔波，重複著單調的公務，而法師到處雲遊，卻像雲中的月亮，藏著光芒，又像魚和鳥一樣瀟灑。一〇七一年，蘇東坡經過龜山時，寫過一句「身行萬里半天下，僧臥一庵初白頭」，也是把自己和一位僧人相對比。當時雖然茫然，卻並沒有明顯的厭倦，「身行萬里半天下」只是一個描述，描述人行走的姿態。而「團團如磨牛」是一個比喻，把自己比作拉磨的牛，有一個詞語叫「做牛做馬」，形容人謀生的艱難。

蘇東坡寫了漂泊帶來的沉重感，也可以看作是重複的工作帶來的厭倦感，更深一層也可以生發出人生虛無的聯想。**太陽底下沒有新的事情，一切都是重複，一切都是輪迴。那麼，人為什麼要工作呢？為什麼要活著呢？**

蘇東坡又寫了法芝，呈現了另一種活法，一種「世外人」的活法。人生並不是重複，太陽每一天都是新的，每一天都可以像魚和鳥那樣，自在逍遙，安住於自己的本性。一方面，世間謀生的人，「團團如磨牛，步步踏陳跡」，另一方面，世外的人「長與魚鳥逸」。在感受年復一年的單調暗淡裡，也知道有年復一年的豐富明快。這種敘述方式，透露了蘇東坡保持樂觀的一個祕密，無論在多麼痛苦的情況下，他都對「超然物外」的狀態保持著信念，相信那是真正的歸宿，總有一天能達到那樣的狀態。

這種信念在蘇東坡一一〇一年再次寫給法芝的〈次韻法芝舉舊詩一首〉詩

裡，表現得更為清晰：

春來何處不歸鴻，非復羸牛踏舊蹤。
但願老師心似月，誰家甕裡不相逢。

寫這首詩時，蘇東坡從海南回到常州，經過金陵時見到法芝。他說，春天到處都是歸來的大雁，不再是瘦弱的老牛重複走過的路。歸來的大雁，回到了家，不再漂泊。留意這裡的比喻，歸鴻和羸牛相對，要擺脫羸牛的「步步踏陳跡」，就要成為歸鴻，回到你自己的家。「但願老師心似月」，禪宗裡用月亮比喻佛性，本來清淨的佛性。唐朝寒山有一首有名的詩〈吾心似秋月〉：

吾心似秋月，碧潭清皎潔。
無物堪比倫，教我如何說。

「我的心像秋天的月亮，映照在皎潔的潭水裡，任何東西都無法比擬它，我不知道如何來描述。」蘇東坡這首詩希望法師的心像月亮，映照在普通人家的水缸裡，和大家相逢。這比寒山的那首詩更具有禪宗的意味。禪宗講究生活即修行。水缸是日常生活用品，是柴米油鹽的平凡生活。

如果說在一〇九二年寫「團團如磨牛」時，蘇東坡內心對於世間之外有所嚮往，要想擺脫人生的羈絆，就要遠離世俗，和魚鳥在一起，那麼，再次寫給法芝的詩裡，世外的超脫，並不是遠離世間，而是在日常生活裡。這是一個飛躍，而這個飛躍，並非一下子完成，而是在不斷的迷茫、痛苦中慢慢修練。最後，月亮不僅清澈，而且普照天下。這是一個生命自我療癒、自我覺醒的過程，也是一個帶著痛感不斷前行的旅程，最終讓自己的身心得到安頓。

09 此間有什麼歇不得處？

這裡有什麼不能停下來的地方呢？正好在這裡，正好在這裡停下，這裡就是家。

古代士大夫，一般情況下要工作到七十歲才可以致仕，也就是我們現在的退休，可以領退休金。如果有特殊情況，可以提出申請提前退休。一〇九二年至一〇九三年間，蘇東坡有過退休回老家眉州，或去鎮江的打算。他也經常在詩詞裡期待著提前退休，以舒緩公務帶給他的壓力，但一直沒有下決心提前退休。

蘇東坡有一篇名為〈記遊松風亭〉的小品文，這篇文章寫於一〇九四年的惠州，但蘇東坡應該做夢都沒有想到自己會到惠州。

一〇九四年，蘇東坡又遭遇了一次重大的人生打擊。高太后去世，獨立掌權的哲宗把高太后時代的人，也就是舊黨，全部打壓下去。蘇東坡首當其衝，被貶謫到了惠州，比黃州更遠了。北宋人心目中的惠州，是非常可怕、荒涼的僻遠之地。那一年，蘇東坡已經五十九歲了。

歷經重重艱險，一〇九四年十月，蘇東坡到了惠州，初居合江樓，不久後搬到了嘉祐寺。嘉祐寺位於山腳下，周圍有一片梅花林。十一月，梅花開放，一下子觸動了蘇東坡，讓他想起了一〇八〇年，大約十四年前，他在去黃州的路上，經過一個叫春風嶺的地方，那裡有一條溪流，兩岸開滿了梅花。那時候，他絕對想不到十四年後，自己會被貶到如此遙遠的惠州。惠州的梅花觸動了蘇東坡，他寫了一首〈十一月二十六日松風亭下梅花盛開〉：

春風嶺上淮南村，昔年梅花曾斷魂。
豈知流落復相見，蠻風蜑雨愁黃昏。
長條半落荔枝浦，臥樹獨秀桄榔園。
豈惟幽光留夜色，直恐冷豔排冬溫。
松風亭下荊棘裡，兩株玉蕊明朝暾。
海南仙雲嬌墮砌，月下縞衣來扣門。
酒醒夢覺起繞樹，妙意有在終無言。

先生獨飲勿嘆息，幸有落月窺清尊。

詩的前半部說，春風嶺上淮南村，從前也盛開過梅花，讓人傷心斷魂。哪知道今天流落到這裡，又見到梅花。又是淒風苦雨裡，又是愁人的黃昏。後半部說，酒醒了，夢也醒了，徘徊在梅花樹邊；花的姿態裡有無限的美妙，無法用語言來表達。我自己獨自喝酒，無須嘆息，應該感到幸運。在清澈的酒杯裡，有月亮在偷偷的望著你。

十四年前經過春風嶺的時候，蘇東坡也曾寫了有關梅花的詩，〈梅花二首〉其一：

何人把酒慰深幽，開自無聊落更愁。
幸有清溪三百曲，不辭相送到黃州。

誰來端酒安慰流落在深谷裡的梅花呢？花開時很無聊，花落時很悲愁。好在還有一路上清清的溪流，一直把我送到黃州。蘇東坡在黃州和惠州都寫了梅花，最後一句都顯得豁達，都有一個「幸」字。在黃州時的梅花詩說：「幸有清溪三百曲，不辭相送到黃州」，很幸運還有清清的溪流，願意送我到黃州。惠州時的梅花詩則是，「先生獨飲勿嘆息，幸有落月窺清尊」。一個人獨飲沒有必要嘆息，已經很幸運了，還有月亮到酒杯裡來陪伴我。

但是，其中有微妙的變化。黃州時的梅花，「何人把酒慰深幽，開自無聊落更愁」寫的「同是天涯淪落人」，和後來寫的那首有名的「海棠」詩異曲同工。而惠州時的梅花，「酒醒夢覺起繞樹，妙意有在終無言」寫的是梅花有不可言說的「妙意」。雖然在惠州多了一份艱難，多了一份絕望，卻也多了一份豁達，那種天涯淪落之感反而淡化了。

蘇東坡在到達黃州和惠州之前，分別經歷了與不同人士的兩場相遇，這兩場相遇也在潛移默化中影響著他對於人生的心態。蘇東坡到達黃州之前，經過一個叫岐亭的地方，突然看到一個人騎著馬從山上奔馳而來，那個人到蘇東坡面前下了馬，原來是很多年沒見的老朋友陳慥，也叫陳季常。

一〇六二年蘇東坡在鳳翔做簽判，當時鳳翔的太守是陳希亮，他有一個小兒子叫陳慥，從小不願意走仕途，像一個俠客一樣浪跡江湖，也像一個浪子般放蕩不羈。如今他在岐亭修道已經多年，沒想到在這裡偶遇了蘇東坡。

蘇東坡特地寫了一篇〈方山子傳〉記錄陳慥這個人，他很欣賞陳慥疏狂[10]的個性，可以做官，卻不去做官，可以過富裕的日子，卻放棄榮華富貴，寧願在岐山隱居，家徒四壁，不和世間的人來往。蘇東坡在陳慥的家裡住了五天，後來陳慥也去黃州的臨皋亭看望過蘇東坡幾次。出身官宦之家，陳慥卻選擇了完全不同的道路，完全擺脫了對官場的依賴，成了一個徹底遠離官場的人。

蘇東坡到達惠州之前，過大庾嶺，途經一片樹林，有兩位道人遠遠看到蘇東坡，就退回到山間的茅屋裡。蘇東坡對押解他的人說：「這兩個人應該是高人，我們理應去拜訪一下。」進了茅屋，道人問押解的人這是誰，押解的人就說：「這是蘇學士。」還說：「學士始以文章得，終以文章失。」

兩位道人笑了笑，說：「文章豈解能榮辱，富貴從來有盛衰。」蘇東坡聽了，默默的自言自語了一句：「哪裡的山林裡面都會有得道之人。」

「身行萬里半天下，僧臥一庵初白頭」，這句詩幾乎是蘇東坡一生的寫照，

10 狂放不羈的樣子。

一方面，是公務上的壓力，是世俗生活的煩惱，是漂泊，是單調的重複；另一方面，是無牽無掛，來去自由。

他一輩子在官場內，卻嚮往官場外的自由，一輩子過著人世間的世俗生活，卻嚮往世外隱士的逍遙。他在到達黃州之前，遇到了在官場外的陳慥，而在到達惠州之前，遇到了俗塵之外的兩個道士。這也意味著他被貶惠州，打擊雖然比被貶黃州更大，但心態好像更平和了一些，對於滾滾紅塵，看得也更透澈了一些。

這兩個場面，很能代表他一生的姿態：**身在牢籠，心卻常常在牢籠之外**。

回到惠州，回到松風亭。之前，蘇東坡一直被「家」的概念困擾，一直籌劃要在什麼地方安家，一直在感嘆天涯淪落，感嘆漂泊之苦，感嘆「團團如磨牛」。現在，遇到了巨大的挫折，淪落到了惠州，路上仍然會有「岷峨家萬里，投老得歸無」（〈南康望湖亭〉）的感嘆。故鄉在萬里之外，還能回去嗎？

但是，當蘇東坡在嘉祐寺安頓下來，對於「家」又有了新的認識，對於生命也有了新的認識。有一天，他徒步去松風亭，快步走了一段路，感覺很累，想在樹林間休息。他一抬頭，望到松風亭還在樹梢的上面，還有很遠的距離。怎麼能夠走到那兒呢？山一樣的壓力揮之不去，猶豫之間，蘇東坡突然轉了一個念頭：

這裡到處都是可以休息的地方，到處都是可以看風景的地方，為什麼非要累死累活爬到松風亭呢？

一**轉念，就解脫了**。就像已經上了鉤的魚，突然從鉤上解脫出來，又游回了寬廣的湖水裡，自由自在。蘇東坡很感慨，假如人明白了這個道理，那麼在那種情況下，更應該馬上歇下來。

什麼情況下呢？兩軍短兵相接，戰鼓像雷霆一樣轟鳴，你往前進，會死於敵人的刀槍，往後退，會死於自己軍隊的軍法。在這樣一種危急的狀態下，更應該馬上歇下來。他把這個感悟寫成了〈記遊松風亭〉：

> 余嘗寓居惠州嘉祐寺，縱步松風亭下。足力疲乏，思欲就林止息。望亭宇尚在木末，意謂是如何得到？良久，忽曰：「此間有什麼歇不得處？」由是如掛鉤之魚，忽得解脫。若人悟此，雖兵陣相接，鼓聲如雷霆，進則死敵，退則死法，當恁麼時也不妨熟歇。

文章很短，但寓意很深。

「此間有什麼歇不得處？」和《楞嚴經》裡的「歇即菩提」相通，《楞嚴經》說：「狂心若歇，歇即菩提。」狂亂的心，如果能夠停下來，就是覺悟了。這個也是「此心安處是吾鄉」。

狂心，就是受汙染的心。通俗一點的說法，就是受到「名利」束縛的心，受到各種「執念」束縛的心。**我們活在這個世界上，以為「非要」怎麼樣**。

比如，非要考上大學、非要晉升職稱、非要買房子、非要結婚、非要有一個家……於是，一生都在跑道上，邊上是無數的和自己一樣的人，不斷往前奔跑，完全停不下來。然後，某一天的某一刻，就像蘇東坡那樣，突然一轉念：這個世界上哪裡沒有跑道呢？於是，轉身離開了跑道，發現了無垠的草地、森林、湖泊，天地如此廣大，但是那麼多人只擠在同一條狹窄的跑道上。

這些我們以為非要不可的東西，就像誘餌，引誘我們上鉤。如果我們對這些誘餌完全沒有興趣，那麼就沒有什麼可以羈絆我們。這些「非要怎樣」的執念，讓我們擠進同一個戰場，像兩軍短兵相接中只有死路一條的士兵。一旦我們放下這些執念，對陣的兩軍就消失了，我們就退出了戰場。

這一篇短文裡，這一句最為點睛：此間有什麼歇不得處？這裡有什麼不能停下來的地方呢？正好在這裡，正好在這裡停下，這裡就是家。這是蘇東坡以一次散步的經驗，再一次詮釋了「此心安處是吾鄉」。

有一個禪宗公案，也可以幫助我們理解「此間有什麼歇不得處？」這一句話。四祖道信第一次見到三祖僧璨，就向他禮拜請教：「希望您發慈悲，教會我如何解脫的法門。」三祖僧璨問他：「難道有誰把你綁住了嗎？」道信回答：「沒有人綁住我啊！」三祖就說：「那你為什麼還要求解脫呢？」道信一聽，就覺悟了。

10 但尋牛矢覓歸路，家在牛欄西復西

迷失了方向，只好沿著有牛糞的路行走，因為我的家就在牛欄之西。

讀讀蘇東坡在海南寫的兩首詩，體會一下：在走投無路的情況下，蘇東坡是如何為自己找到出路的；在最艱難的環境裡，如何做到「此心安處是吾鄉」；如何在天涯海角，踏著月色、穿過牛欄，找回自己的家。

蘇東坡做夢也沒有想到自己會來到海南，就像他做夢也想不到自己會到惠州一樣。當然，當年他做夢也想不到自己會被貶到黃州。從湖州到黃州，從定州到惠州，從惠州到海南的儋州，是他一生最苦難的時期。

但有意思的是，蘇東坡在這三個地方都買了地，建了房，打算安家。這在北宋很少見，一般被貶謫的官員，都是臨時租賃房子居住，隨時準備離開。但蘇東坡在黃州，修築了東坡雪堂，把黃州當作了家。在惠州的白鶴峰買了地，計畫一家人都在惠州定居。花了一年時間，在白鶴峰建了新居，和黃州東坡雪堂一樣，

也是蘇東坡自己設計的。因為在嶺南有一個果園，種了很多果樹。

新屋大約在一〇九七年二月建成，蘇東坡剛搬進去住了兩個多月，卻突然被貶到海南。到了海南，蘇東坡才知道什麼是天涯淪落。

當年在杭州遇到同鄉，有一種天涯淪落的淡淡鄉愁；到了黃州，看到故鄉的海棠，有一種天涯淪落的痛楚。現在，到了海南，是真正到了天涯海角。

北宋時的嶺南，已經非常蠻荒，而海南是蠻荒之中的蠻荒，幾乎還處於沒有開發的原始狀態。氣候尤其惡劣，連忍耐力很強的蘇東坡也說，這樣潮溼炎熱，難以忍受，每一天都是度日如年。雪上加霜的是，海南島和大陸隔離，渡海一次異常艱難。以蘇東坡這樣的年紀，幾乎很難再回到中原，這一次是真正淪落在天涯海角，好像再也回不去了。

蘇東坡剛到海南，就寫了一首詩，其中有一句「此生當安歸，四顧真途窮」（〈行瓊、儋間，肩輿坐睡。夢中得句云：千山動鱗甲，萬谷酣笙鐘。覺而遇清風急雨，戲作此數句〉）。這一生還能回到哪裡去呢？四面看看真是窮途末路。但接著，蘇東坡說圍繞中國的，也是茫茫大海，中國在宇宙之中，和海南島一樣，也不過是一粒米粒，說不上誰大誰小，誰是中心，誰是邊緣。然後又說：

「喜我歸有期，舉酒屬青童。」因為我是謫仙，現在天上有一個神仙的宴會，我很高興我馬上要去參加宴會。

蘇東坡寫過一篇短文，說自己剛到海南，環視四周，只見水天相連，無邊無際，不免感傷，自問：什麼時候能夠離開這裡呢？後來想了想，覺得天地都在積聚的水裡，九州在大瀛海裡，中國在少海（渤海）裡，凡是有生命的，哪一個不是活在島上呢？把一盆水倒在地上，小草就會在上面漂浮，螞蟻附在小草上，感到茫然，不知道什麼時候渡過積水。不一會兒，水乾了，螞蟻就直接到了地上，再見到牠的同類，哭著說：「我以為再也見不到你了，哪裡料到俯仰之間就出現了四通八達的路。」

蘇東坡說想到這些就令人發笑。寫這一段文字是他到海南的第二年，和客人喝了點小酒，微醺時信筆寫下的。

另一篇短文〈書海南風土〉，又從另一個角度寫了如何在海南安住下來。蘇東坡提了一個很有意思的問題，海南的環境確實異常惡劣，夏天和秋天，什麼都會腐敗，照理人的身體也會受到極大的侵害，但為什麼海南卻有不少長壽老人，甚至一百多歲的也不在少數？

由此，蘇東坡認為，「壽夭無定，習而安之，則冰蠶火鼠，皆可以生」。壽命並沒有定數，只要你能夠習慣環境，就算蠶在冰裡，老鼠在火裡，也能生存。但這個「安於環境」，不是簡單適應環境，而是以自己的心境去融合環境。他說自己曾經讓心中空明澄淨，沒有雜念，然後把這種「心境」用於萬物，可以禦寒，可以抵擋炎熱，活到一百歲不是問題。

最後，他引用了《莊子》中的一段話，大意是我們覺得窒息無力，昏暗苦悶，只是我們自己堵塞了七竅。因為天然的精氣日夜無息的貫穿於我們的七竅之中，**只要你打開你的五官，打開意識的牢籠，那麼天地就一片廣闊，怎麼會無路可走呢？**

就這樣，蘇東坡像一個海南人一樣，在儋州安頓下來。還是像以前一樣，到處漫遊，和當地人交朋友，欣賞山川文物。寫了一組詩叫〈被酒獨行，遍至子雲威徽先覺四黎之舍〉三首，題目的意思是，喝了酒，帶著醉意，獨自散步，到了子雲、威、徽、先覺四個黎族人的家，共有三首詩，其中第一首：

半醒半醉問諸黎，竹刺藤梢步步迷。

但尋牛矢覓歸路，家在牛欄西復西。

蘇東坡喝了酒以後去散步，回來時迷迷糊糊的，在樹叢裡迷路了。怎麼辦呢？只好找牛糞，隨著牛糞回到家，因為家就在牛欄的西邊的西邊。以前蘇東坡說，「家在萬里岷峨」，指的是故鄉眉州。又說過「家在江南黃葉村」，指的是江南宜興。在惠州時，他寫過：「前年家水東」、「去年家水西」，合江樓在惠州水東，嘉祐寺在惠州水西。現在他說「家在牛欄西復西」，在一個黎族人的村子邊上。很荒涼，要靠牛糞的指引才能找到。

第二首：

總角黎家三四童，口吹蔥葉送迎翁。
莫作天涯萬里意，溪邊自有舞雩風。

三個黎族的小朋友，用蔥葉吹著口哨和我打招呼。沒有必要覺得自己是在浪跡天涯，就算是在海南的小溪流邊，也可以像孔子學生曾點那樣，在舞雩臺上吹吹風。

這裡有一個典故，《論語》裡孔夫子請他幾個學生聊聊自己的志向，前面幾個講的都是齊家、治國、平天下之類的大事，輪到曾點時，他說自己的志向不過是春天時穿著春天的衣服，和幾個小孩、大人一起去沂水邊的舞雩臺，洗洗澡、吹吹風，然後唱著歌把家回。

第二首詩用曾點舞雩的典故，至少有兩層含義：第一，即使在邊陲，只要我心中保持著文化的信念，那麼，海南的小溪流和偉大的儒家文化中心沂水是一樣的。第二，即使在邊陲，在那麼簡陋的環境中，只要對美好生活有所嚮往，那麼，海南的小溪邊也能有「舞雩風」，有歲月的靜好。

蘇東坡初到海南時，借住在政府的一間房子裡，後來不被允許居住，他就自己買地，自己設計，蓋了五間平房。在椰樹林裡為自己建了一個家，命名為「桄榔庵」，還寫了〈和陶和劉柴桑〉表達自己的心情：

漂流四十年，今乃言卜居。
且喜天壤間，一席亦吾廬。

「漂泊了四十年，今天終於有了自己的家。天地之間一塊小得不能再小的地方，也是我的家，讓我感到喜悅。」蘇東坡在去海南之前，曾認為自己再也回不去了，卻沒想到一一〇〇年事情又發生了變化，哲宗去世，徽宗登基，權力格局再度逆轉。蘇東坡被重新安置在廉州，六月渡海北歸。之後，一路重新安置，最後被復任朝奉郎，提舉成都玉局觀。

離開海南之前，蘇東坡在〈別海南黎民表〉中寫道：「我本海南民，寄生西蜀州。」他把自己當作了海南人。北歸途中，蘇東坡考慮過回眉州定居，也考慮過去杭州，最終決定去常州。

一一〇一年六月，蘇東坡到了常州，因為買地買房的事還沒有辦妥，暫時借住在孫宅裡。不想到了常州，他就病倒了。蘇東坡給維琳和尚的告別信裡說：「我在萬里之外的海南都大難不死，而回到常州，終於要回歸田園，卻一病不起。難道這不是命嗎？生死不過如此，不必執著，只希望法師為了佛陀、為了佛法、為了眾生好好保重。」

一一〇一年八月二十四日，漂泊了一生的蘇東坡在常州的孫宅去世。

第二章

一路得意，忘了求退之難

蘇東坡的一生，兩次在中央任職，進入了權力中心，兩次主動要求外派做地方官，先後在杭州、密州、湖州、潁州、揚州、定州等地主政。蘇東坡三次被貶謫，第一次被貶至黃州、第二次被貶至惠州、第三次被貶至儋州。

蘇東坡一生都在官場，經歷了三次鬥爭，第一次是作為舊黨核心人物和新黨之間的鬥爭；第二次是作為舊黨內的開明派和舊黨內的保守派之間的鬥爭；第三次是作為蜀黨領袖和以程頤為領袖的洛黨之間的鬥爭。

蘇東坡的一生，社會身分都是官員，他自己卻說：「我是江湖上的人，長期在官場，好像在樊籠之中，哪有什麼美好的靈感？」

「做個閒人」，是他的突圍策略，也讓他在進退之間找到了平衡。

01 長恨此身非我有，何時忘卻營營？

活在這個世上，一切都是身不由己。什麼時候能夠忘掉現實裡那些鑽營忙碌啊？

讀研究所時，有一次和老師閒聊，聊到學術界、學校的種種，老師突然感慨說一句：「何時忘卻營營？」這是我第一次知道蘇東坡有這麼一首詞，也是第一次感受到一位長者發出的「退隱」感嘆。

那個年代，每一個人都意氣風發，充滿希望，每一個人都像背負著時代的使命，正在做著什麼大事。但我從老師那裡，第一次聽到了熱鬧的另一面：鑽營、投機、勞碌、紛擾、糾纏、名利……然後，老師說了一句一千年前蘇東坡說過的話：「何時忘卻營營？」

當時我二十歲出頭，老實說，還不是很理解老師的感受。後來，離開學校進入社會，不時的會想起老師當時的神情。年輕時很多美好的願望和期許，在社會的泥淖裡常不堪一擊，不時的會有很深的厭倦感。人生那麼短暫，我們卻把很多精力消耗在人事的糾紛、無聊的雜務，甚至彼此的爭鬥上。有什麼意思呢？

現在，我也到了老師當年的年齡。我想，如果再和老師聊天，再聊到「何時忘卻營營」，一定會和老師有很多的共鳴。蘇東坡的「何時忘卻營營」出自〈臨江仙．夜飲東坡醒復醉〉這首詞，創作於一〇八三年四月（也有人說是一〇八二年九月），那時候，蘇東坡將近五十歲，被貶謫到黃州。

為什麼會被貶謫到黃州？那就必須提到「烏臺詩案」。

所謂烏臺，就是御史臺；詩案，就是關於詩歌的一個案件。一〇七一年，蘇東坡為了躲避權力鬥爭，而主動要求外放到杭州、密州、徐州等地做地方官，一〇七九年三月被任命為湖州知州。四月他到達湖州，七月就被御史臺以利用詩歌誹謗皇帝新政的罪名逮捕，關在監獄裡，直到十二月結案，被貶謫到黃州做團練副使，但不得簽書公事，相當於掛名在那裡被監管，類似於流放。

烏臺詩案，**是蘇東坡一生中最重要的一個轉捩點**。到黃州後不久，他在朋友的幫助下，得到一塊荒地進行開墾，命名為東坡。他還在那裡修築了東坡雪堂，經常和朋友一起在那裡吟詩、作畫、喝酒，喝得醉眼朦朧。有一天晚上，蘇東坡又在東坡和幾個朋友喝得醉醺醺的，對著夜色裡的江水、月亮，詩興大發，寫了一首〈臨江仙．夜飲東坡醒復醉〉。

夜飲東坡醒復醉，歸來彷彿三更。家童鼻息已雷鳴。敲門都不應，倚杖聽江聲。
長恨此身非我有，何時忘卻營營？夜闌風靜縠紋平。小舟從此逝，江海寄餘生。

寫完後，這幾個人又唱又喝，過了很久才各自糊里糊塗回家。第二天，有人還記得蘇東坡寫了「夜闌風靜縠紋平。小舟從此逝，江海寄餘生」，還說蘇東坡把衣服掛在江邊，乘上小舟長嘯而去。當地的郡守聽了大吃一驚，擔心自己要受到處分，因為蘇東坡是「有罪之人」，安置在黃州，當地官員有監管的責任，馬上跑到蘇東坡的家，推門進去，發現蘇東坡還在呼呼大睡。

實際情形和詞裡的描寫好像有點不一樣，大概所謂詩，所謂藝術，就是來源於生活又高於生活。回到蘇東坡這首詞本身，首先寫的是這樣一個畫面：喝酒喝醉了，休息了一會兒，又喝醉了。回到臨皋的家裡，好像已經三更了。家裡的童僕等不及留門，已經呼呼大睡，鼾聲如雷。敲門都敲不醒，只好在江邊依靠著拐杖，聽深夜的江水聲。

然後，寫了一種感受，什麼感受呢？就是突然感到這個我不是我，這個身體不是我的身體，活在這個世上，一切都是身不由己。什麼時候能夠忘掉現實裡那些鑽營忙碌啊？趁著夜深風靜，湖面平坦，駕著一葉小舟，從這裡消失，浮游在江海上寄託餘生吧。

這個畫面，這種感受，好像很平常，卻深刻的寫出了在塵網裡奔波的人，普遍的一種壓抑以及壓抑之後的期望。從古到今，誰不想自由自在的過自己想過的生活呢？但從古到今，又有多少人能夠自由自在的過自己想過的生活呢？誰不是在牢籠之中？誰不是在身不由己裡跋涉前行呢？

這種感受裡蘊含著文化的源流，第一個源流來自《莊子．外篇．知北遊》：

舜問乎丞曰：「道可得而有乎？」

曰：「汝身非汝有也，汝何得有夫道？」

舜曰：「吾身非吾有也，孰有之哉？」

曰：「是天地之委形也；生非汝有，是天地之委和也；性命非汝有，是天地之委順也；子孫非汝有，是天地之委蛻也。故行不知所往，處不知所持，食不知所味。天地之強陽氣也，又胡可得而有邪！」

大意是，我們的身體，我們的一切，其實都不是我們擁有的，不過是天地委付的形體；生命也不是我們擁有的，是天地所委付的和氣；性命也不是我們擁有的，是天地委付的自然；子孫也不是我們擁有的，是天地委付的蛻變。所以，行動時不知道往哪裡去，居住時不知道把持什麼，吃東西時不知道味道。只是天地間的運動而已，怎麼能夠獲得而保有呢？

全汝形，抱汝生，無使汝思慮營營。（《莊子・庚桑楚》）

大意是，庚桑楚說：「保全你的身形，護養你的生命，不要使你的思慮為求取各種世俗的功名利祿，而奔波勞苦。」

第二個源流是《論語．公冶長》：

子曰：「道不行，乘桴浮於海。」

大意是，孔子說：「如果我的主張不能實行的話，那就乘著小筏子去海外漂浮吧。」

讀莊子的那兩段話，可以進一步理解「長恨此身非我有，何時忘卻營營」的深意。我們以為這個身體是我們自己的，但很遺憾，身體並非我們自己的，不過是天地間的自然運行而已，我們只能順其自然。如果非要按照人為的意志去做什麼、去強求什麼，那麼就會很痛苦。

如何才能順其自然，忘掉世間各種世俗的追求？

當你忘掉名利時，恰恰你的身體就會成為你自己的。通俗一點說，就是**當你淡泊名利時，你就越接近自己**。

什麼時候能夠忘卻名利呢？什麼時候能夠停止追逐和紛爭呢？這是蘇東坡對自己的提醒。

然後，他表達了孔子的一個原則，就是當自己的主張無法實行，或者說，當理想和現實產生矛盾時，孔子說：「那就去海外吧。」孔子這句話的意思，也可以用他的另一句話來表達：「邦有道，則仕；邦無道，則可卷而懷之。」（《論語・衛靈公》）如果這個國家的政治清明，那麼就出來做官；如果政治黑暗，那麼就隱退。這就是儒家的「進」與「退」，後來歸納為「窮則獨善其身，達則兼濟天下」《孟子・盡心上》。

莊子對於「世俗」的「進」是完全否定的，提倡徹底的「隱」。而孔子對於世俗的「進」是肯定的，但又留下了「退」的餘地。蘇東坡在這首詞裡把莊子和孔子的觀念糅合在了一起。在蘇東坡那個時代，儒釋道已經混合，很難分清誰是誰。莊子徹底的「隱」和孔子的「進退」，在蘇東坡那裡是融會一體的，混合成一個自洽的生活態度。

所以，蘇東坡喝完酒，寫下「小舟從此逝，江海寄餘生」，然後就回家呼呼大睡了。對於他來說，是很自然的一件事，不覺得有什麼矛盾。生活仍在繼續。雖然對於世俗生活感到厭倦，但他的一生一直沒有離開世俗生活。

蘇東坡一直崇拜陶淵明，卻沒有像陶淵明那樣歸隱田園，而是保持著身在紅塵、心在紅塵之外的狀態。也許，恰恰是因為他一直在紅塵之中，所以，對於世俗生活的體驗就更為深刻，表達出來的虛無感也更強烈。

乍一想，這好像是一個悖論，但恰恰是這樣一個悖論，體現了一種生活藝術。夜晚的酒醉，帶來的是對世俗生活的清醒審視，讓人能夠在心理上和世俗保持距離；厭倦和感傷，也沖淡了世俗帶來的煩惱。這也許就是所謂的以悲傷治癒悲傷。從另一個更高的角度，也可以說，這是以出世的心，做入世的事，蘇東坡就是這樣的典範。而這首詞，也以詩的意象，表達了這樣一種活法。

02 兩事皆害性，一生恆苦心

必須謀生才能生存，而謀生又往往和自己的興趣相衝突，謀生必須融入現實，而現實又往往和自己的理想不合。

蘇東坡轉述過韓愈的一句話：「居閒食不足，從仕力難任。兩事皆害性，一生恆苦心。」（〈從仕〉）從這句話裡，可以看出蘇東坡一生的困境在哪裡。不喜歡工作，但為了謀生，又不得不工作。辭掉了工作，無法養家糊口，也會扭曲人的性情；為了養家糊口，又不得不做不喜歡的工作，也很彆扭。

這也許是人類進入文明社會之後永恆的矛盾，必須謀生才能生存，而謀生又往往和自己的興趣相衝突，謀生必須融入現實，而現實又往往和自己的理想相齟齬[1]。當蘇東坡感嘆：「何時忘卻營營？」飽含的是對工作與興趣、現實與理想

1 比喻彼此不合。

之間如何達到平衡的思考。

當蘇東坡說：「兩事皆害性，一生恆苦心」、「何時忘卻營營」時，其實也是在問自己：「當官到底是為了什麼？」

要想了解他為什麼會有這樣的疑問，需要簡單回顧一下蘇東坡的職業經歷。蘇東坡原來不過是眉州的農家子弟，但選擇了走出蜀地，參加科舉，以仕途作為自己的人生道路。古代中國，普通人想要走仕途，只有參加科舉，或者經現任官員的推薦這兩種方法，尤其是科舉考試，使得平民有機會晉升到上層社會。

在北宋，科舉考試分為常科和制科兩大系統。常科，就是考進士。勉強比喻的話，有點像我們今天的大學會考。制科，是由皇帝下詔舉行的人才選拔，一旦考中，比較容易被提拔。

所以，一些已經考中進士的人，也會參加制科考試。制科考試分為三個階段，第一個階段，獲得某一個有名望的大臣推薦，向朝廷提交五十篇策論，經翰林院學士等人評選，排出名次，叫做「賢良進卷」。第二個階段，入選者彙集京城，到「祕閣」寫六篇命題作文，叫「祕閣六論」。第三個階段，祕閣六論通過者，可以去參加「御試對策」，回答當前政治上的各種問題，由評選委員考評，合格的就算獲得「制科」出身。

一〇五六年，蘇東坡二十一歲，他和弟弟蘇轍應開封府試，蘇東坡以第二名中舉，蘇轍也考中。一〇五七年，蘇東坡二十二歲，歐陽修主持禮部考試，蘇東坡兄弟同科進士，一下子名揚全國，蘇東坡那篇〈刑賞忠厚之至論〉也是他的成名之作。一〇五八年到一〇五九年，蘇東坡回到蜀地為母親服喪。一〇六一年，蘇東坡二十六歲，他寫了〈進策〉和〈進論〉各二十五篇，應制科試，取為第三等。同年，他被任命為大理評事，空降到陝西鳳翔府任節度判官，開始了他的職業生涯。

以前都是讀書、紙上談兵，現在真正進入了官場，面對現實的社會問題和官場生活，蘇東坡感到了失望。所謂理想和現實的矛盾，不論哪個時代，許多人都會面臨。蘇東坡感到這種衙門雜務很消耗精力，甚至感覺是在浪費生命。

一〇六五年，蘇東坡回到京城，開始在朝廷任職。此時正值王安石變法，舊黨和新黨的爭鬥，讓他更加懷疑官場是不是適合自己。一〇七一年，蘇東坡主動要求外派，去了杭州、密州、徐州、湖州等地做地方官。一〇七九年，遭遇「烏臺詩案」。一〇八二年，蘇東坡在黃州寫下「何時忘卻營營？」，對自己的職業產生了疑問。這樣當官有意思嗎？不如退隱。

但實際上，他一輩子都沒有退隱。為什麼？蘇東坡一生中多次提到，是因為錢。退隱了，沒有經濟來源，難以養家糊口。而做官，可以解決經濟的問題。當年蘇東坡和父親、弟弟一起走出蜀地，走上仕途，為了更好的生活，經濟是一個重要的因素。

一〇七八年，蘇東坡寫過一篇〈滕縣公堂記〉，很直接的表達了一個觀點：當官是為了好的待遇。他在這篇文章裡說：「君子之所以走仕途，是用他的才能換取天下對他的供養。才能有大有小，所以，供養也有厚薄。只要有益於人，即使是奪取民財來供養自己也不為過。因此，飲食一定要豐盛，車馬衣服一定要舒適，居室一定要壯觀，使喚的奴僕一定要夠用，那麼人們就會輕易的拋棄家園，而不願意丟棄朝廷授予的官職。如果他的衣食粗劣不如自己家中的吃穿，居室弊陋不如自己家裡的房屋，使喚的奴僕粗野，數量又不如自己家中的童僕，那麼即使是君子安於這種生活，不提出什麼異議，然而從人之常情來看，人們之所以離開父母捨棄祖墳出外遊宦，難道是厭惡安逸而追求勞苦嗎？」

所以，蘇東坡說為了錢，不得不做官，有一定的道理。

但是，如果僅僅為了錢，蘇東坡那個年代，至少還有另外兩個選擇。第一個選擇是留在家鄉。他的家在眉州，雖然算不上大富大貴，卻也是穩定的中產之家，老老實實在那裡種田、經商，應該不會貧窮，至少不至於淪落到被貶謫黃州，甚至被流放到海南的地步。不離開老家，循規蹈矩，可以過上平常但安穩的生活。

第二個選擇，以他的才華，可以透過其他途徑賺錢。宋代的商業已經非常發達，社會上，包括士大夫在內對於商業都有比較開明的看法。前面提到過，蘇東坡在杭州做通判時，有出版商出版了他的詩文集《蘇子瞻學士錢塘集》，因為暢銷，元豐初年又出版了《元豐續添蘇子瞻學士錢塘集》。

後來，蘇東坡在杭州做太守，發生了一件事：一個賣扇子的商人，欠了綢緞商很多錢。綢緞商告到官府，蘇東坡覺得，這個扇子商很可憐，因為天氣等各種原因，扇子賣不出去，親人又生病；但綢緞商討要欠款，也合情合理。這讓蘇東坡左右為難。

他突然靈機一動，要那個賣扇子的拿來一千把扇子，他在上面或寫字或畫畫，再讓扇子商拿出去賣，賺來的錢正好可以幫他還清欠款。也就是說，蘇東坡如果想獲得自由，是可以做自由藝術家的，靠賣文賣畫賣字謀生，大概不會貧窮，還很自由。

但蘇東坡幾乎完全沒有考慮過這兩種選擇。他選擇的是一條傳統的人生道路，就是把自己定位為士大夫。士大夫這種角色，可以說是古代中國很特別的一個角色定位。史學家余英時說：「這是世界文化史上獨一無二的現象。」（《士與中國文化》）

士大夫，來源於儒家，有點像知識分子，但又有點不一樣。既有職業層面的特點，往往做官，或者做教師，也有道德層面的特點，是某種人格的實踐者，還擔負著社會使命，甚至還有宗教意義上的特點。《論語》裡對於「士」的描述：

士志於道，而恥惡衣惡食者，未足與議也。（《論語．里仁》）

君子謀道不謀食。耕也，餒在其中矣；學也，祿在其中矣。君子憂道不憂貧。（《論語．衛靈公》）

士不可以不弘毅，任重而道遠。仁以為己任，不亦重乎？死而後已，不亦遠乎？（《論語．泰伯》）

中國歷史上，「士」作為一個獨立的群體存在，民間常常叫讀書人。他們一般是平民，透過科舉考試，成為國家的管理者。也可以不做官，靠自己的道德文章，產生很大的影響，有點像現在的「意見領袖」。

宋代以文治國，士大夫獲得前所未有的地位，與皇帝「共治天下」，又有不殺士大夫的傳統。因此，宋代的士大夫產生了很強烈的使命感。范仲淹的「先天下之憂而憂，後天下之樂而樂」，張載的「為天地立心，為生民立命，為往聖繼絕學，為萬世開太平」，成為士大夫的一種自覺擔當。

生活在那個時代的蘇東坡，作為那個時代優秀的「讀書人」，自然而然也有這種擔當。「當官固然是為了謀生，但當官更是為了一種使命、一種擔當。」這種意識融化在蘇東坡的血液裡。這種使命感和擔當感，使得蘇東坡像一個理想主義者，難免會對現實感到失望。

理想和現實的矛盾，我們可以從官員的類型去觀察。一般而言，官場上有三類官員，第一類是「理想型」，有理想主義情懷、有操守、有原則；第二類是「職業型」，看重的是職位的晉升；第三類是「鑽營型」，屬於投機分子。第一類和第三類都屬於少數。在北宋的政壇上，王安石、蘇東坡、歐陽修、司馬光都是第一類官員。第一類官員，因為自己的情懷和操守，使得他們和第三類官員格格不入，同時也和第二類官員志趣相異。

作為第二類「職業型」官員，朱熹有過這樣的描述：

今世士大夫，惟以苟且逐旋挨去為事，挨得過時且過。上下相咻以勿生事，不要十分理會事，且恁鶻突。才理會得分明，便做官不得。（《朱文公政訓》）

大率習軟美之態，依阿之言，而以不分是非、不辨曲直為得計。下之事上，固不敢稍忤其意。上之御下，亦不敢稍咈其情。惟其私意之所在，則千途萬轍，經營計較。必得而後已。（《宋史・列傳第一百八十八卷道學三》）

歸納起來，就是平庸，不求有功，只求無過。

蘇東坡從少年時代開始，對於社會就有一套自己的理念和理想。他的朋友說他「奮厲有當世志」，而且自信「致君堯舜，此事何難」。一個才高氣盛的理想主義的年輕人，進入官場後，遇到的大多數是職業型的官員，每天都在經營計較當中，不免失望。後來又捲入權力鬥爭，自然就萌生了對於官場的厭倦，進而對於社會感到厭倦。

厭倦了，還留在官場。為什麼呢？謀生、使命，都是個中原因。還有就是，當時的政治生活相對自由開放，也使得他沒有必要像陶淵明那樣完全歸隱田園。就像余英時說的：

總之，宋代士大夫在黨爭失敗後，雖不免受到以宰相為首的執政派的種種迫害，但由於儒家文化浸潤下的皇帝，往往發揮著緩和甚至保護作用，他們的遭遇在中國歷史上可以算是最幸運的了。（余英時，《朱熹的歷史世界：宋代士大夫政治文化研究》）

余先生又舉了朱熹的例子。慶元黨禁時期，朱熹說：「某又不曾上書自辨，又不曾作詩謗訕，只是與朋友講習古書，說這道理。更不教做，卻做何事！」、「其默足以容，只是不去擊鼓訟冤，便是默，不成屋下合說底話亦不敢說也。」（《朱子語類》）大意是只要我不罵皇帝，不到衙門去鬧，私底下說什麼，誰也管不著。這種情形，蘇東坡也是如此，雖然他總想要改掉評議時政這個毛病，但總是改不掉，其實這也和當時的政治環境有關。

當然，還有另一個原因，就是蘇東坡在官場獲得的巨大名聲，也讓他很難完全退出官場。他很難做到像他的朋友陳季常那樣，自動游離在官場外，浪跡江湖。舉一個不太恰當卻很能說明問題的例子，我在很年輕時在大學裡已經破格成為教授，所以，即使偶爾有辭職的念頭，也只是一閃而過。而我的一個朋友，研究生畢業後，遲遲評不上職稱，也就很快下定決心辭職了。我有很長一段時間在體制內按部就班，而那位朋友很早就成了民營企業家。

即使是今天，當我們在體制內獲得一些成就，都很難下決心辭職。我們對於體制外的生活，有很多疑慮。一千年前的蘇東坡，少年得志，名滿天下，被寄予厚望，讓他毅然決然去從事當時還比較邊緣化的商業，對他有些苛求。

蘇東坡和我們現在大多數人一樣，是一個職業上的保守主義者，對體制有一種依賴。但是，他比我們大多數人厲害的是，**他在體制內卻活出了體制外的自在和趣味**。他擁有一顆自由的心，沒有什麼能夠阻擋他去熱愛生活，創造生活。

03 何必擇所安，滔滔天下是

就算你逃避，去山裡隱居或出家，仍然會面臨生計的問題，仍然有人際的交往。

蘇東坡特別羨慕一種生活，就是財富自由，不用考慮生計問題，想去工作就工作，但工作只是出於興趣，不想做了隨時可以不做。

一〇七九年三月，蘇東坡赴任湖州之前，經過安徽靈璧，為張方平家的園子寫了一篇〈靈壁張氏園亭記〉：

古之君子，不必仕，不必不仕。必仕則忘其身，必不仕則忘其君。譬之飲食，適於饑飽而已。然士罕能蹈其義，赴其節。處者安於故而難出，出者狃於利而忘返。於是有違親絕俗之譏，懷祿苟安之弊。

大意是：「古代的君子，不是非要做官，也不是非要不做官。非要做官就容易忘掉自我，非要不做官就容易忘掉國君。就像飲食一樣，自己感到適意就行了。然而士子很難做到合於古人所說的君臣節義。居於鄉野的人安於現狀不願外出做官，外出做官的人為利益所牽而不願退出。於是他們就有了違拗親情自命高潔，或貪圖利祿苟且偷安的弊病，因而受到人們的譏諷。」

蘇東坡說的這個意思，和慶曆年間杜衍說的話很接近。一〇四六年，賈黯廷試第一，去答謝杜衍，杜衍別的什麼也沒有問他，只問了他家裡的經濟情況怎麼樣。賈黯覺得很奇怪，杜衍解釋道：「一般人假如沒有經濟基礎，即使做大官，也不能昂首挺胸，進退自如。現在你賈君名在第一，學問不用問也可知，我只是擔心你經濟不寬裕，以致進退失據，不能按照原則和志向來做事。所以才會問你的家境如何。」

這是理想的生活狀況，但世間的生活大都不理想，即使蘇東坡才華橫溢，但沒有豐厚的家產，照樣受到工作的困擾。即使遭受煎熬，也不得不繼續在官場掙扎，在羅網和樊籠裡討生活。

蘇東坡安慰自己，哪裡都是羅網，你能逃到哪裡去呢？於是他寫了這樣一首短詩〈出都來陳，所乘船上有題小詩八首，不知何人〉：

鳥樂忘罝罦，魚樂忘鉤餌。

何必擇所安，滔滔天下是。

「鳥樂忘罝罦[2]，魚樂忘鉤餌」，罝罦，指捕鳥獸的網。鳥玩耍得太開心了，不知道有人在張網捕捉牠；魚在水裡自由遊樂，忘掉誘餌上是致命的鉤子。人也是一樣，得意的時候，會忘掉背後的危險。但是，普天之下，哪裡不是羅網、哪裡沒有危險呢？看開了，想開了，也就沒有必要刻意去逃避。

「何必擇所安，滔滔天下是」，就算你逃避，去山裡隱居或出家，仍然會面臨生計的問題，仍然有人際的交往。只要你還在這個地球上，就很難逃離世俗生活，很難找到一個真正安全的地方。**活著，就是要面對各種危險**。所以，不如不逃，不如以達觀去化解危險。

2 音同居服。

這是一個很詩意的回答，也是一個很有高度的回答；很輕鬆的化解了眼前的痛苦，也**很輕鬆的解釋了蘇東坡為什麼沒有真正「隱退」**。

這首詩寫於一〇七一年，蘇東坡離開京城去杭州做通判，去杭州前從京城坐船去陳州看望張方平。在船上，寫了八首短詩，這是其中一首。蘇東坡去杭州做通判的原因要追溯到一〇六九年，這一年，蘇東坡被任命為殿中丞直史館判官告院，這是蘇東坡第一次在「中央」任職，接著又任開封府推官、兼判尚書祠部等官職。如果沒有王安石變法，那麼從蘇東坡當時的名聲，以及他的才華而言，有很大的機率是一路高升，取得他那個時代士大夫所能達到的最高成就。

王安石變法，因為觸及制度層面的改革，引起極大爭議，可以說改變了宋朝的歷史，當然也改變了蘇東坡的命運。王安石變法把士大夫分化為兩派：新黨和舊黨。王安石代表改革的新黨，歐陽修、司馬光、蘇東坡等代表保守的舊黨。這是中國歷史上第一次因為政見不同而出現的政治派別。兩派因為治國理念和方法的不同，展開了激烈的爭論，開始是「君子之爭」，後來慢慢演變成了權力鬥爭，最後又發展到人身攻擊。

蘇東坡作為舊黨的骨幹，自然成為被攻擊的主要對象。一個叫謝景溫的人彈劾了蘇東坡，罪名是蘇東坡送父親的靈柩回眉州時，動用軍隊的士兵運船，而且還販賣私鹽。這個事件一下子成為大新聞，引起朝廷議論，經過調查之後發現並沒有這回事。真相是當時眉州的士兵出去迎接新的太守，蘇東坡正好返回京城，搭了便船而已。至於販賣私鹽，更是捕風捉影的事。雖證得了清白，但兩年來處於新舊兩黨爭鬥中的蘇東坡，感到很疲憊，因此主動要求外派，結果被任命為杭州通判。

這是蘇東坡政治生涯上的第一次挫折。他採取的方法，是主動要求外派到地方，也算是一種「退」。當時，因為神宗皇帝支持新黨，歐陽修、張方平、司馬光等人，覺得無法實現自己的政治主張，也都要求去地方做官。這是北宋時的一種慣例，得勢的一方在中央，而失勢的一方就去地方。

蘇東坡主動要求外派地方的目的是要遠離權力鬥爭。後來他寫「何時忘卻營營？」一時已經經歷了更殘酷的權鬥，感觸也就更深刻。那麼，去杭州之前，為什麼特意去看望張方平？因為張方平是蘇東坡人生中很關鍵的一個人物。

一〇五四年，張方平以禮部侍郎的身分去蜀地做益州知州。當時年近五十的蘇洵，正在謀求仕途。因一篇〈張益州畫像記〉，引起了張方平的注意。所以，當蘇洵到成都求見，張方平立即接見了他，表達了對其文章的欣賞，並把他推薦給了歐陽修。隨後，又建議蘇東坡和蘇轍去京城參加科考，並資助了蘇洵父子三人。從此，蘇東坡兩兄弟在仕途上走出了重要的第一步。

蘇東坡到杭州做通判，不是正常的升遷，而是他仕途中第一次遭遇挫折後的妥協。可以想像他去看望張方平時的心情。當他寫出「鳥樂忘罝罦，魚樂忘鉤餌。何必擇所安，滔滔天下是」時，既有不滿現實的感慨，也有對自我的開解。當你一心一意在做事，背後卻是要捕捉你的羅網，現實的險惡如此。而且，到處都一樣，並沒有可以逃避的地方，大概只有坦然面對吧。

04 賀下不賀上

做官的人降職或退隱值得慶賀，升遷不值得慶賀。

常人喜歡進步，不喜歡退步；喜歡升官發財，不喜歡降職清貧。但是，蘇東坡卻說賀下不賀上，你退下來，就祝賀你，你升官了，不祝賀你。

一〇七一年，歐陽修在太子少師的位置上辭職，獲得皇上批准，蘇東坡寫了一篇〈賀歐陽少師致仕啟〉表示祝賀。蘇東坡說，得知您獲得皇上批准，可以辭職去潁州養老，我們大家都很開心。

因為當官還是退隱，對於一個君子來說，是非常困難的選擇。蘇東坡也一直在這兩者之間掙扎，一方面考慮君臣之間的恩義，另一方面有自己家庭的打算。就是說，一方面有使命感在推動，另一方面又有現實的生計問題在拉扯。所以，一些人在深山裡隱居了一輩子，到老年還是忍不住寂寞要出來做官。

那些正處於高位的人，往往很不容易放棄既得的榮華富貴。所以，蘇東坡說歐陽修很了不起，懂得進退之道，不貪戀權力。最後說，固然為天下可惜，失去了一個德高望重的人，卻為歐陽修本人感到高興，因為他做到了明哲保身，遠離是非之地。

確實像蘇東坡說的，歐陽修在當時的地位很高。既是文壇領袖，又是政壇大老。這也是北宋時的一個時代特點，很多優秀的文學家同時又是政治家，可以寫優秀的詩文，同時可以做很大的官。比如范仲淹、歐陽修、王安石、曾鞏、蘇東坡、蘇轍等，另外像司馬光、程頤這樣的歷史學家和哲學家，在政治上也有重要影響；這種情況是其他任何一個朝代所沒有的。

說歐陽修不僅德高望重，而且位高權重，並不誇張。但歐陽修的仕途並非一帆風順。仁宗年間，范仲淹慶曆改革，他站在范仲淹一邊，但仁宗支持的是范仲淹的對立面，改革派都被貶到地方上去做官。

歐陽修去了滁州當知州，寫下了千古名篇〈醉翁亭記〉。後來神宗年間，王安石改革，歐陽修卻站在了改革的對立面，批評王安石的青苗法。

一〇七一年，歐陽修以太子少師的身分辭職，去潁州養老。在潁州，寫了有名的〈採桑子〉其十：

平生為愛西湖好，來擁朱輪。富貴浮雲，俯仰流年二十春！
歸來恰似遼東鶴，城郭人民，觸目皆新，誰識當年舊主人？

二十多年前，歐陽修曾經在潁州做過太守。當初乘著官家華麗的高車，前呼後擁。一晃二十多年過去了，富貴榮華，都像浮雲。漢朝的丁令威在外面學道很多年後回到家鄉，城郭如故，但人都變了。看到的都是新面孔，誰還認識他這位當年的太守呢？「俯仰流年二十春」，這個感慨裡，歐陽修一定想到了自己兩次遭到誣陷的事。

第一次大約是在一〇五四年。當時正好是慶曆改革，改革的、反對改革的，陷入爭鬥，免不了相互攻擊。相互攻擊，第一個層面，從職責上去找你的差錯，第二個層面，從道德上找你的瑕疵。歐陽修家裡發生的一件事，給對立面提供了彈藥。

歐陽修有一個外甥女張氏，從小在歐陽修家長大，嫁給了歐陽修的侄子歐陽晟。張氏不知道出於什麼原因，說自己沒有出嫁時，和舅舅歐陽修有過不正當的關係。這件事太令人震驚了，牽涉到朝廷官員的品德問題，也是涉嫌犯罪的問題。朝廷派出調查組去調查，結果是張氏誣告，是子虛烏有的事。

第二次是在神宗熙寧年間，有人告他和兒媳婦有私情，且提彈劾的人還是歐陽修提拔的一個叫蔣之奇的官員。神宗皇帝過問了這件事，問蔣之奇是怎麼知道的？蔣說是聽別人說的，是御史中丞彭思永告訴他的。又問彭思永，也說是聽來的。這樣追查下去，弄清楚了來龍去脈。原來歐陽修的小舅子薛良孺因為受賄被免職了，歐陽修沒有替他說話，於是他懷恨在心，捏造了歐陽修和兒媳婦私通的謠言，而且到處散布。宋神宗知道了真相之後，就把彭思永和蔣之奇都撤了職。

雖然兩次都被證實清白，但這種私生活的流言極具傷害性，有一種說不清理還亂的糾纏。歐陽修兩次都想辭職，尤其是後面那次，更是強烈的請求辭職。歐陽修應該是對於因為政見不同而引發的人際鬥爭，產生了很深的厭倦，但神宗挽留了他。

直到一〇七一年，辭職的請求終於獲得批准。那一年，蘇東坡也經歷了政治的風雨，領略了政治無趣、煩人的一面，主動要求外派地方，去了杭州做通判。去杭州的途中，他先去看望了張方平。接著，就在九月分，經過潁州時，又去看望歐陽修，並在歐陽修家裡住了二十多天。歐陽修顯得衰老、憔悴，一定讓蘇東坡聯想到自己，讓他更深的思考自己未來的路應該怎麼走。

在短文〈賀下不賀上〉裡，蘇東坡進一步梳理了「進退之道」。這篇短文裡，蘇東坡說，他和歐陽修很熟悉，知道他是真的想辭官，不像有些人只是口頭說說而已。但受形勢所迫，歐陽修不得不繼續做官。做官之後，要想求退，並不容易，常常是身不由己。

所以，一心求官的人，應當有所警戒。一旦當官，要做到問心無愧，又不招惹誹謗，十分困難。所以，一日卸下身上的重擔：「如大熱遠行，雖未到家，得清涼館舍，一解衣漱濯，已足樂矣。況於致仕而歸，脫冠佩，訪林泉，顧平生一無可恨者，其樂豈可勝言哉！」（《東坡志林．致仕》）

蘇東坡說，我們在進步時，**一路得意，忘了「求退之難」。在官場上，進步並不難，難的是進步之後的「退」，非常困難，只能進，不能退**。很多人熱衷於升官發財，不斷進步，卻在有一天發現已經走到了死胡同，再也沒有退路。

蘇東坡借著歐陽修的辭官，為自己確立了一種政治生活的態度：退步比進步更重要。蘇東坡的一生，從未謀求升官。相反，每次在擔任政府官員時，都是主動要求外派地方，自願邊緣化。為什麼要這樣呢？

因為蘇東坡看到了以權鬥為核心的政治生活，會消耗人的一切美好，沒有任何意義。蘇東坡所處的時代，在政治上最重要的特點是：形成了舊黨和新黨這兩個不同的政治圈子，完全沒有辦法和平相處。開始是政見的不同，慢慢就變成了權力之爭，變得只有立場，沒有原則。選邊站變得非常重要。而一**旦選邊站，你就被貼上了標籤，你就很難成為你自己**，此時的你不過是一個政治工具和符號。這是蘇東坡說的求退很難、身不由己的意思。

整個北宋的政治，就陷在新黨和舊黨的相互鬥爭裡，這是個人無法改變的環境氛圍。而一旦陷入非黑即白的紛爭，就陷入了泥淖。唯一的辦法是抽身而退。

完全退到田園或江湖，又不現實。那麼，在政治生活這一塊，不如不求上進，只求平安。既然這種政治氛圍裡的工作是我所不喜歡的，但又離不開這份工作，那麼沒有必要在這份工作上有所追求，做好本分就好了。這是蘇東坡在一種特定的政治環境裡，以「退步」作為自己的生存策略。

05 莫誇舌在齒牙牢，是中惟可飲醇酒

少說話，不要批評什麼、贊成什麼，多喝酒，享受生活。

讀讀蘇東坡〈贈孫莘老七絕〉中的一首詩，領略一下作為變法反對派的蘇東坡，一方面不贊同這個政策，一方面作為地方官又不得不執行這個政策，這種分裂是如何形成一種新的表達方式的？

先梳理一下王安石變法的歷史背景。

一〇六七年，英宗駕崩，他的長子，年僅二十歲的趙頊繼位，就是宋神宗。開國於九六〇年的宋朝到神宗皇帝，已有一百零七年的歷史了，祖宗傳下的一些規矩、制度，一方面成為習慣，大家理所當然的遵守，另一方面這些規矩、制度的弊端也開始浮現，經濟上出現危機，軍事上更有遼、西夏的不斷侵擾，這些問題長久得不到解決。年輕的神宗懷著「富國強兵」的夢想，決意進行改革。他把年號改為「熙寧」，寓意是明亮、安寧，以寄託對國家未來的期待。

神宗不想因循守舊，不想沿著他父親的舊路走下去，他想走一條自己的路。通俗的說，他是一個想做一番大事的皇帝。於是，同樣懷抱「做一番大事」理想的王安石登上了歷史舞臺，和神宗一起開啟了「熙寧變法」，也叫王安石變法。國學大家呂思勉先生在《中國史通》中歸納了王安石變法的內容，主要集中在三個方面：

其一，青苗、免役之法，旨在救濟農民。

其二，裁兵、置將及保甲之法，旨在整頓軍隊。

其三，改革學校、貢舉之法，旨在培養人才。

除了這三方面，另外還有農田水利、賦稅等方面的改革。朝廷還特別設置了制置三司條例司來規畫財政，蘇東坡的弟弟蘇轍一開始被招入制置三司條例司，不久因為見解相差太遠就離開了。一〇六九年，王安石擔任參知政事，一〇七〇年升任宰相，前後為相大約七年，北宋朝廷在這期間形成了新黨和舊黨對立的政治局面。

作為舊黨的主要人物，蘇東坡發表了很多有影響力的反對變法的言論，其中最著名的就是一〇六九年寫的萬言書——〈上神宗皇帝書〉。在這封萬言書裡，蘇東坡論述了反對變法的理由，他是從三個方面展開的。

第一是「結人心」，這主要從「人心不樂」，即老百姓不樂意這個角度來闡述的，主張不應該推行水利、免役、青苗等新的政策。第二是「厚風俗」，認為一個社會風氣的好壞，比經濟、軍事實力更關係到興亡盛衰。第三是「存綱紀」，勸說神宗要聽取不同的意見。

但神宗變法的決心異常堅決，蘇東坡的意見沒有得到回饋。當然，其他人的反對意見也不會得到回饋。所以，舊黨紛紛求退。當時舊黨的領袖是司馬光，他回到洛陽去寫《資治通鑑》了，從此以後大概有十年閉口不談政治。蘇東坡是舊黨裡的第二號人物，也去做地方官了。

這其實是宋朝自太祖以來的一個慣例，如果反對當朝皇帝或宰相確定的政策，那麼就離開朝廷，外派做地方官，形成一個地方上的反對派。相較於其他朝代，北宋可能是最接近現代的一個朝代。朝廷的爭鬥，基本上是政見不同。對於不同意見者，一般不會嚴厲處罰，只是外派做地方官。

當然，很多人主動求退去做地方官，畢竟並非自願，而是心有不甘。心有不甘，難免就會有牢騷話。劉貢父因為反對王安石的青苗法，被調任泰州做通判，蘇東坡寫詩為他送行，〈送劉攽倅海陵〉：

君不見阮嗣宗臧否不挂口。莫誇舌在齒牙牢，是中惟可飲醇酒。
讀書不用多，作詩不須工。海邊無事日日醉，夢魂不到蓬萊宮。
秋風昨夜入庭樹，蓴絲未老君先去。
君先去，幾時回？
劉郎應白髮，桃花開不開。

這首詩就是漂亮的牢騷話。因為王安石很固執，聽不了不同意見，所以，蘇東坡勸朋友少說話，不要批評什麼、贊成什麼。又因為王安石改革，科舉考試不考詩賦了，所以蘇東坡諷刺說書讀多也沒什麼用，寫詩寫得再好也是徒勞，不如在海邊天天喝酒喝到醉，不要再操心什麼國家大事了。

實際上，蘇東坡還是在操心國家大事，不過換了一種敘述方式。一〇七二年，蘇東坡受兩浙轉運使的委託，去湖州考察水利工程。這裡要注意一個細節，就是蘇東坡其實並不贊同當時朝廷的水利政策，但作為地方官，他必須去執行，你可以想像他的心情有多麼矛盾。

當時湖州的知州是孫覺（孫莘老），蘇東坡在京城時就和他熟絡，兩人相見免不了喝酒吟詩。席間蘇東坡行酒令，規定不准談論時事，誰談了就罰酒一杯。這次聚會之後，蘇東坡寫了〈贈孫莘老七絕〉，其中第一首：

嗟予與子久離群，耳冷心灰百不聞。

若對青山談世事，當須舉白便浮君。

第一、二句感嘆自己和孫覺已經離開政治中心很久了，心灰意冷到什麼消息都不關心。第三、四句說，假如對著這麼好的青山談論政治，談論是是非非，談論世間那些煩心的事，那麼就要舉起杯子，倒滿酒，自己罰酒一杯。

這首詩當然是一個政治上不得意的人抒發的不滿情緒，但這些情緒都化解在酒和山水之間了。「若對青山談世事，當須舉白便浮君」，不過一個很日常的場景，兩個失意的人，在湖州的山水之間，和一幫朋友一起喝酒，不許談論朝廷的事。不許自己談論，恰恰證明還沒有完全放下。

同一時期，蘇東坡還有一組寫杭州農村的詩，也是批評新政，也是同樣的寫法。比如〈山村五絕〉其三：

老翁七十自腰鐮，慚愧春山筍蕨甜。
豈是聞韶解忘味，邇來三月食無鹽。

七十歲的老人腰間配著鐮刀，春天裡收穫了一大堆甜嫩的筍蕨，卻吃不出什麼味道，難道是像孔夫子那樣，聽到韶樂而忘了肉的味道嗎？其實，是三個月沒有鹽吃了。這首詩用的是反諷的手法。

06 不須論賢愚，均是為食謀

這世界的人啊，不論是聖賢還是愚民，其實都不過是為了混一口飯吃。

一〇七二年除夕，在杭州做通判的蘇東坡在衙門加班。當時朝廷實行新法，其中一項是嚴加管制食鹽的貿易，絕對不允許私鹽販賣。這本來沒有問題，像鹽這樣的日用品，應該由政府統籌管理。但問題在於，政府的鹽太貴，老百姓買不起，因而有很多人鋌而走險販賣私鹽。因此，一下子多了很多罪犯。蘇東坡當時寫過一首〈山村五絕〉其二，表達自己的看法：

煙雨濛濛雞犬聲，有生何處不安生。
但令黃犢無人佩，布穀何勞也勸耕。

煙雨濛濛裡的村莊，雞犬相聞，每一種生物為了活命不得安生。黃犢，就是小黃牛。西漢時渤海一帶的老百姓喜歡佩帶刀劍，太守龔遂號召當地人賣掉刀劍換成牛犢。蘇東坡這裡的意思是，假如放寬鹽禁，讓人們自由買賣，那麼也就不會有人佩著刀劍去販賣私鹽了，老百姓也會安心耕田種田，不需要布穀鳥去叫喚他們。

但朝廷很強硬，所以犯法的人也就越來越多。蘇東坡處理這些罪犯的文書工作，一直到除夕還沒有完成。他一個人在府衙裡加班，很感慨，就寫了一首〈除夜直都廳，囚繫皆滿，日暮不得返舍，因題一詩於壁〉：

除日當早歸，官事乃見留。
執筆對之泣，哀此繫中囚。
小人營餱糧，墮網不知羞。
我亦戀薄祿，因循失歸休。
不須論賢愚，均是為食謀。
誰能暫縱遣，閔默愧前修。

「除日當早歸，官事乃見留」，大年三十本來應該早一點回家，卻因這件事滯留在辦公室。

「執筆對之泣，哀此繫中囚」，拿起筆時，我很感傷，不禁落淚，為這些被拘留的囚犯感到悲哀。因為這些犯人不是那種殺人放火的凶惡之徒，多半是迫於生計而犯險的小民。

「小人營餱糧，墮網不知羞」，平民百姓為了謀生，墮落到法律的羅網裡，並不覺得羞恥。

接下來的一句，不同凡響。「我亦戀薄祿，因循失歸休」，其實呢，我（蘇東坡）也和他們差不多，貪戀微薄的俸祿，而延誤了回家團聚過年。

蘇東坡當時是杭州通判，但他一點也沒有「官」的意識，完全把自己看作一個普通的人，這個職位不過就是一份為了謀生的工作，和那些為了生存而鋌而走險的罪犯沒有什麼兩樣。

然後，他作了一個總結，「不須論賢愚，均是為食謀」。這個世界上的人啊，不論是聖賢還是愚民，其實都不過是為了混一口飯吃。

所以，誰也不必太把自己當回事，不就為了混一口飯吃嗎？因此，**人與人之**

間應該多一分包容和理解。大家活著，為了生存，都不容易。

「誰能暫縱遣，閔默愧前修」，誰能夠把這些囚犯放走呢？這裡暗用了一個典故，《後漢書》裡記載，有一個叫虞延的官員，每到除夕就暫時釋放囚犯回家，而這些囚犯也能感恩，除夕之後就主動回到監獄。蘇東坡說自己很慚愧，不能像虞延那樣。

我們談論蘇東坡，經常談論他如何想得開，如何快樂，卻往往忽略了**蘇東坡經常以人之常情作為出發點，為別人的痛苦感到悲傷、感到不快樂**。由此，也許會幫助我們更深的理解到什麼是真正的快樂。

在黃州，蘇東坡發現當地人因為貧窮養不活孩子，生了兩、三個孩子後，再生下來的嬰兒往往會被溺死。蘇東坡非常不忍心，就寫信給當地的知州，要求從政府層面禁止這種殘忍的行為。他又請當地的一個好朋友發起組織「育兒會」，向富人募捐，資助窮人。蘇東坡自己很窮，卻也帶頭捐款。他說：「若歲活得百個小兒，亦閒居一樂事也，吾雖貧，亦當出十千。」

在海南，蘇東坡見到當地人殺牛，也是非常不忍心，他在〈書柳子厚牛賦後〉中說：「嶺南各地有殺牛的風俗，海南特別盛行。客人從高化把牛裝載到船上，渡過大海，一艘船上載有一百頭牛，遇見大風，因飢渴而相互依靠著死去的牛不計其數。牛登船時，都發出悲哀的叫聲，流下眼淚。到了海南以後，耕牛和殺牛各一半。當地人有了病，不去吃藥，而是殺牛祈禱，以此向神靈求保佑。如果不死，就感謝巫師。他們把牛當成了藥。

「又說當地出產沉香，必須用牛向黎族人換沉香。黎族人得到牛後，就殺牛祭祀鬼神，沒有一頭牛能倖免。中原地區的人用沉香供奉佛祖，實際上是在燒牛。我沒有能力改變這種風俗，就把柳宗元的〈牛賦〉抄錄下來，送給瓊州的僧人道賛，讓他去開導那些有知識的人，這樣做能減少一點我的悲哀。」

07 會挽雕弓如滿月，西北望，射天狼

我一定會用盡力氣把雕弓拉滿，就像滿月一樣，面朝西北，射向來犯的侵略者。

〈江城子．密州出獵〉這首詞是蘇東坡具有開創性的一首詞，他寫完這首詞後心情大好，就寫信給朋友，大意是說：

我近來寫了一些小詞，雖然沒有柳永那種風格，卻也自成一家。幾天前，在密州郊外打獵，收穫頗多，寫了一首詞，讓東州壯士頓足而歌之，以吹笛擊鼓打節拍，頗為壯觀。

所謂自成一家，就是開創了豪放派的詞風。蘇東坡之前，宋詞的代表是柳永，他的詞作風格偏於婉約。當蘇東坡的〈江城子．密州出獵〉這樣的詞出現

時，後來一種被稱作豪放派的新風格就誕生了。

這首詞寫於一〇七五年八月，當時密州鬧乾旱，蘇東坡就舉行祈雨儀式，向常山山神求雨，不久果然下雨了。為了答謝常山山神賜雨，蘇東坡帶了一群官民去祭祀，回來的途中，進行了一次打獵。蘇東坡就寫了這首〈江城子・密州出獵〉，記錄這一次打獵的情景。

老夫聊發少年狂，左牽黃，右擎蒼，錦帽貂裘，千騎卷平岡。為報傾城隨太守，親射虎，看孫郎。

酒酣胸膽尚開張。鬢微霜，又何妨！持節雲中，何日遣馮唐？會挽雕弓如滿月，西北望，射天狼。

那時蘇東坡四十歲，自稱老夫，卻像一個少年一樣，左手牽著黃犬，右臂上托著蒼鷹，戴著華美鮮豔的帽子，穿著貂鼠皮衣，帶著一隊人馬像疾風一樣席捲平坦的山岡。為了要報答全城的百姓跟著我去打獵，我像孫權一樣，親自射殺老虎。

打獵之前，我痛飲美酒，心胸開闊，膽氣更加豪邁。雖然我的兩鬢已經微白，但又有什麼關係呢？說不定什麼時候，就像當年魏文帝派遣馮唐那樣，皇帝也會派遣我去西北邊陲。那個時候，我會用盡力氣把雕弓拉滿，就像滿月一樣，面朝西北，射向來犯的侵略者。

在這首詞裡，蘇東坡展現了一個為了國家奔赴邊陲，保家衛國的英雄形象。寫這首詞時，朝廷還是新黨執政，蘇東坡在政治上還是很不得意，他卻以士大夫的使命感，寫出了這麼一首堪稱時代歌曲的作品。

無法維護邊關安寧，一直是北宋對外最大的困擾。蘇東坡寫這首詞時，北宋主要受到西夏和遼的威脅。如何讓國家的軍事強大呢？蘇東坡在一篇策論〈教戰守策〉中比較系統的論述了他的看法。

第一，蘇東坡用人的身體打了個比方，他說那些達官貴人平時吃得好、穿得好，但是他們的身體往往不如農民。為什麼會這樣呢？因為風霜雨露、寒冷暑熱的變化，是疾病的原因。達官貴人住在樓房裡，出門有車，穿得很暖和，起風了有風衣，好像保護得很好，實際上喪失了抵抗力。一旦出現一點意外，他們就會很快得病。

而那些農民每天都在日晒雨淋，反而習慣了惡劣的環境，獲得了很強的抵抗力。所以，蘇東坡的意思是，**平時不能放棄軍備，尤其是讓老百姓有軍備的意識，要經常的組織他們去打獵，訓練他們打仗的能力**。這樣一旦發生戰爭，老百姓就不會驚慌失措。

第二，蘇東坡還強調了一個重點，就是老百姓有軍備意識，平時經常訓練，可以避免過分依賴專業的軍隊。養著專業的軍隊，一方面會給國家財政帶來壓力，另一方面軍隊還會騷擾百姓。

蘇東坡總結說，士大夫都應該有尚武的精神，講授練習作戰的方法；在官府服務的平民，讓他們學習軍事操練；負責抓捕盜賊的公務人員，讓他們學習刀劍格鬥的技能。每年年底把這些人集中到州府，進行聚會比武，這樣就能形成一種常態化的防禦機制。

蘇東坡主張要有尚武精神，主張要有全民皆兵的防禦措施。但是，蘇東坡堅決反對「好戰」。一〇七六年，他主筆了一篇〈諫用兵書〉，認為「好戰」就像「好色」，「興師十萬，日費千金。內則國庫空虛，外則百姓窮匱」。他還舉了歷史上大量的例子，好動干戈的君王，要麼因兵敗而亡國，要麼像秦始皇、漢武帝、隋文帝、唐太宗那樣，雖然打了勝仗，擴大了國土，但引起的後果卻是災難性的。

所以，蘇東坡一方面主張尚武，要有英雄氣概，但目的是保衛國家，而不是向外擴張；另一方面，他完全不贊成好戰，不贊成戰爭，主張盡可能不要用戰爭去解決問題。

宋代一直被認為對外軟弱，每年都要向邊境的少數民族上貢。但從蘇東坡的思考邏輯看，我們也許會發現**北宋對於戰爭的看法有現代意識的萌芽**，**北宋採用的是花錢買和平**，**並非軟弱**，而是一種很理性的國與國之間的行為，不再採取武力征服，而以民眾的福祉為優先，寧願不要虛名，花錢換來和平。這是一個近年來引起國內外學者討論的話題，也很值得我們思考。

08 居士，居士，莫忘小橋流水

東坡啊東坡，不要忘記黃州小橋流水的美景，早日歸隱吧。

一〇八五年和一〇八六年是蘇東坡政治生涯的巔峰時刻。

一〇八五年五月，他被任命為登州知州，上任五天，就有新的任命，回到朝廷擔任禮部郎中，半個月後，又被提拔為起居舍人。

一〇八六年三月，又被提拔為中書舍人，九月又高升為翰林學士，負責皇帝的文書工作。一年多的時間，蘇東坡的政治地位直線上升，很快從一個淪落在黃州的戴罪之人，成為權力中心的核心人物。

就在這個巔峰時刻，蘇東坡聽說楊君素要去擔任黃州太守，就寫了〈如夢令〉兩首送給他：

如夢令．有寄

為向東坡傳語，人在玉堂深處。別後有誰來，雪壓小橋無路。歸去，歸去，江上一犁春雨。

如夢令・春思

手種堂前桃李，無限綠陰青子。簾外百舌兒，驚起五更春睡。居士，居士，莫忘小橋流水。

春風得意時，蘇東坡卻懷念起黃州的日子。玉堂，指的是翰林院。翰林院這個機構，是從唐代開始出現的，最初是用來安置各類特別的行當，比如文學藝術、醫學工藝、宗教方術、棋琴書畫等方面的人才，並不是正式的官署。說得通俗一點，這些人是陪皇帝玩的。到了晚唐，翰林院成了專門起草機密詔書的機構。到了北宋，翰林院已經是一個正式的政府機構，而且是精英最集中的機構。能夠進入翰林院，是一種榮譽，代表著最受尊重的士大夫精英群體。

在翰林院的蘇東坡，想念起黃州的東坡。那一塊東邊的山坡，留下了他一生裡一段痛苦的歲月，現在卻成了有點甜蜜的回憶。蘇東坡說，我離開之後有誰去過那裡呢？那裡應該已經荒涼了，雪壓著小橋，因為沒有足跡，看不到路。然後，他連用了兩個「歸去」，讓人想到陶淵明的〈歸去來兮辭〉。

陶淵明是歸去田園，回到自己的家。蘇東坡是要回到黃州的東坡，而不是眉州。春天的時候回去吧，那時候下著雨，落在江面上，正好是春耕的時候啊！「一犁」，這個犁，本來是耕田的工具，是名詞，這裡用作量詞，和「一蓑煙雨任平生」的「一蓑」是一樣的用法，把名詞量詞化。這句話呈現出這樣的意境：下雨和耕田的情景交融在一起。

第二首詞描述了當年東坡雪堂的春天生活，自己親手種下的桃李，綠葉成蔭，果實纍纍，窗外的鳥鳴驚醒了春睡中的蘇東坡。現在身處翰林院的蘇東坡提醒自己，「居士、居士，莫忘小橋流水」。在黃州時，蘇東坡開始信佛，並稱自己為「東坡居士」。在京城身處高位的蘇東坡，懷念起當年黃州春天小橋流水的景象，還是稱呼自己為居士。

為什麼春風得意時，蘇東坡懷念起黃州那一段苦日子？為什麼春風得意時，回憶起那段苦日子卻有了甜蜜的感覺？又為什麼要提醒自己是一個居士呢？

比較明顯的理由，是蘇東坡在春風得意時，都遇到激烈的權鬥。第一次在朝廷工作，正好遇到王安石實行新法，士大夫分裂為新黨和舊黨，蘇東坡作為舊黨的核心人物，受到攻擊、排擠。

第二次回到朝廷工作，舊黨領袖司馬光擔任宰相，蘇東坡成為他的得力助手。但很快，蘇東坡和他發生了意見分歧。蘇東坡到地方歷練了一圈，又經歷「烏臺詩案」淪落到黃州，對於民間的真實情況有了更深的了解，不再像當初那樣一味反對王安石的新法，覺得新法裡的免役法還是很有實效的一項政策。但司馬光比較極端，凡是王安石贊成的，他都反對。這讓蘇東坡非常苦惱，他在給楊繪的信裡透露了自己的心聲：

> 某近數章請郡，未允。數日來，杜門待命，期於必得耳。公必聞其略，蓋為台諫所不容也。昔之君子，惟荊是師；今之君子，惟溫是隨。所隨不同，其隨一也。老弟與溫，相知至深，始終無間，然多不隨耳。致此煩言，蓋始於此。然進退得喪，齊之久矣，皆不足道。

在這段話裡，蘇東坡講出了一個重點，就是當時的士大夫，一開始是政治見解不同，到後來就演變成派別之爭。王安石當政時，不管什麼原則，只看是不是跟隨他。司馬光當政，也不管什麼原則，只看是不是跟隨自己。

蘇東坡說，雖然跟隨的人不一樣，但性質是一樣的，就是只講立場，不講原則，只講選邊站，不講大局。這是蘇東坡對於政治失望的一個根本原因，這樣的爭鬥毫無意義。蘇東坡說自己雖然和司馬光私交很深，但不會只是「跟隨」，而是講原則，不贊成的，不會盲從。

王安石和司馬光、王安石和蘇東坡、司馬光和蘇東坡之間，還是屬於「君子之爭」，不會意氣用事，不會穿小鞋[3]、使絆子[4]。但其他同僚就不大一樣了，有時候僅因為嫉妒就會發動攻擊。蘇東坡提拔太快，加上他弟弟蘇轍也同時得到重用，被任命為中書舍人，因此就受到了一些人的嫉妒。

當時的孫升對司馬光說：「蘇軾這個人，翰林學士應該是極限了，不能再做

3 指打小報告、公報私仇、私底下報復等。
4 用腳勾絆對方，使人跌倒。引申為背地裡耍弄手段陷害他人。

更大的職位了。假如以文章寫得好壞作為當官的標準，那麼本朝的趙普、王旦、韓琦，都不是以文章出名。」孫升還上奏說：「輔弼經綸之業，不在乎文章學問。今蘇軾之學，中外所服，然德業器識，有所不足。為翰林學士，可謂極其任矣，若或輔弼經綸，則願陛下以王安石為戒。」孫升的看法，應該是代表了當時朝廷裡大部分官員的一種普遍看法。

一個人太紅了，當然就會受到嫉妒。受到嫉妒，就容易被人找碴。

蘇東坡為進士候選任職的人出題目，出了這麼一道題：「師仁祖之忠厚，法神考之勵精：今朝廷欲師仁祖之忠厚，而患百官有司不舉其職，或至於媮。欲法神考之勵精，而恐監司守令不識其意，流入於刻。」

大意是，如今朝廷想效法仁宗皇帝的忠厚，但可能會引起各級官員因為皇帝忠厚而不盡心盡職的弊端；想效法神宗皇帝奮發有為，但可能會引起各級官員不能團結一致，甚至苛求百姓的弊端。

諫官朱光庭和蘇東坡是同年進士，也是理學家程頤的弟子。他上書告狀，認為蘇東坡的題目是在譏諷仁宗和神宗。他從蘇東坡的題目裡讀出了這樣的意思：「臣以為仁宗深仁厚德，如天下之為大，漢文不足以為也。神考之雄才大略，如神之不測，宣帝不足以為也，今學士院考試不識大體，反以媮刻為議論，乞正考試官之罪。」

蘇東坡為自己辯護，他講的媮刻，不是說仁宗和神宗，而是講大臣不能很好的奉行，就會犯這樣的毛病。最後他用了撒手鐧，說這道題是經過御筆親點的，假如有譏諷的意思，怎麼可能逃過聖鑒呢？最後經皇太后裁定，蘇東坡的題目沒有問題。

接著，右司諫呂陶，上疏彈劾朱光庭，認為他是報私仇。報什麼私仇呢？這個上疏裡講了一件事，是關於蘇東坡和程頤的。一〇八六年十月十一日司馬光去世，那天正好有一個祀典，安放神宗的靈位到太廟。十月十七日典禮結束，大家趕往司馬光家弔唁。程頤卻覺得這個時候不應該去弔唁，為什麼呢？因為《論語》上說：「子於是日哭，則不歌。」剛剛參加了熱鬧的典禮，不能馬上就去參加喪禮，這樣做不符合古禮。有人不以為然，說孔夫子只說：「哭則不歌」，並沒有說「歌則不哭」。一時間大家各說不一。這個時候，蘇東坡說了一句：「此乃鏖糟陂裡叔孫通所制禮也。」

叔孫通是漢朝立國之初規章和禮儀的制定者，據說他制定的這些規章禮儀都是有依據的。鏖糟陂是一個地名，是開封西南附近的一塊爛泥地。鏖糟陂裡的叔孫通，帶有嘲笑的意思，是說程頤不過是學到了叔孫通的皮毛，並不懂真正的古禮。蘇東坡自己認為這句話不過是一句調侃，因為他也說自己是「鏖糟陂裡的陶淵明」，但程頤顯然不太高興。呂陶認為蘇東坡和程頤因此結下私怨。

程頤和他的哥哥程顥，都是理學大家，在中國思想史上地位很高，和周敦頤一起奠定了理學的基礎，也是「天理」概念的創立者。蘇東坡在文學史上地位很高。這兩個人都很有建樹，也很有才華，而且都是君子，但彼此因為性格不同，就是相互看著不順眼。蘇東坡給哲宗皇帝的奏狀中說：「臣素疾程頤之奸，未嘗假以色詞，故頤之黨人無不側目。」他認為程頤這個人虛偽，而程頤則認為蘇東坡很輕浮，思想根基很淺薄。

司馬光在世時，這些人還能勉強維持表面的團結。但在司馬光去世後，程頤代表的洛黨和蘇東坡代表的蜀黨，還有勢力最大的劉摯、劉安世等人代表的朔黨，形成了很激烈的派別鬥爭。蘇東坡先是和洛黨交鋒，洛黨被排斥之後，朔黨和蜀黨之間又是沒完沒了的相互攻擊。

從一件很小的事上就可以看出當時權鬥的風格：挖歷史。禮部郎中葉祖洽在十八年前考進士時，為了討好王安石，說了一通「祖宗以來因循守舊」的話，鼓吹改革。十八年後給事中趙君錫把這件事翻了出來，予以舉報。

這讓蘇東坡感到非常厭倦，懷念起黃州的歲月，很想回歸到那種清貧但是單純的生活。從前蘇東坡在密州，他在寫給好友的詩歌裡感嘆密州的生活很艱苦，也很無趣。但是，京城雖然繁華好玩，卻處處是黨爭的陷阱。所以，他寧願在地方上，雖然處於邊緣，卻更逍遙一些，心不累。

沒有想到的是，多年後他再次回到朝廷，飛黃騰達，卻懷念起被貶謫的居住地黃州。那一段艱苦的歲月，相較於權力鬥爭，也顯得如此美好。所以，**人的一生，有得必有失，你獲得了很高的社會地位，卻陷入複雜的人事糾紛；你遭遇了不幸的打擊，遠離了中心，卻得到了清靜。**

09 不能使其身一日安於朝廷之上

不能使自身在朝廷上有一天的安穩。

一〇九二年，潮州重新修建韓愈廟，潮州知州王滌請蘇東坡寫了一篇碑文，也就是〈潮州韓文公廟碑〉這一篇碑文。在這篇碑文裡，最核心的一段話是：

故公之精誠，能開衡山之雲，而不能回憲宗之惑；能馴鱷魚之暴，而不能弭皇甫鎛、李逢吉之謗；能信於南海之民，廟食百世，而不能使其身一日安於朝廷之上。蓋公之所能者，天也；其所不能者，人也。

大意是，韓愈的精進誠懇，能夠撥開衡山的烏雲，卻不能挽回唐憲宗的迷惑；能夠馴服鱷魚的凶暴，卻不能消除皇甫鎛、李逢吉的誹謗；能夠在南海的人民中得到信任，建廟祭祀，世代相傳，卻不能使自己在朝廷上有一天的安生。大概是由於韓公能感動的是天，不能感動的是人！

蘇東坡認為，一個人可以騙人，但是騙不了天。他說自己曾經做過研究，發現有些人什麼事都做得出來，但老天不容許他作假。他的狡猾可以欺騙王公貴族，卻騙不了小魚、小豬這類小動物；武力可以征服天下，卻不一定能夠得到天下人的心。

蘇東坡寫韓愈，但也是他的夫子自道[5]，借韓愈在寫自己。更重要的是，這篇碑文可以幫助我們從側面探尋古代士大夫的自我定位，可以從某種程度上回答一個問題，像韓愈、蘇東坡這樣的士大夫，幾乎都得不到皇帝的重用，不僅得不到重用，還受到迫害，但為什麼他們卻一直保持著忠誠和努力？

蘇東坡得出結論：韓愈雖然得不到皇帝的歡心、得不到權貴的支持，卻得到了上天的支持、得到了潮州老百姓的支持。所以，他取得的成就，挽救了一個時代的墮落。「古文運動逆轉了衰敗已久的文風，他的道德挽救了天下人的沉迷不悟，他的忠心使他敢於冒犯皇帝的惱怒，他的勇氣折服了三軍的統帥，帶來了一

5 自道，自己說自己。夫子自道是指說別人，而實際上卻正說著了自己。

股與天地並立、關係國家盛衰的浩然正氣。」韓愈在潮州任職的短短八個月裡，塑造了那裡的文化，他的精神長久的影響著潮州。

這裡，蘇東坡點出了中國士大夫內在的自我期許；**不管做什麼，不是為了做給人看的，而是做給天看的**。皇帝不欣賞沒有關係，得不到別人的欣賞也沒有關係，只要我做的事情是應該做的，那麼上天就看得到。

韓愈創立了「道統」這個概念，認為士大夫在政治體制之外，另外有一個自己的系統。在政治體制裡，權力的大小決定了你的地位，但在道統裡，你的品德、你的能力決定了你的地位。一個人可能官職很小，甚至遭到貶謫，但是，在士大夫的階層和民間，聲望卻很高。

所以，蘇東坡和韓愈一樣，雖然「不能一日安於朝廷之上」，不能在朝廷上找到自己的位置，但是，並不影響他的道德文章流傳於天下，也不影響他在朝廷之外的地方取得成就。蘇東坡兩次在朝廷任職，尤其是第二次，幾乎到了士大夫所能達到的權力頂峰，卻難以施展自己的理想和才華，倒是外派地方做地方官，被貶謫到黃州、惠州、儋州等地，為當地人民留下了豐厚的物質和精神財富，被傳頌至今。

蘇東坡最早在鳳翔府任簽判時，發現那裡的老百姓要負擔一種差役——把從終南山砍伐下來的竹子和木頭，編成木筏，裝載著西北諸州縣的官物，沿著渭河，經過三門峽等險峻之地，運抵汴京，才算完成任務。如果途中官物有所損失，運送的人往往會被治罪或傾家蕩產。如何解決這個問題呢？蘇東坡經過實地調查，提出一個方案——在漲水期到來之前，由服役者自己決定運送時間，就可以避免損失。

他一方面寫信給宰相韓琦，反映情況和提出建議，以期引起朝廷的重視；另一方面在自己的職權範圍內，積極尋找破解的辦法，向上級報告後，就修改了差前衙役的規則。

一〇七一年至一〇七四年間，蘇東坡第一次到杭州做通判，看到杭州的飲用水問題很嚴重。唐朝時李泌做杭州刺史時，在城內挖了六口大井，引入西湖的水，解決了老百姓的飲水問題。後來白居易任杭州刺史時，進一步疏通六井。但到蘇東坡做通判時，六井已經漸漸淤塞，於是他和知州陳襄一起，請來精通水利的僧人，治理了淤塞。

一〇八九年至一〇九一年間，蘇東坡第二次到杭州做太守，全面治理了西湖水系，還修了一條長堤，就是現在的蘇堤。此次任期內，杭州發生瘟疫，蘇東坡自己配製了一種叫「聖散子」的藥劑，在街上用大鍋煎熬，給路人喝。據說，這是蘇東坡從老朋友巢谷那裡得來的治療瘟疫的祕方。

瘟疫過後，蘇東坡認為杭州這樣的商貿城市，來往的人很多，傳染病傳播頻繁，應設立「病坊」。於是就透過公款和捐贈的辦法，在眾安橋建立了一所名為「安樂坊」的病坊。蘇東坡自己帶頭捐了五十兩黃金。這應該是我國歷史上第一所針對民眾的官辦醫院，後來搬到西湖邊，改名「安濟坊」。

一〇七四年至一〇七六年間，蘇東坡任密州知州，上任途中就發現當地官員沒有如實向朝廷報告蝗蟲災害的嚴重性。他一到官所安頓好行李，就開始了田野調查，並寫成了〈上韓丞相論災傷手實書〉，把他調查的情況詳細彙報，並實施了驅除蝗蟲的方案。

另外，在密州，蘇東坡還解決了歷來盜賊嚴重的社會問題，寫有〈河北京東盜賊狀〉的報告。在密州期間，當時執政的呂惠卿推行手實法，讓百姓自己申報自己的財產，然後官府根據財產的多少來分派役錢。為了確保大家如實申報，還鼓勵相互舉報。蘇東坡對於這種鼓勵告密的做法很不以為然，認為會敗壞社會風氣，他利用這個法案推行中的一個漏洞，以拖延的方式躲避執行這個來自中央的法令。

一〇七七年至一〇七九年間，蘇東坡任徐州知州，他治理洪水的事蹟被寫入了《宋史．蘇軾傳》。有一段記錄蘇東坡在徐州處理水災的情況，可以看到蘇東坡作為地方首長的形象：

（蘇軾）調任徐州任知州。黃河在曹村這個地方決口，氾濫於梁山泊和南清河等地，最後洪水彙集到徐州城下。暴漲的洪水沒有被及時疏導，徐州城將要淹沒在洪水裡，富人爭著出城躲災。蘇軾說：「富人們出城，老百姓就會動搖，誰和我一起守衛這座城池呢？只要我在這裡，就絕不允許洪水危及城池。」於是，將逃出城外的富人們又趕回城裡。

蘇軾拜訪守衛的軍隊，對士兵頭目說：「黃河水將危害到徐州城，事態非常緊急，即使你們是禁軍，也要聽從我的命令為我效力。」士兵頭目說：「您太守大人尚且不躲避洪水和汙泥，我們都是小人，理應為您效命。」於是帶領手下人拿著畚鍤等走出軍營，修築起東南長堤。大雨日夜不停，城牆僅有三版沒有淹沒到洪水裡。蘇軾在城牆上過夜，路過家門時也沒有進去。他讓各級官員分別堵住各自防守的地方，最後終於保全了徐州城。

一〇九一年至一〇九二年間，蘇東坡任潁州知州，剛上任就遇到一個有爭議的水利工程——開挖八丈溝。這是朝廷下旨決定的專案，一般地方官員都會表示贊同。但蘇東坡認為水利工程關係到民生，不可兒戲。他親自去實地勘查，走訪專業人士，得出的結論是開挖八丈溝會帶來很多問題，這個項目應該終止。他上奏朝廷之後，朝廷採納了他的意見。

一〇九二年，蘇東坡任揚州知州。上任的時候，正好是陽春三月，每年這時當地政府都要舉辦芍藥花會，場面很大，很華麗，但花費的全是公款，獲利的是官員和承辦的商人。蘇東坡上任後做的第一件事，就是取消了這個勞民傷財的面子工程。

一〇九三年至一〇九四年間，蘇東坡任定州知州。這是蘇東坡一生中最後一次任地方官。定州是一個邊境重鎮，與契丹相鄰。宋代的軍隊分為幾種禁軍，直屬中央，是主力部隊；廂兵，屬於各個州的地方部隊；鄉兵，臨時組織的民兵；

蕃兵，邊境各個部落的軍事組織。蘇東坡發現禁軍很疲弱，又因為不敢刺激契丹，不能公開訓練，更加缺乏戰鬥力。

怎麼辦呢？蘇東坡注意到一個叫做「弓箭社」的本地鄉兵組織，覺得可以加以利用，彌補邊境軍力的不足。於是他向朝廷上奏〈乞增修弓箭社條約狀〉，但可惜，沒有得到回應。蘇東坡就嚴格整頓廢弛的軍紀，處分了一些違反紀律的軍人，讓整個軍隊的面貌煥然一新。

經過這些大略的梳理可以看出蘇東坡，作為一個士大夫擔任地方官時所能達到的高度。即使以今天的眼光來看，他也稱得上是優秀的政治家。

10 島邊天外，未老身先退

人未老而身已退居在天外孤島上。

如果有人問，什麼樣的形象才是中國士大夫的標準形象？我首先推薦的一定是蘇東坡的〈千秋歲・次韻少遊〉，這是蘇東坡寫的最後一首詞，完美的寫出了士大夫的姿態，悲愴而又不失豪邁，孤獨而又不失信念。

島邊天外，未老身先退。珠淚濺，丹衷碎。聲搖蒼玉佩，色重黃金帶。一萬里，斜陽正與長安對。

道遠誰云會，罪大天能蓋。君命重，臣節在。新恩猶可覬，舊學終難改。吾已矣，乘桴且恁浮於海。

「島邊天外」，當時蘇東坡在海南島的儋州，著名的天涯海角。「未老身先退」，還沒有老就致仕（相當於現在的退休）了。古代中國士大夫，一般七十歲致仕，另外還有一種說法，叫做「功成身退」，做出一番事業之後，就不留戀職位，退出名利場。

蘇東坡在海南島時六十多歲，還沒有到致仕的年齡。可能隱隱的，蘇東坡也認為還沒有實現政治上的抱負。蘇東坡以前還不太老時，很喜歡說自己老了，但現在六十多歲了卻說「未老」，只是被迫退到了海南，退到了邊緣。

「珠淚濺，丹衷碎。聲搖蒼玉佩，色重黃金帶。」不在乎嗎？還是在乎的。悲傷得濺出了像珍珠一樣的眼淚，一片丹心破碎。但是悲傷歸悲傷，作為一位大臣的威嚴儀態依然不改，腰間佩帶的金色的玉飾發出厚重的聲音。體會一下古代漢語的表述：聲搖蒼玉佩。是走動時腰間的玉佩發出聲音，給人的感覺卻像是聲音搖動著腰帶上的玉佩。「色重黃金帶」，黃金色使得腰帶顯得凝重。

「一萬里，斜陽正與長安對。」海南島雖然離京城很遙遠，但我在斜陽裡，順著陽光的方向，我知道那裡就是京城。

「道遠誰云會，罪大天能蓋。」道路遙遠，誰說還能見面呢？雖然我的罪過很大，君王對我的懲罰也很重，但是「君命重，臣節在」，君王給予的重大使命，我不會忘記，作為臣子的節操，我仍然會保持。

「新恩猶可覬，舊學終難改。」雖然被君王赦免的希望值得期待，但我仍然不會改變我的主張。「吾已矣，乘桴且恁浮於海。」好吧，我就這樣度過一生吧，乘著小船漂浮在海上。

這首詞感情飽滿，有一個立足點，就是君臣關係。中國士大夫的自我定位，也是基於君臣關係展開的。按照孔子的構想，君王應該是德行充沛、君臨天下的人，但在實際生活裡，君王往往德不配位。怎麼辦呢？孔子說：「君使臣以禮，臣事君以忠。」假如君王以禮相待臣子，那麼，臣子就要忠於國君。如果君王不能以禮相待，怎麼辦呢？孔子沒有正面回答，只是說：「道不行，乘桴浮於海。」意思是，假如國君不像國君，我也不會去抗爭，我還是會守住臣子的本分，但會以退為進。

孔子是一個非暴力主義者，他對於周武王造反殺掉紂王，是不贊成的。伯夷、叔齊認為周武王是「弒君」，所以不食周粟，躲在首陽山餓死了。孔子非常敬重他們。但孔子說的「君君臣臣」，絕不是後來有人理解的「君要臣死，臣不得不死」，而是一種對等關係，就是臣子對君王的忠誠有一個前提，即君王首先必須做到君王的本分。

後來的孟子比較激進，他有一個很大膽的觀點，和孔子的看法不一樣，他覺得周武王殺了紂王，不過是殺了一個獨夫民賊[6]，沒有問題。孟子的「民本思想」在某種程度上是對孔子的補充。一方面，把對君王的要求具體化為順應民意，重民輕君。另一方面，為朝代的更替找到了理由，就是當君王變成獨夫時，臣子就可以不忠於他、推翻他。孟子的學說有點危險。所以，一般統治者獲得天下後，往往不喜歡孟子，朱元璋甚至想把孟子從太廟裡趕出去。

蘇東坡寫過一篇〈論武王〉的文章，贊同孔子的說法，批評武王不應該殺紂王。也批評了孟子的說法，他說世上的君子，都會堅持孔子的方法。那麼，應該怎麼辦呢？蘇東坡說，應該由殷朝的人立一個新的國王來歸順周朝，這樣就兩全其美了。

如果說，孟子代表了儒家裡的激進派，蘇東坡毫無疑問是一個保守主義者。他在上面這首詞，以及那首〈臨江仙．夜飲東坡醒復醉〉的詞句裡，都引用了孔

6 殘暴無道，禍國殃民的人。

子的「道不行，乘桴浮於海」這句話，意思是如果君王不欣賞我，那就算了，我就在海上自得其樂，獨善其身吧。

但蘇東坡對於君王的看法有細微的變化。蘇東坡年輕時在鳳翔寫過一首名為〈秦穆公墓〉的詩，歌頌過「三良」，三個賢良的臣子。當秦穆公死時，他們自願殉葬了，蘇東坡感嘆：「古人感一飯，尚能殺其身。今人不復見此等，乃以所見疑古人。」

「三良」這個事件在歷史上有爭議，最早在《詩經．秦風．黃鳥》裡，認為「三良」是被迫殉葬的，所以譴責了秦穆公的殘暴。但到了東漢，這個事件被改編成這三個人為了答謝秦穆公的知遇之恩，自願殉葬。後來的人有不同的看法，不同的看法體現的是對於君臣關係的不同理解。陶淵明寫過一首〈詠三良〉，是歌頌這三個人的，把他們寫成了有情有義的俠士。

蘇東坡寫〈秦穆公墓〉三十多年後，被貶謫到了嶺南，寫了一首〈和陶詠三良〉，卻表達了與陶淵明，以及以前的自己完全不同的看法，他在詩裡說，如果為了當年君王的一句話就去陪葬，實在是太不值得了，是把重如泰山的生命，浪費在輕於鴻毛的事情上。並進一步說，「君為社稷死，我則同其歸；顧命有治亂，臣子得從違」，如果君王是為了國家社稷，為了老百姓而死，我願意追隨他；如果君王的命令不合法理，那麼，臣子就可以違背。這是經過三十多年的風風雨雨，作為士大夫的蘇東坡思想上的昇華。

這種昇華，也體現在〈千秋歲・次韻少遊〉這首詞裡，一方面堅守臣子的節操，另一方面堅守獨立的人格。蘇東坡這樣的偉大人物，遇上北宋這個文化復興的偉大時代，成就了一種真正意義上的士大夫的人格。

這首詞的背景，也顯現出儒家師生傳承的意義。一〇九七年蘇東坡被貶謫到海南，並非一個人，而是一個群體，就是元祐時期得到高太后重用的人，都被貶到了嶺南，只是蘇東坡是最倒楣的一個，被貶到了最遠的儋州。他的學生，北宋著名詩人秦觀，被貶到廣西橫縣。秦觀在經過衡陽時，抄寫了一首他的詞〈千秋歲・水邊沙外〉送給衡陽知州孔仲平：

水邊沙外，城郭春寒退。花影亂，鶯聲碎。飄零疏酒盞，離別寬衣帶。人不見，碧雲暮合空相對。

憶昔西池會，鵷鷺同飛蓋。攜手處，今誰在？日邊清夢斷，鏡裡朱顏改。

春去也，飛紅萬點愁如海。

這首詞寫盡了「傷心」兩個字。上闋寫眼前的景色和現在的狀態，下闋回憶元祐時期在京城的朋友們的繁華生活。但一切都成了過去，成了回憶，就好像春天去了，留下點點殘紅，像憂傷的海洋。

「春去也，飛紅萬點愁如海。」濃郁的悲哀，讓人透不過氣來。有人讀了這首詞，懷疑秦觀會不會因傷心而死。當時秦觀的很多朋友和了這首詞，想要開解秦觀的憂愁。

一〇九九年，蘇東坡讀到這首詞，作為秦觀的老師，和了一首〈千秋歲・次韻少游〉，一下子超越了其他所有人的作品，包括秦觀本人的這首詞。這既是對學生的勉勵，也是自己一生的告白。

第三章

晴朗是生活，風雨也是生活

蘇東坡一生中三次被貶謫，通俗的說，就是三次飛來橫禍，相當於一個現代企業家一生中破產三次，中間還夾雜了牢獄之災。

蘇東坡在黃州生活了大約五年、在惠州生活了大約四年、在儋州生活了大約四年。三次貶居，前後大約十三年，在蘇東坡六十六年的人生中，並不算很長的時間。但蘇東坡去世之前，回首自己的一生，覺得最榮耀的，不是元祐年間在京城的飛黃騰達，也不是在杭州做通判或知州時的意氣風發，而是被貶謫到黃州、惠州、儋州等地時的生活。

然後，挫折之中的體驗，給了蘇東坡最深刻的記憶。也許，正是這三次貶謫的經歷，挫折、痛苦、孤獨、寂寞、貧困、恐懼，讓他領悟到了生命的奧祕，讓他真正進入內在的平靜，更讓他體味到生活的喜悅。

01 莫聽穿林打葉聲，何妨吟嘯且徐行

不要聽到那麼大的雨聲就害怕了，以為不能走路了，其實風雨並不妨礙我們一邊唱歌，一邊慢慢往前走。

一〇七九年，發生了「烏臺詩案」。有人舉報蘇東坡的詩歌作品裡有譏諷朝廷、謗議新政，對當今皇上不敬的內容。蘇東坡在湖州任上被捕，押解到京城，進了監獄。大約半年後定罪，被貶謫到湖北黃州，責授黃州團練副使。雖然名義上有一個官銜，但是沒有任何權力，也沒有俸祿，要靠自己解決生計。蘇東坡相當於被安置在黃州這個地方，監視居住。

烏臺詩案對於蘇東坡而言是一場飛來橫禍。蘇東坡不是神仙，他和我們一樣，是凡人，遇到這樣的事也會恐懼。他不知道接下來還會被別人抓住什麼把柄，一種不確定感、不安全感和被背叛的沮喪感籠罩著他。但是，慢慢的，他接受了現實。到了荒涼的黃州，日子雖然很艱難，他卻很快的喜歡上黃州的生活，

還打算在這裡安家。

有一天，他聽說附近的沙湖有一塊很好的地，就和幾個朋友去看地。走到一半時，天突然下起了大雨，帶雨具的人已經走到前頭去了。同行的人都覺得很狼狽，抱著頭躲雨，只有蘇東坡不當回事，繼續在雨中向前走。不久，雨就停了。

這樣一個小小的途中遇雨的經歷，觸動了蘇東坡的內心，烏臺詩案之後那些情緒暗暗奔湧，最後沉澱成一首詞，叫〈定風波．莫聽穿林打葉聲〉：

三月七日，沙湖道中遇雨。雨具先去，同行皆狼狽，余獨不覺，已而遂晴，故作此詞。

莫聽穿林打葉聲，何妨吟嘯且徐行。竹杖芒鞋輕勝馬，誰怕？一蓑煙雨任平生。

料峭春風吹酒醒，微冷，山頭斜照卻相迎。回首向來蕭瑟處，歸去，也無風雨也無晴。

定風波這個詞牌，最初是平定社會動亂的意思。後來被廣泛運用，在蘇東坡這首詞裡，不妨看作是「平定內心的風波」。

上闋第一句「莫聽穿林打葉聲，何妨吟嘯且徐行」，經常有人把「莫聽穿林打葉聲」，解釋為「不要去聽穿過樹林打在葉子上的雨聲」，按字面意思理解好像沒有錯，但「莫聽穿林打葉聲」和「何妨吟嘯且徐行」是一個完整的上下句子，要從整體上去理解，確切的意思應該是：不要聽到那麼大的雨聲就害怕了，以為不能走路了，其實風雨並不妨礙我們一邊唱歌，一邊慢慢往前走。

很微妙的區別，意義上卻有深刻的不同，把「莫聽穿林打葉聲」理解成「不要去聽風雨聲」是一種誤導，會導致自欺欺人的自我安慰，讓人變得妄自尊大。風雨聲來了，你怎麼可能不去聽呢？雨會因為你不聽而不下嗎？

所以，蘇東坡真正要表達的是，即便風雨來了，猝不及防，出人意料，但是，並不能影響我繼續走我自己的路。**聽到了風雨聲，不要以為世界就完蛋了，不要逃避，不要不去聽，而是老老實實面對它，老老實實解決它**。在沒有雨具的情況下，解決它最好的辦法就是「吟嘯且徐行」，繼續做自己能夠做的事情，繼續自己的生活。

下雨了，我們總要向外去尋求，找雨傘，找擋雨的地方；挫折來了，總想著去尋求外部的援助；疫情來了，我們總在等待疫情的結束……但蘇東坡說，下雨了，我還是繼續走路，挫折、意外發生了，我還是要繼續我自己的人生，不能一味的等待。

「竹杖芒鞋輕勝馬，誰怕？」雖然我沒有高頭大馬，只有一根簡單的竹杖，一雙芒鞋，但輕便勝過高頭大馬，有什麼好怕的呢？就像現在我沒有BMW、賓士，只有一輛破單車，但我也是依舊輕鬆走我人生的路，沒有什麼好怕的。

「一蓑煙雨任平生」，就算這一輩子都在風雨裡，我也很坦然。

下闋開頭「料峭春風吹酒醒，微冷，山頭斜照卻相迎」，看來在旅途上蘇東坡還喝了酒。料峭的春風吹來，把酒醉的我吹醒了，微微感到有一點寒意。「山頭斜照卻相迎」，山上斜斜的太陽照耀，雨後天晴。

「回首向來蕭瑟處，歸去，也無風雨也無晴。」再回頭看剛才的風吹雨打，有了不同的感受，覺得也不過如此。當風雨來時，我們本能的會感到害怕；陽光燦爛時，我們本能的會感到喜悅，但風雨之後總會有陽光，陽光之後總會有風雨。所以，我們既不必害怕，也不必高興。因為從根本上來說，並沒有風雨，也沒有晴天。

「歸去」，是回家嗎？當然是回家。但蘇東坡這裡顯然有更深一層的意思，就是要越過風雨和晴朗這兩個表象。這首詞的上下兩闋，每一闋前幾句都是講那天下雨發生的很平常的事情，最後一句上升到人生哲理，一下子讓平常的事情變得不平常。

上闋寫突然而至的大雨，最後的「一蓑煙雨任平生」上升到人生哲理，是要打破我們一般人對於「晴」的執念，我們執著於陽光明媚，繁花似錦，執著於成功幸福。但蘇東坡說，**我們更應該接納風雨，接納挫敗，學會在風雨挫敗中過好自己的一生。晴朗是生活，風雨也是生活。**

下闋寫春風吹來，天氣轉晴，最後的「也無風雨也無晴」上升到更高的人生哲理，從下雨後又天晴這麼一個自然的現象，上升到要打破我們的分別心，打破執念。下雨、天晴，都是變化的表象。下雨，一定會過去；天晴，也一定會過去。不要執著於晴朗，也不要執著於風雨。這些都是煙雲，都像夢幻泡影。

02 杖藜裹飯去匆匆，過眼青錢轉手空

各地的貧民為了貸款，拄著枴杖、帶著乾糧，一年中大半時間往城裡跑，結果轉眼就把錢花光了。

烏臺詩案，不僅是蘇東坡一生中最重要的一個事件，也是北宋歷史上一個重要的事件。

一〇七三年，蘇東坡在杭州任上時，去農村考察，發現王安石推行的變法新政給農民帶來了許多痛苦，於是寫了不少詩表達不滿。其中〈山村五絕〉是比較有名的一組詩，總共五首，其中第二、第三、第四首都以諷刺的語言抨擊新法。第二、第三首我們在前面講過，現在我們講一下〈山村五絕〉的第四首：

杖藜裹飯去匆匆，過眼青錢轉手空。
贏得兒童語音好，一年強半在城中。

這首詩批評了青苗法。青苗法讓農民每年夏秋兩收前可向政府貸款兩次，等到收穫後以兩分利償還。因為要貸款，一年中大半時間往城裡跑，結果一轉手就把錢花完了。小孩因為在城裡待得久了，倒是學會了城裡人的口音。蘇東坡寫這首詩時，絕對想不到這首詩後來會成為他的一個罪證。

王安石變法，造成新黨舊黨的分裂，舊黨被外派到地方做官，新黨控制了朝廷，但總體上言論還是自由的。但到了一〇七九年，出現了烏臺詩案，要把蘇東坡這位舊黨的官員治罪，這是一個新的情況。當時蔡確任宰相，李定負責御史臺，這兩個人都是新政的堅定支持者。

一〇七九年六月二十七日，開始了對蘇東坡的彈劾。第一個寫上箚的是台諫官何正權，他之所以彈劾蘇東坡，是因為蘇東坡在〈湖州謝上表〉裡寫的一句話。宋代官員得到任命之後，要寫一個謝上表，表達對君王的感謝。一〇七九年三月朝廷任命蘇東坡擔任湖州知州，蘇東坡就寫了一封〈湖州謝上表〉，裡面有這麼一句話：「知其愚不適時，難以追陪新進；察其老不生事，或能牧養小民。」大概的意思是，皇帝體諒我跟不上新的形勢，但念我還算老實，就讓我在地方上做做管理者。

何正權覺得蘇東坡話中有話，有情緒，是在「愚弄朝廷，妄自尊大」，又進一步推導說：「一有水旱之災，盜賊之變，軾必倡言歸咎新法，喜動顏色。軾所為譏諷文字，傳於人者眾。今獨取鏤版而鬻於市者進呈。」

又說「陛下發錢以本業貧民，則曰：『贏得兒童語音好，一年強半在城中』；陛下明法以課試郡吏，則曰：『讀書萬卷不讀律，致君堯舜知無術』；陛下興水利，則曰：『東海若知明主意，應教斥鹵變桑田』；陛下謹禁鹽，則曰：『豈是聞韶解忘味，邇來三月食無鹽』；其他觸物即事，應口所言，無一不是譏諷為主。小則鏤版，大則刻石，傳布中外，自以為能。其尤甚者，至遠引衰漢梁竇專朝之士，雜取小說燕蝠爭晨昏之語，旁屬大臣，而緣以指斥乘輿，蓋可謂大不恭矣」。

何正權的指控裡，有三個要點：第一，蘇東坡一貫攻擊新政；第二，蘇東坡的譏諷、抨擊寫成了文字，還出版成書，公開售賣，傳播很廣；第三，蘇東坡公開出版的詩文裡，有很多是和皇帝唱反調，皇帝支持什麼，他就反對什麼。第三點是致命的，很明顯，御史臺一開始就想把蘇東坡定為死罪。

接著，御史舒亶又上箚說：「臣伏見知湖州蘇軾進謝上表，有譏切時事之言。流俗翕然，爭相傳送，忠義之士，無不憤惋。」強調了蘇東坡攻擊皇帝的詩文流傳很廣，引起了很多人的憤怒。

再接著，御史中丞李定在七月二日上劄，羅列了蘇東坡的四宗罪，全部圍繞蘇東坡誹謗皇帝展開。神宗批了一句：「送御史臺根勘聞奏」。李定奏請先罷蘇東坡湖州的現職，並請派人去抓捕，神宗批令：「御史臺選牒朝臣一員，乘驛馬追攝。」於是就派了太常博士皇甫僎趕往湖州，逮捕蘇東坡。蘇東坡到湖州上任是四月二十九日，到七月二十八日為止，剛剛過去三個月。

一〇七九年，蘇東坡在湖州任上被捕，到了京城，被關進了監獄。從八月十八日進監獄一直到十一月底，經歷了三個多月的牢獄之苦。最後的結論是：「奉聖旨：蘇軾可責授檢校水部員外郎，充黃州團練副使，本州安置，不得簽書公事。」在另一個版本裡這樣表述：「准聖旨牒，奉敕，某人依斷，特責授檢校水部員外郎，充黃州團練副使，本州安置。」

但烏臺詩案，並不像我們想像的那樣，蘇東坡得罪了御史臺或皇帝，然後御史臺的最高主管就可以給他判罪。事實上，北宋的司法制度有一套自己的程序，並且有相對獨立性。針對蘇東坡的判決，並不是一個行政決定，而是一個符合當時法理的法律判決。

御史臺只負責立案、審理案件，審理完就把資料送到大理寺，由大理寺判決。大理寺的判決是：「當徒二年，會赦當原。」意思是根據蘇東坡犯的罪，應該判兩年的徒刑，但因為處於朝廷的「大赦」期間，所以免去刑罰，等於無罪釋放。御史臺不滿，提出反對，由審刑院來覆核，審刑院維持了大理寺的判決。

值得注意的是，當時大理寺和審刑院的負責人，屬於新黨。但在判案中，秉持了一個司法人員的職業精神。另外，判案時所勘查的內容，嚴格局限在《元豐續添蘇子瞻學士錢塘集》這本詩文集內，其他的詩文都不在勘查之列。

所以，今天我們不能因為蘇東坡的文學地位，就簡單的認為烏臺詩案是一幫小人在玩弄權術。從歷史的角度看，神宗時期的新黨舊黨之爭，其根本都是為了國家的利益，純粹的「小人」並不多。雖然王安石和司馬光的見解不同，但整體上還是君子之爭。烏臺詩案，當然夾雜著權鬥，以及某些人對於蘇東坡才華的嫉妒。但總體上來說，還是按照規則審理的一個案件。據說，這是北宋最後一次比較獨立的司法判決。

最後，神宗根據判決做出了最後的決定，將蘇東坡貶謫到黃州。這對蘇東坡來說，是一個最好的結果。當然，這樣的結果，除了因為當時司法相對獨立之外，還有一些個人的因素。比如，流傳很廣的說法是宋仁宗的曹皇后，當時是太皇太后，曾經要求神宗釋放蘇東坡。因為神宗沒有答應，生了病。於是，皇帝大赦天下，但太皇太后說沒有必要大赦天下，只要放了蘇東坡一人就可以了。不久，曹皇后就去世了。蘇東坡那時還在監獄裡，寫了詩悼念。

營救蘇東坡的人還有張方平這樣的一些元老，甚至王安石的弟弟王安禮，也為蘇東坡求情。他認為蘇東坡雖然確實說了一些不敬的話，但不應該被判死罪。後來成為蘇東坡政敵的章惇，也同情蘇東坡。從史料來看，主張嚴懲蘇東坡的，只有御史臺的人，其他的官員大都持同情的態度。這些因素，應該也影響了皇帝做最後的決定。

當然，神宗皇帝本人並非昏庸之君。神宗決定大赦天下，王定等人擔心蘇東坡逃過死罪，要王珪又向神宗告狀，說蘇東坡在杭州寫的一首詩裡，寫到了龍，有對皇上大不敬的意思。但神宗皇帝說，詩人寫詩，怎麼能這樣理解？蘇軾寫他的檜樹，關我什麼事？」一旁的章惇也說：「龍，並不獨指人君，臣子也有稱龍的。」神宗馬上說：「諸葛亮就是臥龍。」王珪尷尬的退下。

後來，神宗去世，蘇東坡在給朋友王定國的信裡表達了如下意思：

當年無端被廢，很多人想置我於死地，而先帝獨同情，而今而後，誰還能再把我從深溝中再搭救出來？完了，歸耕田園到死罷了。

客觀的說，蘇東坡如果不是身處北宋，而是在明清時代，基本沒有什麼懸念，他會被殺頭。當然，明清時代也很難出現蘇東坡這樣的人。

03 化工只欲呈新巧，不放閒花得少休

造物主為了表現新奇巧妙，不讓牡丹這樣很悠閒的花有休息的時間。

一〇七三年，當時的杭州知州陳襄，也就是陳述古，看到牡丹開放，就寫了一組詩。蘇東坡和了一組，其中一首〈和述古冬日牡丹四首〉其一是寫：

一朵妖紅翠欲流，春光回照雪霜羞。
化工只欲呈新巧，不放閒花得少休。

意思是牡丹盛開，鮮紅得像是在流動。春天到了，暖和的陽光在慢慢融化霜雪。蘇東坡卻說，春天的陽光照得霜雪很害羞，霜雪變成了人害羞的樣子。

化工，不是我們現在說的化工，而是指造物主。造物主為了表現新奇巧妙，不讓牡丹這樣很悠閒的花有休息的時間。毫無疑問，後面這一句聯想是在批評當

時的新政。

後來在密州，蘇東坡寫過一篇〈蓋公堂記〉，說的也是這個意思。他用看病來比喻，說有一個人生病咳嗽，為了盡快治癒，就不停的換醫生看病，每一個醫生用的藥都不一樣，結果病情越來越嚴重。有一個老人對他說：「你這個病其實不需要折騰，只要好好休息，想吃什麼就吃什麼，等到體力恢復，再找一些針對你症狀的藥，就可以了。」然後，蘇東坡說，治理國家也一樣，不斷的提出新的政策，瞎折騰，只會讓人民疲憊不堪。

這些批評，在烏臺詩案發生之前，只是正常的不同意見。北宋開國以來一直信奉「言者無罪」的原則，所以，蘇東坡發表這些言論時，應該完全想不到會有烏臺詩案那樣的後果。那麼，為什麼到了一〇七九年，北宋一直奉行的「言者無罪」的傳統會突然改變，蘇東坡差一點因為言論而獲死罪呢？分析起來，有五個原因：

第一，方向性分歧。在王安石變法之前，「政見」不同，不過是對於具體政策的看法有不同的意見。比如對外應該「議和」還是「打仗」，一直有兩派意見。某個具體意見的爭論，基本上是局部的、階段性的，蘇東坡以及他的同僚已經習以為常。

但宋神宗和王安石的改革，是一個系統性的變革，牽涉到各方面，關乎國家的方向和政體。因此，不再是具體意見的不同，而是對於國家發展方向的分歧，是體系式的。所以，叫做「黨爭」，意指新黨和舊黨之間的爭議。但是在北宋，整個社會還沒有為政黨競爭提供一套制度性的空間，所以，當這種競爭越來越激烈時，手段也會變得越來越極端，而且引發了沒完沒了的連鎖反應。

神宗時代的人，包括蘇東坡，當然都看到了這種變化，但並不明白這種變化真正會帶來什麼後果。所以，他們的思考和行為方式，還是沿著以前的慣性。根據以前的經驗，最壞的情況也就是行政降職到地方上任，再差也就是退隱到地方養老。所以，當御史臺的人到湖州去抓蘇東坡時，他很愕然，其他人也很愕然。蘇東坡被關在監獄裡時，很多人為他求情，甚至王安石的弟弟王安國也為他求情。他覺得按照慣例，不應該這樣對待蘇東坡。

第二，權力格局發生了微妙變化。王安石於一〇六九年開始主持改革工作，以強硬作風推行改革，引起上下官員的激烈反對。一〇七四年，神宗被迫罷免了王安石，但一年後又任用了他。這個時候，王安石新黨內部出現了嚴重矛盾。

一〇七四年王安石被罷免後，推薦呂惠卿做參知政事。沒有料到呂惠卿掌握大權後，很想接著做宰相，他怕王安石再回到朝廷，居然設計陷害王安石的弟弟王安國，甚至意圖陷害王安石本人。正是在這種情況下，神宗又把王安石請回來繼續做宰相，但王安石獲得的支持很少。所以，一〇七六年他提出辭呈，加上兒子去世，更加心灰意冷，堅決請辭。當年十月，獲得批准，到江寧過著半隱退的生活。王安石的辭職，引發了新一輪的權力鬥爭。

當時主政的是吳充和王珪，都很平庸，卻又相互不和。神宗大概對於他們兩人都不太滿意。以李定為首的一些官員，是靠著支持「變法」而獲得高位的，很擔心這樣發展下去，新黨裡沒有一個強勢的人讓神宗滿意，神宗會不會召舊黨的人回來？

舊黨的人裡，最有影響力的當然是司馬光，但他已經是一個老人，賦閒在洛陽，寫他的《資治通鑑》。舊黨第二號人物是蘇東坡，正值中年，一直是呼聲很高的宰相人選。當年中進士時，仁宗皇帝看了蘇東坡、蘇轍的文章，興奮的對皇后說：「我今天為子孫找到了兩個太平宰相。」神宗皇帝雖然不喜歡蘇東坡對於變法的態度，但很喜歡他的文章，據說每次看到蘇東坡的文章，都讚嘆不已。對於蘇東坡在地方的政績，也予以表揚，可見蘇東坡當時的名聲很高。

所以，李定等人選中蘇東坡作為目標，來打擊新黨，阻礙新黨重回朝廷，這裡面有權鬥的因素，也有嫉妒的因素，有很複雜很微妙的心裡糾纏，慢慢醞釀，最後成了烏臺詩案。但這一切，在醞釀過程中，蘇東坡渾然不知，正應證了一句話：**真正影響我們命運的，往往是我們完全不知道的事情**。

第三，御史臺機制。古代中國皇帝專制，但也有對於皇帝的制約，就是設立「言官」，觀察皇帝的行為，並提出意見，叫做「諫言」。唐代時有御史臺，屬於宰相管理的下級部門，針對的是皇帝。到宋代，情況發生了變化，御史臺不歸宰相管理，而是歸皇帝直接管理。但皇帝的領導往往是名義上，這樣一來，御史臺的地位就很特別了。御史臺批評的是宰相，是政府，加上宋代特別強調「言者無罪」，所以，御史臺的諫官雖然職位不高，但特別敢言，也特別重要，可以影響輿論。

錢穆先生在《中國歷代政治得失》裡有一段評論：

諫官本是以言為職，無論什麼事什麼地方他都可以講話，不講話就是不盡職，講錯話不要緊。……他們講話錯了，當然要免職，可是免了職，聲望反而更高，反而更有升遷的機會。所以，宰相說東，他們便說西，宰相說西，他們又說東。總是不附和，總愛對政府表示異見……。

御史臺很像輿論監督機構，也有點像監察機構，但缺乏現代政治的制度基礎，漸漸變成了權鬥的工具。有時候皇帝加上宰相，對他們也沒有辦法，因為他們在道義上預設性的占了優勢。這是北宋很有意思的一個現象。另外，為了控制輿論，御史臺成為一個重要的權力機構，發展到後來，台諫官還會兼任其他職務。而宰相為了讓御史臺和自己達成一致，也會安插自己的人在御史臺裡。一〇七九年，堅決執行新政的蔡確擔任宰相，那個時候，負責御史臺的人叫李定，宰相和御史臺已經成為一個陣線的同盟。

第四，傳播技術的發展。傳播手段的變化，引發的不僅僅是社會生活的變化，還會深刻影響到整個人類發展的方向。二十世紀媒介理論家馬歇爾·麥克魯漢（Marshall Mcluhan）分析了西方文明從口語、手抄書到印刷術出現時期，人類如何從聽覺文化過渡至視覺文化，以及印刷術最後如何促成人類意識的同質性、民族主義，以及個人主義的誕生過程。在西方，十五世紀約翰尼斯・古騰堡（Johannes Gutenberg）發明的活字印刷，開啟了印刷文明時代。麥克魯漢的一本傳播理論的書就叫《古騰堡星系：印刷文明的誕生》（*The Gutenberg Galaxy*）。

中國學者在研究蘇東坡時，往往忽略了一個重要因素：傳播。宋仁宗慶曆年間（一〇四一－一〇四八年），畢昇發明了活字印刷。也就是說，蘇東坡的童年時代，遇到了一個時代性的文化事件——印刷術的革命，見證了從手抄本到印刷書籍的轉折。蘇東坡不僅見證了這個轉折，還是這個歷史的參與者。

印刷術的出現，催生了出版業，當時的杭州已經有私營的出版商。蘇東坡到杭州做通判時，有出版商出版了他的作品，名字叫做《蘇子瞻學士錢塘集》。估計銷量不錯，不久又推出一部《元豐續添蘇子瞻學士錢塘集》。這部「續添」的錢塘集後來成為蘇東坡被定罪的重要證據。

這在中國歷史上是第一次文字獄。蘇東坡以及他的同時代人，都沒有意識到印刷術的深刻影響。現代的中國學者研究蘇東坡時，也忽略了這個關鍵的歷史細節。反而是日本學者內山精也捕捉到了這個細節，他在《傳媒與真相：蘇軾及其周圍士大夫的文學》一書裡提到這個細節的意義：

在這一事件（烏臺詩案）從彈劾到審議的過程中，起了極其重要作用的，是當時民間印刷刊行的蘇軾詩文集《元豐續添蘇子瞻學士錢塘集》。由現存的文獻可以確認，在中國，作者的詩文集在生前，而且在創作活動的鼎盛時期（壯年期）被即時的得到刊行，要數蘇軾的這個集子為先例。而最具有象徵意味的是，本來應該成為中國文學史上，傳媒與同時代文學初次合作之宣言的這個詩文集，同時也引起了中國史上第一次文字獄。

以前手抄本流傳很有限，基本上只在少數朋友間傳播。但印刷的書籍讓文字變成公共傳播，性質發生了變化。儒家一直以來主張「言者無罪」，宋朝的開國者，也特別重視士大夫的言論自由，但到了蘇東坡公開出版詩文集，「言者無罪」就遇到了挑戰，甚至可以說開始崩潰。

第五，皇帝和宰相的位置發生了變動。本來官員議論、批評時政，被認為是批評宰相，就像王安石擔任宰相時，雖然大家都知道神宗在後面支持他，但畢竟在前臺活動的是王安石，無論對新政有多大的意見，針對的都是王安石。批評新政，被認為是批評王安石。北宋皇帝在宰相和官員之間，會扮演平衡的角色。神宗雖然態度鮮明的支持新政，但還是會安撫司馬光等舊黨。

從一〇七四年王安石被罷相，到一〇七六年他辭官，這一段時間情況發生了微妙的變化。如前面提到過的吳充和王珪，都很平庸，所以，實際上是神宗自己擔任宰相的職責。於是出現了一種模稜兩可的判斷，這一段時間，如果你抨擊朝廷的政策，既可以看作是對政府的批評，也可以看作是對皇帝的抨擊，而抨擊皇帝，在古代是要殺頭的。

總之，烏臺詩案的發生，不是一個偶然的事件，也不能簡單的歸因於朝廷裡的「小人」要整蘇東坡，更不是一個正邪對立的鬥爭，而是各種因素聚合發生的一個無法預測的事件，其對於個人的命運帶來的深刻影響，是一個時代與個人關係的典型案例。

早在一〇七二年，蘇東坡在湖州和孫覺吟詩喝酒時，上面講的五個因素，已經體現在他的生活之中。但蘇東坡以及同時代的其他人，都無法想到這些變化帶來的結果是什麼，也並不知道這些微妙的變化，會在後來改變他們的命運。所以，一〇七二年的蘇東坡，還是典型的北宋士大夫，並不知道一些微妙而深刻的變化正在發生，正在改變他的命運。

04 諸子百家之書，日傳萬紙

近年商人輾轉翻刻印刷諸子百家的書籍，一天就流通萬張以上，書對學習的人來說，數量多而且容易取得。

前面我費了不少筆墨講烏臺詩案，想說明的是，烏臺詩案不是今天我們一般認為的那種奸臣陷害忠良的故事。如果放在當時的語境下，這個故事裡並沒有奸臣，也沒有昏庸的皇帝，而是一個時代轉捩點上的政治事件和司法事件，參與的人都在自己的崗位上做著「合理」的事，釀成的是個人的巨大悲劇。

烏臺詩案完全超出了蘇東坡的預想，也超出了同時代人的想像，以他們的生活經驗而言，這是不可能發生的事件，但它確實發生了。它的發生，來自不確定性，也因此引發了連鎖的不確定性。究其原因，蘇東坡處於時代的轉捩點上，他看到了這種轉折帶來的現象，但並不能理解其中的含義。

用美國學者納西姆·尼可拉斯·塔雷伯（Nassim Nicholas Taleb）的術語來形

容，烏臺詩案是「一隻時代的黑天鵝」。塔雷伯研究人類生活中的「不確定性」問題，寫了《黑天鵝》（*The Black Swan*）、《反脆弱》（*Antifragile*）等著作，他提出的「黑天鵝」概念廣為人知。塔雷伯借用哲學家伯特蘭・羅素（Bertrand Russell）的一個比喻來說明「黑天鵝」。

這個比喻是這樣的，一個農夫養了一隻雞，每天給牠餵食，連續一千天，每餵一次食，那隻雞就認為農夫的手一出現，就會帶來好吃的。漸漸的，牠以為這是常態，不會改變。但到了第一千零一天，農夫的手伸出來時，那隻雞以為又是餵食，但不幸的是，這次農夫抓住牠把牠殺了，當作節日的菜餚。

這個第一千零一天是異常的，卻是致命的。塔雷伯說這就是「黑天鵝」。常態生活裡突然出現的反常，能夠改變整個社會的形態，也能改變個人的命運。但我們總是固守於前面一千天的經驗，這不僅沒有意義，而且正是這個經驗，讓我們完全看不到第一千零一天的出現。在一千天之內，我們可以透過科學的推理，分析出各種預測，但很難預測第一千零一天。那應該如何對待第一千零一天這隻黑天鵝呢？塔雷伯從風險管理的角度做了各層面的分析，也提出了各種策略。

在塔雷伯看來，像印刷術的發明、突然的股災……這些現象很難預測，它們出現之後，也很難判斷會帶來什麼結果。事後人們總是分析出各種原因，但都是「事後諸葛亮」，實際上，沒有人能夠預測到。這就叫做「黑天鵝」。

北宋時，印刷術帶來革命性的變化，圖書除了手寫，還可以大量複製。蘇東坡曾描述了這種變化：「余猶及見老儒先生，自言其少時，欲求《史記》、《漢書》而不可得，幸而得到之，皆手自書，日夜誦讀，惟恐不及。近歲市人轉相摹刻諸子百家之書，日傳萬紙，學者之於書，多且易致如此，其文詞學術，當倍蓰[1]於昔人，而後生科舉之士皆束書不觀，遊談無根，此又何也？」（〈李氏山房藏書記〉）又批評當時的年輕人「皆束書不觀，遊談無根」。

但蘇東坡並沒有意識到，這種新的傳播技術背後深層的意義。當他的書出版後，成為暢銷書，他並不覺得事情在發生變化。就像二十多年前，蘋果手機出現時，很多人並沒有意識到自己的生活會發生什麼樣的改變。當我們第一次用臉書發表意見時，也沒有意識到它的後果會是什麼。往更深一層去探討，歐洲是在十五世紀時才出現古騰堡的活字印刷，引發的是《聖經》的普及化，把《聖經》從教會壟斷的解釋權裡解放出來，還促進了「出版業」和「版權法」的誕生，甚至被認為是文明的轉型，是印刷文化時代的開始。

但在中國，北宋的活字印刷術，對中國社會並沒有形成本質性的影響，像蘇東坡這樣最為傑出的人，親身體驗了這種技術，但只是把它作為傳播的工具。從北宋到明清時代，一直有微弱的出版市場，加上書畫市場，構成了曖昧的古代中國文化市場。北宋時，在杭州一帶有人印書賺錢，明清時代江南一直有圖書市場，也有書畫市場。一些文人，如江南四大才子等，靠著這個微弱的文化市場得以解決生計問題。少數像文徵明這樣的人，靠著它可以脫離官場，過上相對獨立自由的生活。

但總體上，中國人並沒有從印刷術的進步中找到文明轉型之道。對於文化人來說，也沒有意識到這種技術可以開闢另一種謀生之道。這和中國文化裡對於商業的輕視有關。誇張一點說，即使才華橫溢的蘇東坡，也錯過了中國歷史上堪稱偉大的一次時代機遇。**人的意識與思維，決定了他能看到什麼**。這種機遇超出了儒釋道的思想範疇，明明白白在他面前，他還是不能弄懂其中的意義。

錢穆先生在《中國歷代政治得失》裡有一段精彩論述：

1 蓰音同喜，倍蓰指由一倍至五倍，形容很多。

中國歷史上的傳統政治，造成了社會各階層一天天的趨向於平等。節制資本的政策，一直延續。除了元清兩代，廢除特權的政策一直延續。官吏不能世襲，但造成了聰明的人都去讀書當官，使得中國政治表現出臃腫的毛病。不像西方，根本上沒有官，只有世襲的貴族。聰明的人都去經營工商業，待他們自己有了力量，才結合著爭政權，形成了今天的西方社會。

錢穆先生的分析，也許有助於我們理解同樣是新的傳播技術，何以在傳統中國和傳統歐洲形成了不同的結果。

了解了這個大背景，我們就能明白活字印刷在北宋並沒有帶來「文明轉型」，但對於原有的社會傳統會有「潤物細無聲」的衝擊，如會瓦解北宋開國以來形成的「言者無罪」的傳統。烏臺詩案發生之前，蘇東坡以及他的同時代人，都浸淫在宋代開國以來形成的「言者無罪」的氛圍中。

一〇六九年，他上書神宗皇帝，討論台諫制度，在蘇東坡看來，台諫制度是宋代的優越性所在。他說，歷史上的王朝有兩種，一種是「內重外輕」，就是中央集權型，以秦和魏為代表；另一種是「外重內輕」，就是地方分權型，以周和唐為代表。兩者都有弊端，前者奸臣專橫，後者軍閥割據。蘇東坡認為宋屬於「內重外輕」，卻沒有像秦、魏那樣出現奸臣專橫。原因何在呢？因為有「台諫」的存在，是「聖人防過之至計」。

蘇東坡特別提到，秦漢以來，到唐、五代，因為諫言被殺的人不下幾百人，而宋朝開國以來，從未有人因為諫言而被處死。即便被問罪，也能夠很快恢復名譽。蘇東坡還特別讚揚了賦予台諫官的特權：即使沒有確證，根據傳言也可以彈劾百官。對於台諫官的言論，不管是誰，哪怕是皇帝彈劾宰相，都要認真傾聽。

蘇東坡的這一段話，講出了他那個時代所有人的共識，第一是言者無罪，第二是肯定御史臺的監察作用。

可以想見，在這樣的環境下，蘇東坡對於自己的言論，一直都沒放在心上，覺得不會出什麼大問題。即使早在一〇七三年，沈括把蘇東坡抄寫給他的詩作為證據，向皇帝舉報蘇東坡的詩裡有對朝廷的不滿，神宗都沒有理會，蘇東坡也沒有當回事。他並沒有意識到在新的傳播方式下，問題正在萌芽。到了一〇七九年七月，醞釀已久的問題終於爆發。

05 休言萬事轉頭空，未轉頭時皆夢

不要說死後萬事皆空，身未死時也全然是場夢。

前面我們提到了塔雷伯「黑天鵝」的概念，這個概念是在提醒我們：第一，常態的規律靠不住，總有意外事件會打破常態；第二，意外事件的原因，往往超越了我們的認知，很難預測，或者說，就是無解；第三，即使我們預測到了，重要的還是如何面對，就像蘇東坡那首〈定風波．莫聽穿林打葉聲〉裡說的一樣，風雨來了，你沒有地方可以躲避，你只能面對。

人與人之間的差異，其實就是在如何面對挫折、如何面對不確定性上體現出來的。而人的成長，也是從面對不可知、不可解開始的，尤其是從面對挫折開始的。每一次的面對，都是一次脫胎換骨。

一〇七九年三月，正在徐州任知州的蘇東坡接到了朝廷的任命，要他赴湖州擔任知州。這種地方之間的調動，在北宋非常正常。蘇東坡像往常一樣，在赴任之前，總是抽出時間去看望弟弟蘇轍。所以去湖州之前，他去了南都（今河南商丘），和蘇轍相聚。

除了和蘇轍相聚，順便又拜訪了前輩張方平。當年蘇東坡和父親、弟弟離開眉州，去京城科考，就是張方平的建議，並資助了他們路費。經過揚州時，知州鮮于子駿在平山堂招待他。平山堂是歐陽修修建的。歐陽修是蘇東坡一生中重要的伯樂，已經在一〇七二年去世。蘇東坡免不了一番感慨，填了一首詞〈西江月．平山堂〉：

三過平山堂下，半生彈指聲中。十年不見老仙翁，壁上龍蛇飛動。
欲弔文章太守，仍歌楊柳春風。休言萬事轉頭空，未轉頭時皆夢。

雖然感嘆世事如夢，但蘇東坡去湖州的路上，絕對不會料想到「烏臺詩案」的出現，張方平、歐陽修這兩個前輩走過的道路，就是自己的未來。特別是蘇東坡，一直被認為是歐陽修的接班人。蘇東坡對於自己的未來的想像，一定不會是被貶黃州和儋州，而是和張方平、歐陽修一樣，無非是在中央做官，或得不到重用就去地方當官，最後退隱養老，如此而已。這是蘇東坡那個時代一般士大夫的標準人生。

到了湖州，蘇東坡遊山玩水，呼朋引伴，吟詩喝酒。他寫了不少詩詞，有一首〈南歌子．山雨瀟瀟過〉：

山雨瀟瀟過，溪橋瀏瀏青。小園幽榭枕蘋汀。門外月華如水、彩舟橫。
苕岸霜花盡，江湖雪陣平。兩山遙指海門青。回首水雲何處、覓孤城。

陶醉在湖州清秀的山水之間，蘇東坡全然不知道，此時的京城正在為他編織羅網。

一〇七九年七月二十八日，很平常的一天，蘇東坡在湖州的府衙上班，突然聽說有御史臺的官員到了。一個叫皇甫僎的官員帶著兩名兵卒，態度凶橫，蘇東坡以為自己犯了什麼大罪，皇帝派人來賜死自己，嚇得不敢出去。他的同事、通判祖無頗說：「事情已經這樣了，無可奈何，還是出去見一下。」蘇東坡又猶豫著穿什麼衣服好，因為如果是賜死，就不能穿官服。祖通判說：「還沒有定罪，當然是穿官服。」出去以後，祖通判向皇甫僎要文書，才知道不是什麼很大的事，不過是要把蘇東坡請去問話而已，並沒有定罪。事後他回憶：「頃刻之間，拉一太守，如驅犬雞。」（孔平仲《孔氏談苑》）

臨走時，蘇東坡的夫人帶著家人出來，哭哭啼啼的。這個時候，蘇東坡好像忘掉了恐懼，覺得要安慰自己的妻子。他笑著講了一個故事，說是真宗年間，有一個隱士叫楊朴，很有名望，皇帝想要他出山當官，就派人去請他。他到皇宮後，皇帝就問他，你走時，有沒有人為你作詩送別？楊朴說，臨走時，我的老妻寫了一首詩給我：「且休落魄貪杯酒，更莫猖狂愛詠詩。今日捉將官裡去，這回斷送老頭皮。」（〈送夫詩〉）皇帝聽了，哈哈大笑，又送他回去了。

蘇東坡笑著對妻子說：「你為什麼不像楊朴的妻子那樣，也寫一首詩給我呢？」他的妻子破涕為笑。

我們都是普通人，遇到猝不及防的事都會恐懼。但面對恐懼時，有些人會被恐懼挾持，而有些人，如蘇東坡，會嘗試著擺脫恐懼。這在心理學上叫做「情緒建構」。

情緒並不是天生的，而是我們自己的大腦建構出來的，不能簡單的把情緒看作一種本能的、天生的對於世界的反應。

比如，有三個人走在樹林裡，第一個男孩子突然發現了一條蛇，按照傳統的情緒理論，這個男孩一定會產生恐懼，由大腦中負責恐懼的情緒產生反應。但事實上，如果這個男孩是學過動物學的，發現這條蛇是沒有毒性的，他就不會恐懼。再如，這個男孩會想到後面有兩個朋友，或者有一個女孩是他喜歡的，他會想到：如果我表現得很害怕，會被朋友或那個女孩子瞧不起，那麼他也會表現出平靜的樣子。所以，**情緒是我們每一個個體自己創造出來的，如果我們去弄清楚這種創造的過程，那麼情緒是可以控制的**。

心理學家威廉·詹姆斯有一個很簡單的說法，一般人總認為快樂了就會微笑，但實際上，還有一種更重要的心理現象：**你微笑了，就會快樂**。

當然，在那樣一個時刻還能笑出來，和蘇東坡長期以來的認知也有關係。蘇東坡二十多歲時，從眉州回京城，經過長江的灩澦堆，這裡被認為是天下最危險的地方，因為這裡有一塊巨石，來往的船隻經常因為遭到撞擊而翻船。但蘇東坡寫了一篇〈灩澦堆賦〉，反駁這種看法，認為這個危險的地方，其實對於那些船夫來說是好事。

因為長江的水，一路浩浩蕩蕩漫流於平原沙洲，勢不可當，忽然到了灩澦堆，好像把萬頃之水猛然倒在一個酒杯中，水流暴怒的想要摧毀這塊巨石，巨石卻巋[2]然不動。水流只好彎彎曲曲的從旁邊流去，變得平穩。蘇東坡總結說：「物固有以安而生變兮，亦有以用危而求安。得吾說而推之兮，亦足以知物理之固然。」

事物本來就有這樣的規律，因安逸太久，就會發生變故，而突然遇到的危險，卻可以給人更深刻的平安。依照這個說法，推而廣之，就可以知道自然不過如此而已。按照這個說法，烏臺詩案也不過是蘇東坡人生道路上的「灩澦堆」，對於生命的成長未嘗不是好事。

2 音同虧，高大堅固的樣子。

06 壯懷銷鑠盡，回首尚心驚

曾經懷有的遠大志向和情懷在火裡銷鑠盡了，回頭看，還驚魂未定。

從湖州去往京城的路上，皇甫僎曾請示，每晚住宿要把蘇東坡押解到當地的官署監管，相當於完全把蘇東坡當作罪犯了。但這個請求，沒有得到神宗的批准。蘇東坡後來寫信給一位朋友，講述他在湖州被捕，以及赴京途中的情況，其中一部分的大意是：

我在湖州被捕，然後去京城的監獄，有一個兒子稍微大一些，步行緊緊跟著我，陪著我。家裡其他人，基本是婦女小孩，都暫時留在湖州官府的房子裡。到了宿州，御史下了朝廷的符命，要到我家裡搜查文書。州郡得到這封信，就帶了人，圍住我家人乘坐的船隻，仔細搜查。全家老少都很害怕。搜查的人一走，我家的人就忿忿的說：『喜歡寫詩寫文章，有什麼好呢？

把我們嚇成這個樣子！』說著就把所寫的文章都燒了。等到案子了結，我重新查找，有十分之七八的文章，都被燒了。到達黃州，什麼也不想了。但又把玩《易經》、《論語》，於是繼承先父的學術，作《易經》九卷，又自己別出心裁，作了《論語》五卷。

……我自己窮愁多災，不知道還能活多久，擔心這兩本書一旦散失，就不能流傳下去，所以，想多抄幾本保存起來。轉而一想，我剛剛因為文字而惹禍，別人一定會把這兩本書看作不祥之物，誰肯收藏呢？

我在徐州任上，看到各州郡盜賊蜂起，釀成匪患，而盜賊多半是凶惡和遊俠不順從的人，又因為飢餓難活，擔心他們發展下去，不只是偷盜劫殺。正要把這些情況報告朝廷，恰好遇上在湖州被捕，不得不中止……。

……既發配到黃州也就不能到處去，去亦不自由，恐怕要老死這個地方了。寫到這不禁悲從中來，只有希望您時時為國自重。

以上，只是這封信的片段。在古代，這算是一封長信，絮絮叨叨的，可以想見蘇東坡劫後餘生的心情，以及當時的狼狽。另外，即使在狼狽不堪時，還想著要完成書稿，有傳世的想法，還想著徐州的匪患，要報告朝廷。可見，蘇東坡一輩子沒有脫離過士大夫的自我定位，一輩子都在進退之間彷徨。

蘇東坡從湖州到京城，經過了很長一段的水路，過吳江時他寫了一首詩〈吳江岸〉：

曉色兼秋色，蟬聲雜鳥聲。
壯懷銷鑠盡，回首尚心驚。

早晨的晨光裡感受到秋天的氣息，蟬聲裡夾雜著各種鳥的聲音。曾經懷有的遠大志向和情懷在火裡銷鑠盡了，回頭看，還驚魂未定。短短幾句，寫出了突如其來的牢獄之災，帶給蘇東坡心理上的巨大衝擊。

有一天晚上，船停泊在「鱸香亭」下。鱸香亭這個名字不知道有沒有讓蘇東坡想起張翰。

張翰是西晉時期的人，在朝廷做高官。有一次，在首都洛陽「見秋風起，因思吳中菰菜羹、鱸魚膾」，感慨：「人生貴得適意爾，何能羈宦數千里以要名爵！」（《晉書．張翰傳》）意思是人活著就要自在快活，何必為了當官跑到千里之外。說完，就辭官回到蘇州老家，從此過著釣魚、寫詩、閒逛的美好生活。

年輕時讀這段文字，覺得張翰這個人真是瀟灑，為了故鄉的鱸魚蓴菜，一個念頭就辭了官，說走就走。後來，讀更多的歷史才發現，瀟灑後面是並不輕盈浪漫的現實，是很沉重的人生考量。

張翰是吳國人，他父親是吳國的高官。西晉被吳所滅，張翰還有吳國的其他一些貴族，像陸機、顧榮、賀循等，都去了北方洛陽效忠新的王朝。張翰就在齊王司馬冏的幕府裡。齊王深陷西晉的權力鬥爭之中，大概讓張翰感到了不安。他對同鄉顧榮說：「天下紛紜，禍難未已。夫有四海之名者，求退良難，吾本山林間人，無望於時。」（〈張翰帖〉）

這句話裡的重點是「求退良難」，退一步海闊天空。就算我們不求上進，走投無路了，退一步總可以吧？但人生的殘酷在於，很多時候你想退都沒有了退路。張翰的同鄉陸機，一直處於權力中心，後來被滿門抄斬，臨死時感嘆：「華亭鶴唳，豈可復聞？」意思是還能聽到家鄉鶴鳥的鳴叫嗎，還能退回到從前嗎？

蘇東坡在鱸香亭下，大概有「求退良難」的哀傷，覺得再也沒有了退路。後悔沒有像張翰那樣及時「身退」，現在已經來不及了。湖水在月光下波光粼粼，寂靜中有水草的氣息。蘇東坡決定縱身一跳，遁入水中，永遠離開這個世界，卻被押解的士卒一把拉了回來。

07 是處青山可埋骨，他年夜雨獨傷神

我自己死了就死了，哪裡的青山都可以埋葬，並無所謂，只是留下你獨自一人，尤其在夜雨時分，會更加哀傷吧。

一〇七九年八月十八日，蘇東坡進了京城的御史臺監獄，經歷了一段不堪回首的審訊。當時有一個同監獄的官員記載：「遙憐北戶吳興守，詬辱通宵不忍聞。」（周必大〈記東坡烏臺詩案〉）可以想見審訊是一個什麼樣的過程！審訊人員一首詩接一首詩，一句話接一句話的核查，審問蘇東坡為什麼寫這句詩，這樣寫是不是在攻擊皇帝，要蘇東坡把多年前做過的事、說過的話一一回憶。

蘇東坡感覺自己不太可能活著走出監獄，做了最壞的打算，寫了兩首絕命詩，請一個叫梁成的獄卒無論如何要轉交給弟弟蘇轍。

予以事繫御史臺獄，獄吏稍見侵，自度不能堪，死獄中，不得一別子由，

故作二詩授予獄卒梁成，以遺子由。

之一

聖主如天萬物春，小臣愚暗自亡身。
百年未滿先償債，十口無歸更累人。
是處青山可埋骨，他時夜雨獨傷神。
與君世世為兄弟，又結來生未了因。

之二

柏臺霜氣夜淒淒，風動琅璫月向低。
夢繞雲山心似鹿，魂飛湯火命如雞。
眼中犀角真吾子，身後牛衣愧老妻。
百歲神遊定何處，桐鄉知葬浙江西。

這兩首詩的題目很長，大意是我自己因為犯了事被羈押在御史臺的監獄，負責審查和關押的人對我有點凌辱，估計我很難忍受這樣的折磨，一定會死在獄中，不能和弟弟蘇轍告別。所以，寫了兩首詩，請獄卒梁成轉交給蘇轍。

第一首詩的首聯「聖主如天萬物春，小臣愚暗自亡身」，君王像上天一樣，讓萬物生機勃勃，我自己愚昧昏暗，自取滅亡。「百年未滿先償債，十口無歸更累人」，還沒有走完一生，先要去還前世的債，只是家裡還有十幾口人，連累了弟弟。「是處青山可埋骨，他時夜雨獨傷神」，我自己死了就死了，哪裡的青山都可以埋葬，並無所謂，只是留下你獨自一人，尤其在夜雨時分，會更加哀傷吧。「夜雨對床」，是蘇東坡兄弟的約定，很像一個暗號，兩人看到了都心領神會。「與君世世為兄弟，又結來生未了因」，來世我會和你一直做兄弟，把兄弟的因緣好好延續。

第一首絕命詩，是寫給弟弟蘇轍的。

第二首詩的首聯「柏臺霜氣夜淒淒，風動琅璫月向低」，寫御史臺的夜晚彌漫著寒冷的霜氣，風吹動著屋簷上的鈴鐺，月亮顯得很低。「夢繞雲山心似鹿，魂飛湯火命如雞」，夢裡繞著雲山，心像小鹿一樣奔跑，而現實裡的命運是，像一隻待宰的雞，面臨著滾燙的熱水，魂飛魄散。

「眼中犀角真吾子，身後牛衣愧老妻」，眼前浮現出孩子們的面容，對於妻子很慚愧，也沒有給她留下什麼。「身後牛衣愧老妻」出自一個典故，西漢時的王章，少年時很貧困，冬天睡在牛衣裡。他的妻子鼓勵他好好讀書，後來他做了大官，彈劾一個外戚權臣，他的妻子勸他不要魯莽，他不聽，結果惹禍，進了監獄死掉了。

「百歲神遊定何處，桐鄉知葬浙江西」，死後埋葬在哪裡呢？桐鄉知葬浙江西。這裡也有一個典故，西漢有一個叫朱邑的人，在桐鄉做過官，深得百姓愛戴，死後就埋在那裡。蘇東坡在御史臺監獄時，杭州人為他連續做了幾個月的道場，祈禱他平安度過這次災難。蘇東坡知道了，很感動，所以，這裡就說死後埋在「浙江西」杭州吧。

第二首絕命詩，是寫給孩子和妻子的。

這兩首絕命詩，沒有豪言壯語，只有平常人的認命。他坦然承認了自己的恐懼，身陷囹圄，好像即將被扔到熱水裡宰殺的雞。對於家人，他心裡充滿愧疚。對於皇帝或其他人，沒有怨恨。但是，字裡行間，處處耐人尋味。第一首詩的首聯，說英明皇帝治下春光明媚，萬物生長，但我一個普通官員卻因寫了幾首詩，而惹來殺身之禍。詩中所用的兩個典故，也很有曲折的意味。朱邑的典故，一方面在感謝杭州的人民，另一方面也在肯定自己為老百姓做了不少事。

蘇東坡為什麼要寫這首絕命詩？有一種說法是，蘇東坡在御史臺監獄裡，兒子蘇邁每天送飯他，兩人約定，一般只送肉菜和飯，如果送的是魚，就說明判了死刑。有一天，蘇邁因為有事，託一個親戚代為送飯，但忘了告訴親戚不能送魚。結果，這個親戚恰恰送了魚。蘇東坡以為死期將至，就寫了絕命詩。

不管哪種說法，烏臺詩案確實讓蘇東坡感到絕望，連自殺的念頭都萌生了。在監獄裡，又真切的感受到了無路可走的困境。死亡，確實是一個人成長過程裡最好的老師。當我們意識到自己會死，我們才會去思考生活的意義；當我們陷入絕境，只有死路一條時，才能體驗存在的局限，明白終極的無力感。當我們從絕境中再次回到生活，就能坦然面對各種不確定和挫折，也能更懂得生活的意義。

如果沒有烏臺詩案，讓蘇東坡體驗到真正的絕望，那麼他不可能寫出「也無風雨也無晴」這樣的詞句。也許，正因為經歷過烏臺詩案的恐懼和絕望，後來被貶嶺南時，蘇東坡表現出來的是其他人沒有的那種坦然，或者說豪邁。

08 揀盡寒枝不肯棲，寂寞沙洲冷

樹上有很多寒冷的樹枝，挑揀來挑揀去，始終找不到一根適合自己棲息。那麼，寧願睡在寂寞寒冷的沙洲。

剛到黃州時，籠罩蘇東坡的是孤獨和悲傷。一〇七九年十二月二十六日，朝廷對蘇東坡做出終審判決，責授水部員外郎、黃州團練副使，本州安置，不得簽書公事。用俗話來說，就是流放。一〇八〇年二月，蘇東坡到達黃州，借住在定惠院。他寫信給朋友講述他在黃州的狀態：

獲罪流放到了黃州，幾乎和外界沒有什麼來往，有時候穿著草鞋，乘著小船，放浪山水之間，和那些砍柴的、打魚的，混在一起，往往被那些醉漢推著罵著，但慢慢的，也開始喜歡這裡沒有人認識我，只是把我當作一個普通的陌生人。親戚朋友也沒有了來往，偶爾有書信來，也不敢回。

名滿天下的蘇東坡，到了黃州，沒有人認識他，親戚朋友也沒有了來往，成了一個當地人眼中陌生的老頭，還不時受到醉漢的騷擾。愛熱鬧的蘇東坡，有意無意間，把自己孤立於人事之外。

後來蘇東坡寫了一篇〈安國寺記〉，在文章裡，蘇東坡說自己到了黃州大致安頓好後，就關起門，打掃庭院，「收召魂魄」，監獄的經歷讓他失魂落魄，現在他想把魂收回來。躲在房子裡，靜靜的反省，覺得以前自己的行為都有問題。如何改變呢？必須從心性層面去改，徹底的解決。所以，他就誠心皈依了佛門，尋訪到黃州有一座精舍安國寺，就每隔一、兩天去那裡焚香打坐，「物我相忘，身心皆空。」

遭受牢獄之災後，蘇東坡一是孤單，需要調整自己和外在世界的關係，二是焦慮需要回歸內心，調整自己和自己的關係。這兩者帶來的，是蘇東坡精神世界的一次蛻變。這種蛻變，體現在〈卜算子・黃州定慧院寓居作〉這首詞裡，體現在「孤鴻」這個意象裡：

> 缺月掛疏桐，漏斷人初靜。時見幽人獨往來，縹緲孤鴻影。

驚起卻回頭，有恨無人省。揀盡寒枝不肯棲，寂寞沙洲冷。

上闋寫夜晚的景象，月亮殘缺不圓，好像掛在疏散的梧桐樹上，計算時間的漏壺裡的水已經滴盡了，人都安靜下來進入夢鄉了。這個時候見到「幽人」獨自來去，好像縹緲的孤獨的鳥兒。幽人，可以解釋為「隱逸」之人，也可以解釋為「幽囚」之人。總之是一個很孤獨的人，在夜間獨來獨往。這是第一段，寫了一個人。

下闋寫鳥兒受到驚嚇，忍不住回頭看看。心中有很多委屈，卻沒有人能夠理解。樹上有很多寒冷的樹枝，挑揀來挑揀去，始終找不到一根適合自己棲息。那麼，寧願睡在寂寞寒冷的沙洲。

關於這首詞的創作來源有不少說法，有一種說法是蘇東坡寫給一個女孩子的。蘇東坡在黃州時，一個鄰家的女孩經常在牆外聽蘇東坡讀書。當她到了談婚論嫁的年齡時，她對家人說，一定要找一個像蘇東坡那樣的丈夫。當然很難找到，女子鬱鬱而死。這首詞就是蘇東坡寫來紀念她的。

更戲劇性的說法是，這首詞其實是蘇東坡在惠州寫的。惠州溫都監有一個女子，聽說蘇東坡到了惠州，就說：「這是我丈夫。」每天晚上她都會去偷聽蘇東坡讀書。蘇東坡知道後，就為她物色對象，誰知還沒有物色到，自己就被貶到了海南。等到他從海南北歸，經過惠州時，聽說這個女子已經去世了，就寫了詞悼念她。「揀盡寒枝不肯棲」，說的是怎麼都找不到意中人，「寂寞沙洲冷」指的是她的墳墓在江邊的沙洲上。

這些說法，過於牽強附會。這首詞對於蘇東坡而言，具有轉折的意義，寫的是一種心境。〈卜算子．黃州定慧院寓居作〉裡有一個「孤鴻」的意象，和以前的「飛鴻」遙相呼應，也和後來的「歸鴻」一脈相承。透過這首詞，我們可以思考孤獨是什麼？悲傷是什麼？也可以體會一下亞里斯多德的一句話：「悲傷是心靈的淨化」。

這種心境的底色是：黑暗、冷，寂寞中帶有一點點孤高。如果說〈定風波．莫聽穿林打葉聲〉寫風雨之後的平靜，那這首詞寫的則是一種驚魂未定。受到驚嚇，突然發現自己被世界拋棄了，孤零零的，前路茫茫，產生一種很深的無力感、無助感。所以，在時間上，應該早於那首〈定風波．莫聽穿林打葉聲〉，符合蘇東坡剛到黃州時的境況。

定惠院東邊的海棠，同樣的寂寞孤獨，只是海棠更偏重於「淪落」，從高處淪落到底層，而孤鴻偏重於孤單和悲傷，偏重於孤單中的自我愛憐，悲傷中的自我淨化，一種蛻變式的自我回歸。在黑暗的夜晚，寒冷之中，月亮缺失了一半，時間的沙漏停止了，卻仍有「揀盡寒枝不肯棲」的倔強。

09 也擬哭途窮，死灰吹不起

我不想哭訴自己的窮途末路，只想說我已經心如死灰，不再期待什麼了。

一〇八二年的春天，有一天，蘇東坡突然看到烏鴉在啄焚燒過後的紙錢，意識到已經是寒食了。掐指一算，這已經是他在黃州度過的第三個寒食節了。時間過得真快，每一年春天來了，都會很珍惜，但不管怎麼珍惜，春天還會消逝。今年的春天又是兩個月的陰雨連綿，彷彿像蕭瑟的秋天。睡在床上，也能聞到海棠的花香，卻因為風雨，凋謝在汙泥裡了。

蘇東坡剛到黃州時，住在定惠院，有一天吃飽了飯，去東邊瞎逛，一邊走一邊摸著自己的肚皮。突然他看到一株海棠，混雜在滿山遍野的野花當中，當地居然沒有人知道這是名貴的海棠花。現在又看到海棠在汙泥裡零落。不知不覺中，有什麼神奇的力量，就把海棠的美和青春帶走了，就像一個少年，大病一場之後，頭髮就白了。蘇東坡由汙泥裡被摧殘的海棠，想到了時間的殘酷。

雨很大，江水漲起來，快要漫溢進家裡了。家很小，像一艘漁舟，在茫茫的水雲之間。廚房空空的，煮著簡單的菜。灶底是潮溼的蘆葦，不想今天居然是寒食節，烏鴉在啄著燒過的紙錢。朝廷的大門一重一重的有九重之深，祖墳在萬里之外。從前阮籍走路走到盡頭時，都會流淚，因為人生最痛苦的，就是窮途末路。很想學阮籍那樣「哭窮途」，但是自己的心已經完全像死灰，再也不會被點燃。於是，寫了〈寒食雨〉兩首詩：

其一

自我來黃州，已過三寒食。年年欲惜春，春去不容惜。
今年又苦雨，兩月秋蕭瑟。臥聞海棠花，泥汙燕脂雪。
暗中偷負去，夜半真有力。何殊病少年，病起頭已白。

其二

春江欲入戶，雨勢來不已。小屋如漁舟，濛濛水雲裡。
空庖煮寒菜，破灶燒溼葦。那知是寒食，但見烏銜紙。
君門深九重，墳墓在萬里。也擬哭途窮，死灰吹不起。

這兩首詩寫貧窮、寫孤獨、寫絕望，和那一首〈卜算子・黃州定慧院寓居作〉不一樣。那一首是比喻，用意象來呈現心境，仍有孤高的情懷在；這一首是寫實，每一句都是生活的日常情景，都是大白話。一個名滿天下的文人，到了黃州，沒有人認識他，只把他看作一個有趣的老頭兒，慢慢的，這個老頭兒也在這裡找到了自己的位置。

在寒食節寫下這些平實的句子，每一個字都很沉痛，每一個字也都很坦然。在無常的命運面前，蘇東坡用了很平淡的語調講述自己的絕望，講述這個春雨綿綿的寒食節，講述那一朵凋謝在汙泥裡的海棠，講述他對於時間的感受。一般人會說：「時間過得真快，像飛一樣。」孔夫子說：「逝者如斯夫。」這裡蘇東坡用了「暗中偷負去，夜半真有力」，引用了莊子講過的一段話，莊子說我們以為把船藏在山裡面就穩當了，卻不知夜半有一個大力士連山都一起搬走了。莊子要表達的是，萬事萬物在不知不覺之中，都在一點點的「流失」，你不可能牢固的擁有什麼。

蘇東坡引用這句話時，突出了「真有力」，對應海棠被摧殘。時間不是溫柔的流淌，而是有著暴力的一面，可以把美的東西撕毀。也可以說，這個比喻折射出蘇東坡對於烏臺詩案的感受：是一次打擊。

打擊的結果是把他困在了江邊，簡陋的居所，既不能回到朝廷展開理想的翅膀，也不能回到老家過安穩的小日子，實在是窮途末路。但蘇東坡說，我不想哭訴自己的窮途末路，只是想說我已經心如死灰，不再期待什麼了。一旦對這個世界不再期待什麼，這個世界就不能再傷害我了。

不知道是在雨天還是晴天，在東坡雪堂，他研了墨，鋪開紙，拿出筆，一口氣寫完了這首詩。他的滿腔心事，都在或大或小、錯落有致的字體裡面了，每一筆，都湧動著生命的感知與情緒。這幅字，叫〈黃州寒食帖〉，成了書法史上不朽的經典。

10 此生歸路愈茫然，無數青山水拍天

這一生回去的路看來是越來越茫然了。一個又一個山峰，狂暴的風雨，好像把人困住了，再也走不出去了。

一〇八四年，蘇東坡離開黃州後，因為高太后主政，一〇八五年一直到一〇八九年，他又回到了朝廷，很快成為權力中心的核心人物。但又因為人事鬥爭，一〇九二年主動要求外派，先後去了杭州、潁州、揚州、定州做知州，卻經常想著要提前退休，因為他有淡淡的擔心。政治很殘酷，他的前輩像范仲淹、歐陽修，最後都不太如意，退隱到了地方。蘇東坡覺得自己的餘生也應該如此，離開京城、離開名利場，最好是到江南，安度晚年。

蘇東坡一定覺得流放到黃州應該是他一生中最倒楣的事了，不會再有第二次。但萬萬想不到的是，更倒楣的事情來了，而且來了兩次：惠州、儋州，一次比一次倒楣。

一〇九三年九月三日，高太后去世，哲宗皇帝獨立執政。不知道為什麼，這個皇帝對於太后和舊黨，包括他的幾個老師，都非常厭惡。也許從心理學上說，是因為從小被控制而產生的逆反心理。

據文獻記載，哲宗對人感嘆，太皇太后垂簾聽政，他每次看到的都是大臣的「臀背」。這說明大臣沒有把他當回事，只有一個叫蘇頌的大臣，每次上朝完畢後還會回頭向他示意。所以，後來他重用了這個大臣。這個細節透露出很複雜又很簡單的一個心理現象——童年時代的創傷，會影響成年之後的價值觀。

哲宗十歲時，就由高太后和舊黨的大臣輔助執政，本來舊黨和哲宗之間的關係有先天的優勢，但他們失敗了。哲宗不僅不親近他們，反而很厭惡他們。

有人說舊黨的這幾位老師，包括蘇東坡在內，在教育上都很失敗，尤其是程頤，很迂腐。

哲宗十一歲那年，有一次課間休息，哲宗看到柳樹上長滿了新枝，在微風裡飄拂，一時童心大起，折了一枝玩耍。結果引來程頤一頓教訓，說「現在是春天，草木生長，萬物復甦，皇上千萬不要隨意摧殘生命，會傷了天地的和氣。何況為君者，應該以仁愛為本，哪怕是一根小草，一棵小樹，都要加以愛護」。道理當然沒有錯，但對於一個十一歲的少年來說，這樣的說教未免太煞風景了。

當然，哲宗厭惡舊黨，不一定完全是教育方法的問題，還可能因為他和高太后之間微妙的關係。當時朝廷有人，大概是新黨的人，挑撥離間，暗示高太后要扶持自己的兒子，而對哲宗不利。《續資治通鑑長編拾補》裡記載了高太后去世之前的一個場景，當時她已經病重，把呂大防、范純仁、蘇轍幾個老臣叫到床前，說了一番意味深長的話。

第一，她刻意說明自己的「一子一女病且死」，表明自己從未有過私心。第二，她告誡這幾位臣子，「公等亦宜早求退，令官家別用一番新人」。「官家」即皇帝，意思是你們應該早早求退，可以讓皇帝另用新人。[3]如果祖孫倆關係融洽，她是絕對不會說出這樣的話來的。

神宗不喜歡舊黨，純因政治見解上的分歧，所以，理性的成分居多，你還是可以和他講道理的。神宗作為皇帝，努力平衡兩方的力量，盡可能讓人才為自己

3 意思是要他們提前準備，儘早退出朝廷，以保全身家性命。

所用。所以，還能想起黃州的蘇東坡，覺得人才太難得，「不忍終棄」。

哲宗不一樣，他厭惡舊黨，完全出於心理上的情結，非理性的成分居多。你沒有辦法和他講道理。所以，蘇東坡以及元祐黨人，註定要遭遇北宋立國以來最嚴厲的處罰。

哲宗首先把年號改成「紹聖」，意思是要恢復神宗的政策，一〇九四年成了紹聖元年；其次是把元祐時期被貶的新黨官員召回朝廷。

以章惇為首的「新黨」重新掌權後，把元祐時期執政的舊黨官員貼上了「元祐黨人」的標籤，並且定性為反對神宗、哲宗，後來上升到反對「國是」。一旦給某個群體貼上標籤，就很難做理性的判斷。新黨的復仇心理，加上哲宗的心結，釀成了宋代歷史上最大的一次貶謫，大量的官員被貶到邊陲。

北宋有不殺士大夫的傳統，若士大夫犯錯，一般就是被貶到比較偏遠的地方，最多到黃州這樣的地方，已經很倒楣了。最遠的是嶺南，但很少有人受過這樣的處罰。

元祐前期，蔡確因為寫了一首〈車蓋亭詩〉，被認為是誹謗太皇太后，有人主張把他貶到嶺南。范純仁聽到後，就向宰相呂大防說：「我朝從乾興以來，沒有人被發配到嶺南，這條路荊棘叢生已經七十年了。現在如果我們重新開啟這條路，將來政局變化，恐怕自己也免不了。」

呂大防覺得有道理，就沒有把蔡確貶到嶺南。後來舊黨重新掌權，章惇等新黨也被貶到嶺南，章惇還死在了嶺南。應了范純仁那一句話，也應了「冤冤相報何時了」這句老話。

一〇九四年四月，第一道詔令，蘇東坡被貶到嶺南的英州，成了第一個被貶嶺南的舊黨官員。五月，第二道詔令，改為貶到更遠的惠州。第三道詔令，取消蘇東坡敘官（調級升官）的資格。第四道詔令，降級為「不得簽書公事」。第五道詔令，再次降低級別，變成了「寧遠軍節度副使，仍惠州安置」。

那一年，蘇東坡已經五十九歲，一下子從禮部尚書跌落到「寧遠軍節度副使」，而且是戴罪的，由地方政府監管。蘇東坡帶著侍妾朝雲和次子蘇過，一路跋涉，向著蠻荒的嶺南趕路，不斷收到朝廷加重懲罰的詔令，會是一種什麼樣的心情？

蘇東坡從河北定州一路南下去廣東，走到安徽慈湖夾，坐船時遇到風暴，他用一組詩〈慈湖夾阻風〉記錄了當時的情景（以下節選）：

此生歸路愈茫然，無數青山水拍天。
猶有小船來賣餅，喜聞墟落在山前。

「此生歸路」，這裡又有一個「歸」字。這一生回去的路看來是越來越茫然了。這一句人生感嘆，是由身邊「無數青山水拍天」的場景而來，一個又一個山峰，狂暴的風雨，好像把人困住了，再也走不出去了。沒有想到，前面突然有小船來賣餅，更令人驚喜的是，有一個市集就在山的前面。這有點像後來陸游寫的詩：「山重水複疑無路，柳暗花明又一村。」區別在於陸游寫的只是迷路，而蘇東坡寫的，是在風雨中受到阻擋，找不到出路。

賣餅的，還有市集，都是人間煙火。喜悅之情，一下子洋溢在字裡行間。

進入廣東之後，又遇到了風險，蘇東坡給朋友的信中這樣描述：

將到曲江的時候，船在灘上擱淺傾斜，撐船的有十多人，篙聲石頭的聲音葷葷，四面望去都是波濤，船裡的士子面無人色，而我照樣寫字，為什麼呢？我經歷了很多變故，明白一個道理，就是這個時候，就算你放下筆，也沒有事情可以做，還不如靜靜的寫字。

面對波濤洶湧，靜靜的寫字。平靜，這個看似簡單，實際上最不簡單的一個詞，出現在了蘇東坡的風雨兼程[4]裡。經歷風雨之後，一切都很平常，一切的風雨，都不會有波瀾，只有平靜。這是蘇東坡真正在日常生活裡做到了「也無風雨也無晴」、「此生歸路愈茫然」，回到外在的家好像很茫然，但回到內心的家卻變得如此清晰。

4 形容在風雨中仍然不停的趕路。

11 日啖荔枝三百顆，不辭長作嶺南人

如果能每天吃三百顆荔枝，我願意永遠都做嶺南的人。

蘇東坡的〈十月二日初到惠州〉，寫了剛到惠州時的心情，可以和前面剛到黃州時的心情做一些比較。在惠州期間，蘇東坡好幾次寫到荔枝，而在黃州，好幾次寫到海棠，可以比較一下他寫海棠和寫荔枝有什麼不同。

剛到惠州，他給一個朋友寫的信裡這樣說：

我八月到了嶺南，有小兒子陪著我，還有三個伙夫。一切都還好。這裡的風土環境不算惡劣。正好在這裡可以遠離世俗，保持身心安寧，小兒子也跟著超然物外，這大概是有其子必有其父吧。哈哈……住在南方還是北方，是命裡註定的，我心裡沒有回北方的打算，明年就在這買田建房子，從此做惠州人。

給好友參寥禪師的信中是這樣寫的：

我來到貶謫的居所有半年了，凡事大都過得去，這裡也就不細說了。就好像靈隱寺、天竺寺的僧人離開禪房，住到了一個小村落中過活，用斷腿的鍋煮飯，撈裡面的糙米飯吃，就這樣過一輩子了。其餘的，就是這裡病人多，都是因為溼熱之氣生病的。但是話說回來，北方何嘗沒有人生病呢，並不單單是因為瘴氣才讓人生病。只是這裡缺少醫藥，不過京城裡的著名醫生也不能保證不死人呀。你看到此處肯定會哈哈一笑，不用再為我憂慮。

兩封信裡都有「哈哈」一笑。

一〇九四年十月二日，是蘇東坡到惠州的那一天，他特地寫了一首詩〈十月二日初到惠州〉：

彷彿曾遊豈夢中，欣然雞犬識新豐。
吏民驚怪坐何事，父老相攜迎此翁。

蘇武豈知還漠北，管寧自欲老遼東。
嶺南萬戶皆春色，會有幽人客寓公。

「彷彿曾遊豈夢中，欣然雞犬識新豐」這兩句是說，一到惠州，感覺好像曾在夢裡來過一樣，有故鄉般的親切。「新豐」這個詞有一個典故，劉邦當上皇帝後，把他父親接到長安，但老人很想念家鄉豐縣。於是，劉邦就在長安附近建了一個新豐，和原來的豐縣一模一樣。一模一樣到什麼程度呢？把老家豐縣的雞和狗帶過來，都能認識各自的家。這樣一來，劉邦的父親住在長安，和住在家鄉沒有區別，有點像現在的虛擬空間。

「吏民驚怪坐何事，父老相攜迎此翁」，官員和老百姓都關心我因為什麼被貶，大家都出來迎接我。蘇東坡到黃州並沒有當地百姓相迎的盛況，為什麼這次到了惠州會出現這樣的場面呢？可能是因為蘇東坡的影響力現在更大了。而且，他在元祐年間，在朝廷擔任過很高的職務，也可能是因為惠州民風淳樸，那裡的人大都是被放逐者的後裔，所以，對於中原的流放者有天然的同情。

「蘇武豈知還漠北，管寧自欲老遼東」，蘇武是漢朝時出使匈奴的使者，被扣留在匈奴，以為再也回不來了。管寧是東漢末年躲避戰亂逃到邊塞遼東，自己願意在那兒終老。嶺南這個地方家家都有美酒，一定會有高人來招待我。

這是蘇東坡剛到惠州時寫的詩，語調是輕鬆的。刻意標記了時間，取題〈十月二日初到惠州〉，說明這一天很重要，是又一次的自我蛻變。在這首詩裡，蘇東坡提到了嶺南的酒，很快他就發現了一種他從未見過的水果：荔枝。一〇九五年三月四日，當地一位朋友請蘇東坡遊覽白水寨佛跡寺，晚上在荔浦休息，看到樹上的果實，當地人指著說：「這是荔枝，很快就能吃了，到時候您帶著酒再來，一邊喝酒，一邊品嘗荔枝。」

過了一個多月，蘇東坡第一次吃到荔枝，寫了一首〈四月十一日初食荔枝〉，把荔枝比作「尤物」，但沒有了黃州時寫海棠的那種淒涼，相反，多了一份熱鬧。蘇東坡用了詩的語言說，荔枝本身風姿綽約，不需要借助楊貴妃的欣賞；不知道上天有意還是無意，讓這樣的尤物生長在沿海地區；又說荔枝的美味好像烹製好的江瑤柱，又像鮮美的河豚腹部。最後四句：

我生涉世本為口，一官久已輕蓴鱸。

人間何者非夢幻，南來萬里真良圖。

「一官久已輕蓴鱸」，這是前面提到的張翰的典故。秋風起的時候，張翰想起家鄉蘇中的鱸魚，就辭官回家了。蘇東坡卻說，我一生做官不過是為了養家糊口，為求得一官半職，長期漂泊，早沒有了故鄉的概念。人世間到哪兒都是如夢如幻，能夠來到這個萬里之外的地方，也算是一個美好的計畫吧。

因為有荔枝的美味，被流放的羞辱、痛苦，好像都消失了。蘇東坡後來寫過一首著名的詩〈食荔枝二首〉其一：

羅浮山下四時春，盧橘楊梅次第新。
日啖荔枝三百顆，不辭長作嶺南人。

張翰因為想念故鄉的蓴菜和鱸魚而辭官回家，蘇東坡卻因為喜歡嶺南的荔枝，而「不辭長作嶺南人」。因為喜歡一種食物，而愛上一個地方，蘇東坡大概是第一人吧。

12 更著短簷高屋帽，東坡何事不違時

我以前還戴過邊緣短、帽筒長的高帽，東坡啊，你做的事情哪有一件不是與眾不同？

一〇九六年，蘇東坡在惠州的白鶴峰造了房子，安頓一家老小。蘇東坡很容易「隨遇而安」。惠州的生活雖然很艱苦，他卻也活得怡然自得。有一首詩〈縱筆〉寫他生活的一個片段：

白頭蕭散滿霜風，小閣藤床寄病容。
報導先生春睡美，道人輕打五更鐘。

據說，章惇讀到這首詩，覺得蘇東坡在惠州還是這麼快活，有點不爽，就把他再次貶到了海南。這個說法，多半來自野史。章惇他們再次把元祐黨人貶往更

邊遠的地方，多半還是出於政治上的考慮，因為擔心哲宗還會起用舊黨。

有一說是，呂大防的哥哥呂大忠入朝時，哲宗關切的詢問他弟弟的情況，並且對大忠說：「那些執政的人本來要把你哥哥貶到嶺南，是朕把他安排在湖北安陸，請你代我問候。大防是忠厚的人，不過被人出賣，二、三年後可以再回到朝廷。」這話當然會引起新黨的警惕，覺得哲宗可能還會召回舊黨的人。於是，決定再次打擊舊黨，把他們往更南的地方貶謫。

又一次完全想不到，蘇東坡被貶到了最遠的海南儋州，這是北宋能夠給予官員的最大懲罰。當蘇東坡聽到被貶儋州的消息時，揮筆寫下了兩句詩：

年來萬事足，所欠唯一死。（〈贈鄭清叟秀才〉）

我不欠這個世界什麼了，唯一所欠的就是死亡了。就算現在死了，也沒有遺憾了。然後，他開始安排自己的後事。當時已經六十歲出頭的蘇東坡，抱著有去無回的心態，踏上了海南之路。以當時的交通水準，去海南，誇張的說，和現在去月球一樣艱難。去月球的太空人基本上都可以平安回來，但當時不要說去海南，就算去近一點的廣東，能活著回到中原的機率只有五〇％。長子蘇邁送他到海邊，他對蘇邁說，自己一到海南，就會趕緊做好棺材，選好墓地，死後就把他葬在海南，孩子們沒有必要去扶靈。用現在的話說，不需要舉辦葬禮。

蘇東坡一〇九七年六月渡海，七月二日到達儋州。一年後他在給程全父的信中如是說：

分別後一晃就是一年多了，海外窮荒孤獨，與人斷絕了往來，通信也很少（因為當時渡海到海南島十分艱鉅）。有船來了，突然收到你的信，欣喜寬慰之情，不可言喻。……我和孩子身體還好，和黎族人等少數民族雜居在一起，不是文明社會的人過的日子。一切生活用品，要什麼沒有什麼。剛來那一會兒，租了官府的房子，近來被趕了出來，只好謀劃著買地建茅屋。活在這裡，只是免於睡在野外，而囊中空空，一無所有。人在困苦厄運之中，什麼事都會碰到，把它們放在一邊，不值得一提，不如一笑置之。從前的朋友親戚，哪敢夢想著再見到，只能在回憶中一起遊山玩水，時時吟誦美好的詩句，來安慰寂寞的自己……。

在給另一個朋友的信中他這樣寫道：

……最近買了一片地蓋了五間房和一個過廳。在南汙池的旁邊，大樹之下，倒是可以閉門面壁安靜的閒居一段時間了。只是花錢太多。這裡的孤獨不是人間所有的，不過，我住得很安心。擺滿了各種書籍，可以和這些書的作者聊聊天……。

蘇東坡到海南後，毫無疑問是絕望的，但絕望中的平靜閃耀出一種光芒，照亮了蠻荒的天涯海角。蘇東坡在黃州有海棠，在惠州有荔枝，在儋州呢，有椰子。海棠是一種花，用來欣賞；荔枝是一種水果，可以一飽口福；椰子呢，當然可以吃。但蘇東坡把椰漿當作美酒來喝，還用椰子殼做帽子，戴在頭上，寫了一首〈次韻子由·其三·椰子冠〉：

天教日飲欲全絲，美酒生林不待儀。
自漉疏巾邀醉客，更將空殼付冠師。

規模簡古人爭看，簪導輕安髮不知。
更著短簷高屋帽，東坡何事不違時。

「天教日飲欲全絲，美酒生林不待儀」，這兩句有兩個典故，一個是講漢代的袁絲，被任命為吳國的相國，吳國不是三國時的吳國，是漢朝的封地。他的親戚對袁絲說：「吳王這個人很昏庸殘暴，你如果認真履行職責，他要麼向皇帝告你的狀，要麼就會暗殺你。你不如天天喝酒，裝瘋賣傻，就可以保全自己。」

另一個講的是儀狄，大禹時善於釀酒的人，大禹喝了他的酒，就說以後一定有人因為酒而亡國，就疏遠了儀狄。蘇東坡這句詩的意思很簡單，就是我來到海南，可以像袁絲那樣天天喝酒，避免了從前朝廷裡的那些是是非非，也挺好的。這裡的椰子裡都有椰漿，就是美味的酒，不需要釀酒的儀狄。

「自漉疏巾邀醉客，更將空殼付冠師」，這裡用了一個陶淵明的典故。陶淵明每次釀酒酒熟的時候，就拿自己的頭巾過濾酒，然後又戴在自己頭上。蘇東坡說，我用自己的頭巾過濾椰子酒，邀請朋友一起來喝；掏空了的椰子殼，就交給專門做帽子的師傅。

「規模簡古人爭看，簪導輕安髮不知」，帽子很簡單，很古樸，戴著出去，大家爭相觀看；帽子很輕，戴在頭上感覺不到它的重量。

「更著短簷高屋帽，東坡何事不違時」，我以前還戴過邊緣短、帽筒長的高帽，東坡啊，你做的事情哪有一件不是與眾不同？據說，蘇東坡以前在京城時，自己設計這種邊緣短、帽筒長的帽子，引起士大夫的仿效，被稱為「子瞻帽」。

從海棠花，到荔枝，再到椰子，蘇東坡越來越閒適，越來越平靜。椰子冠，好像是一個遊戲，六十多歲的蘇東坡，以一種遊戲的態度，對待人間的悲痛，成就了生命的圓融。

這首詩讓我想起德國哲學家弗里德里希・席勒（Johann Christoph Friedrich von Schiller）的一句話：「人應該與美一起單純的遊戲；人應該只是與美一起遊戲。終於可以這樣說，只有當人在充分意義上是人的時候，他才遊戲；只有當人遊戲的時候，他才是完整的人。」[5]按照席勒的邏輯，我們可以說，蘇東坡用他一生的痛苦，完成了作為一個人的自我解放，以及生命的圓融。

13 問汝平生功業，黃州、惠州、儋州

有人問我平生的功業在何方，那就是黃州、惠州和儋州。

蘇東坡去世之前兩個月，寫了一首名為〈自題金山畫像〉的詩，詩裡有一句很有名的話：「問汝平生功業，黃州、惠州、儋州。」這三個地方是蘇東坡被貶時去的地方，為什麼蘇東坡說他一生的成就都在這三個地方呢？透過這首詩，可以讓我們思考磨難和痛苦的意義，就像文學藝術，流傳於世的基本上是悲劇，喜劇很少。為什麼悲劇更能打動人心？一方面是因為生存本身充滿痛苦和煩惱，另一方面，對於痛苦和煩惱的抒寫，可以淨化人的心靈。

蘇東坡去海南時，以為再也回不來了。沒想到四年後，一一〇〇年，哲宗去世了，他的弟弟趙佶即位，就是宋徽宗。神宗的妻子向太后以皇太后的身分垂簾

5 《審美教育書簡》（*Über die ästhetische Erziehung des Menschen*）。

聽政，政治天平又短暫的轉向舊黨，元祐黨人獲得大赦，蘇東坡才踏上了北歸之路。一一〇〇年六月，蘇東坡渡海北歸，有一首詩〈六月二十日夜渡海〉記錄當時的情況：

參橫斗轉欲三更，苦雨終風也解晴。
雲散月明誰點綴？天容海色本澄清。
空餘魯叟乘桴意，粗識軒轅奏樂聲。
九死南荒吾不恨，茲遊奇絕冠平生。

「參橫斗轉」，講的是參星橫斜，北斗星轉變方向，說明夜很深，已經三更天了。「苦雨」，就是下了很久停不下來的雨；「終風」，就是整天吹的風。「參橫斗轉欲三更，苦雨終風也解晴」，就是說當夜很深的時候，下了很久的雨，吹了一天的風，也變成了晴朗。

「雲散月明誰點綴，天容海色本澄清」，雲散開之後，月光明亮，原來是誰把它遮蔽了呢？天的容顏和大海的本色，是清澈透明的。

「空餘魯叟乘桴意，粗識軒轅奏樂聲」，又提到了孔子「道不行，吾將乘桴浮於海」。又提到了軒轅帝，也就是黃帝在咸池演奏的樂曲。大意是我空懷著孔子的操守，也粗略明白了軒轅帝演奏的樂曲有什麼含義。

「九死南荒吾不悔，茲遊奇絕冠平生」，我被貶到了蠻荒的海南，九死一生，但我一點也沒有怨恨，這一次的遠遊是我一生中最奇絕的經歷。

這首渡海的詩，和那一首在雨中行走的詞〈定風波・莫聽穿林打葉聲〉，表達的是同一種感情：經過風雨之後的平靜。

〈定風波・莫聽穿林打葉聲〉寫的是一次突如其來的大雨之後的平靜，這首詩寫的是一次渡海，從海上的深夜寫出了風雨之後的平靜。前後兩次的平靜，我們可以細細品味一下其中微妙的心理變化。

蘇東坡渡海之後，要去合浦，又遇到連日大雨，橋梁都毀壞了，也找不到船。於是只好回到海邊，坐一種叫做蜒舟的船，從海上繞行去合浦。這一天是六月二十九日，又在海上漂流。大水相連，疏星滿天。蘇東坡坐在船頭嘆息，自己為什麼總是遇到這樣的危險？已經過了徐聞，沒有想到還會遇到這樣的厄運。兒子蘇過在旁邊睡著了，叫也叫不醒。

蘇東坡從黃州開始，一直在撰寫《周易》、《尚書》、《論語》的注釋，書稿總是帶在身邊。看著書稿，蘇東坡說了一句話：「天未喪斯文，吾輩必濟。」字面上的意思是，假如老天不想喪失這幾本書，那麼我一定會順利到達合浦。

但這句話的背後，隱藏著宏大的文化背景。孔夫子被圍困在匡地，後面有人追殺他，他只是靜靜的坐在一棵大樹下，弟子請他趕緊逃跑，孔子卻說了這麼一番話：「天之將喪斯文也，後死者不得與於斯文也；天之未喪斯文也，匡人其如予何？」大意是假如上天要喪失我所承擔的那種文化傳統，那麼，後面的人就會和這種傳統斷裂；假如上天不想喪失這種傳統，那麼，匡人又能把我怎麼樣呢？

孔子這一段話，講出了中國士大夫最核心的使命感：文化傳統的守護者和傳承者。而這種使命，來自上天。所以，蘇東坡自己看重的，並不是我們今天喜歡的他的詩詞，而是他對於《易經》、《尚書》、《論語》的注釋，認為這才是自己一輩子最有價值、可以流傳下去的東西。在去合浦的海上，蘇東坡守著自己的三本手稿，講了一句話，和孔子遙相呼應。

七月四日，蘇東坡順利到了合浦。然後，一路北上。第二年，也就是一一〇一年五月，到了金山，在金山寺裡，他看到了畫家李公麟所畫的一幅像。元祐年間，蘇東坡在京城的家裡，經常有朋友的聚會，李公麟是常客。一下子十幾年過去了，恍如隔世，蘇東坡在自己的畫像上信筆題了一首〈自題金山畫像〉：

心似已灰之木，身如不繫之舟。
問汝平生功業，黃州、惠州、儋州。

「心似已灰之木，身如不繫之舟。」這兩句詩源於《莊子》。《莊子．齊物論》的第一段開頭，講一個人坐在那裡，進入了物我兩忘的境界。有一個人就問他：「何居乎？形固可使為槁木，而心固可使如死灰乎？今之隱几者，非昔之隱几者也。」意思是，這是怎麼一回事呢？形體安定可以使它像乾枯的樹木，心靈寂靜可以使它像熄滅了的灰燼嗎？你今天憑几而坐的樣子，和以前憑几而坐的樣子不太一樣啊！那個人就回答：「你問得好，我今天之所以這樣平靜，是因為『吾喪吾』。」我喪失了我。更確切的解釋，是我擺脫了自我意識的束縛，所以，就到了自在的境界。這是莊子講的心如死灰的意思，絕對不是我們平常講的心如死灰。

「身如不繫之舟。」出自《莊子．列禦寇》：「巧者勞而智者憂，無能者無所求，飽食而遨遊，泛若不繫之舟，虛而遨遊者也。」智巧的人勞苦，不用智巧的人無所求，飽食而遨遊，飄飄然像無所繫的船隻，無目的的遨遊。這句講的是一種自由的狀態。

「心似已灰之木，身如不繫之舟。」心像燃燒之後的灰燼，身像失去了羈絆的小舟漂浮在水上。如果有人問我這一生有什麼成績，無非就是經歷了黃州、惠州、儋州的貶居歲月。這個回答顛覆了「功業」的意義，一般人認為的功業，就是做了多少成功的事情，為國家做了什麼事，為老百姓做了什麼事，寫了什麼流傳萬世的文章。但蘇東坡說，我的功業就是在我失敗的地方。一方面，可能有調侃、反諷的意味；另一方面，也顯示了蘇東坡對於功業有不同的理解。**人生最重要的，也許不是所謂的功業，而是自己生命的完成**，恰恰在黃州、惠州、儋州，在失敗和磨難之中，蘇東坡遇到了最內在的自己，達成了最深刻的平靜。所以，他說：「問汝平生功業，黃州、惠州、儋州。」

這首詩很平淡，但暗自湧動的，卻是一生的悲歡。一切的希望和絕望，一切的喜悅和痛苦，在時間的流水裡，只剩下平靜的三個地名。

第四章
豁達不是冷漠，而是一種深情

蘇東坡一生並未退隱，也從未真正歸田，但他透過詩文所表達出來的那種人生空漠之感，卻比前人任何口頭上或事實上的「退隱」、「歸田」、「遁世」要更深刻、更沉重。

因為蘇東坡詩文中所表達出來的這種「退隱」心緒，已不只是對於政治的退避，而是一種對社會的退避；它不是對政治殺戮的恐懼哀傷，也不是「一為黃雀哀，涕下誰能禁」（阮籍）、「榮華誠足貴，亦復可憐傷」（陶潛）那種具體的政治哀傷（儘管蘇也有這種哀傷），而是對整個人生、世上的紛紛擾擾究竟有何目的和意義，這個根本問題的懷疑、厭倦和企求解脫與捨棄。

01 努力盡今夕，少年猶可誇

現在就好好努力吧，不要辜負了自己的青春。

蘇東坡年輕時在鳳翔寫過一組過年的組詩，比較完整的呈現了中國人是怎樣過年的，也是蘇東坡比較早的表現時間虛無感的詩，而且是在過年這樣一個喜慶的節日裡，特別耐人尋味。中國有五千多年歷史，但在歲月動盪裡，很多精髓、很多韻味、很多節日、很多華美的生活都消失了，好像只有過年從來沒有消失過。也許可以說，過年，是一個最簡單也最深刻的中國符號，是一個最為華人普遍接受的中國符號。

過年也是一個過程，一個最典型、最集中的呈現華人生活方式的過程。中國人的文化、信仰、人情世故、衣食住行，都在過年這樣一個過程裡生動呈現。那麼，華人如何過年呢？

各地有各種不同的風俗，細節上有很多不一樣的地方，但基本的內容是一樣的。歷代也有很多詩人寫過關於年的詩，但最有代表性的是蘇東坡的一組寫過年的詩。這組詩沒有題目，但有一個簡單的說明：「歲晚相與饋問，為饋歲；酒食相邀，呼為別歲；至除夜，達旦不眠，為守歲。蜀之風俗如是，余官於岐下，歲暮思歸而不可得，故為此三詩以寄子由。」

這個說明裡點出兩點：一是過年的基本流程，包括饋歲、別歲、守歲三個環節；二是蘇東坡為什麼寫這組詩，是因為和疫情下的很多人一樣，回不了家。當時是一〇六一年，蘇東坡在陝西鳳翔當官，而他的弟弟和父親在京城過年。過年應該回家，但是回不了家，所以，就要寫詩來療癒自己。

饋歲

農功各已收，歲事得相佐。
為歡恐無及，假物不論貨。
山川隨出產，貧富稱小大。
置盤巨鯉橫，發籠雙兔臥。

富人事華靡，彩繡光翻座。
貧者愧不能，微摯出舂磨。
官居故人少，里巷佳節過。
亦欲舉鄉風，獨唱無人和。

別歲

故人適千里，臨別尚遲遲。
人行猶可復，歲行那可追！
問歲安所之？遠在天一涯。
已逐東流水，赴海歸無時。
東鄰酒初熟，西舍豕亦肥。
且為一日歡，慰此窮年悲。
勿嗟舊歲別，行與新歲辭。
去去勿回顧，還君老與衰。

守歲

欲知垂盡歲，有似赴壑蛇。
修鱗半已沒，去意誰能遮？
況欲繫其尾，雖勤知奈何！
兒童強不睡，相守夜讙嘩。
晨雞且勿唱，更鼓畏添撾。
坐久燈燼落，起看北斗斜。
明年豈無年，心事恐蹉跎。
努力盡今夕，少年猶可誇。

第一首寫饋歲。「饋」有贈送食物、祭祀的意思。蘇東坡第一首詩寫的就是饋歲的情況。年底的時候，各種農活都結束了，大家相互幫忙，完成了一年的勞動。這是一段很短暫的時光，人們為了享受共同的快樂，盡自己所能，拿出各種物品，相互贈送，表達感謝之情，也有感謝上天的含義。

不管值多少錢，都是心意。富裕的人家，把大鯉魚放置在盤上，用籠子裝著雙兔，當作禮物。而貧窮的人家，用的是自己手工做的糕點之類的簡單禮物。然後，蘇東坡說自己官府的所在地同鄉很少，雖然街市上過年很熱鬧。但當我哼起故鄉的曲調，沒有人能夠聽懂。所以，很寂寞。這一首詩寫自己獨自在異鄉過年的寂寞。

第二首寫別歲，告別歲月。首先寫人與人的告別。老朋友要去別的地方，雖然以後還可以見面，但臨別時，還是依依不捨。時間和我們分別，一去不復返。我們永遠追不上時間。時間去了天涯，也好像水一樣永遠在向東流。時間不可能停留，一分一秒都不可能。所以，我們和時間告別，要比依依不捨還要依依不捨。怎麼辦呢？不如一起喝酒吧。

東家的酒已經釀好，西家的豬也快要殺好了。今天就好好快樂吧，忘掉一年中的悲哀和痛苦，也沒有必要感嘆時間過得真快，明天就是第二年，又要告別新的一年。一天天一年年過去，留下的是衰老。這首詩寫相聚的場面很短，更多的是感嘆時間的流逝，因為相聚的目的是和時間告別。

第三首寫守歲，要守住歲月。第三首的第一句還是講時間，時間就像一條蛇，已經鑽到深山裡去了，尾巴還露在外面。想要拉住牠的尾巴，不讓牠走，但這是徒勞的。牠是一定要走的，沒有人能改變牠的意志，但即使是徒勞，還是要守歲。孩子睏了也不願意睡，深更半夜還在笑鬧喧譁。希望早晨的雞不要鳴叫，更鼓不要再敲。

坐得久了，油燈的燈花點點墜落，站起來看到屋外北斗星橫斜在天空閃耀。難道明年就不過年了？還不如好好珍惜光陰，去做自己想做的事。現在就好好努力吧，不要辜負了自己的青春。

第一，這三首關於過年的詩，對儀式感的東西，寫的並不多。蘇東坡看重的，不是儀式感，而是心意。過年不一定要有什麼固定的儀式，但心意要到。什麼心意呢？是感恩。感恩親人朋友，也感恩上天和大地。

過年是歲和年的結合。歲和年，一樣是時間概念，但維度不一樣。歲，原來的意思是木星，後來成為時間的量詞，是基於天的時間。年，原來的意思是農作物成熟了，後來也成為時間的量詞，是基於地的時間。年年歲歲，是時間的流轉，而流轉的背後，是天地的化育。

第二，是珍惜。過年是時間的一個節點，一個新舊交替的節點。但事實上，即使不是過年，時間也在消逝。就像蘇東坡說的，除夕一過，就是在向新年告別。所以，過年不過是在提醒我們要珍惜時間。

第三，是快樂。時間在消逝，年年歲歲總有生活的艱辛，一年忙到頭。過年不過在提醒我們，要停下來休息，好好喝上一杯酒，慰勞一下自己。

這些心意之所以重要，是因為建立在蘇東坡對於時間虛無感的描寫之上。「故人適千里，臨別尚遲遲。人行猶可復，歲行那可追。問歲安所之，遠在天一涯。已逐東流水，赴海歸無時。」、「勿嗟舊歲別，行與新歲辭。」這幾句詩，寫出了時間的殘酷性：一去不復返。這也是人生的殘酷，時間過去了就過去了，不能重複。在不可重複的時間的虛無之中，怎麼辦呢？蘇東坡說：「努力盡今夕，少年猶可誇。」除了好好活著，除了從當下馬上就努力，你還能怎麼辦呢？因為不可重複，所以，不要辜負了我們的青春。

02 蝸角虛名，蠅頭微利，算來著甚乾忙

世間的人，包括自己都很傻，忙來忙去就為了一點虛幻的名聲、一點虛幻的蠅頭小利，太不值得了。

西江月．世事一場大夢

世事一場大夢，人生幾度秋涼？夜來風葉已鳴廊，看取眉頭鬢上。
酒賤常愁客少，月明多被雲妨。中秋誰與共孤光，把盞淒然北望。

這首詞有人說是蘇東坡在黃州寫的，也有人說是在儋州寫的。這並不重要，重要的是這首詞傳達的虛無感，很有代表性。

「世事一場大夢，人生幾度秋涼」，世界上的事好像一場夢幻，人的一生又能夠經歷多少次涼爽的秋天呢？這句一方面是在感嘆時間的短暫，另一方面是在

感嘆世間的事情，過去了，就像做了一個夢，無法真實的捕捉和把握。這是從夢幻的角度寫出了人生的虛無感。接下來寫的全是當下的情景。

「夜來風葉已鳴廊，看取眉頭鬢上」，入夜的風陣陣，響動在這長廊，看看自己，憂愁爬上了眉頭，鬢邊生出了白髮。「酒賤常愁客少，月明多被雲妨」，沒有好酒，常常擔心客人太少，月光明亮，卻總是被烏雲遮住。「中秋誰與共孤光，把盞淒然北望」，今天是中秋節，有誰能和我一起欣賞孤獨的月光？拿著酒盞，神色淒然，望向北方。

這首詞非常悲觀，由中秋節的孤獨，感到了時間的短暫，容顏的易老，理想的難以實現，充滿了懷疑和淒涼，最後，歸結為「世事一場大夢」這樣的虛無感。關於「世事一場大夢」，《莊子》裡說過：「且有大覺而後知此其大夢也。」《金剛經》裡也有「如夢如幻」的說法。

整體意思是，現實生活裡的東西，其實並不真實。聽起來很悲觀。但是，恰恰是這種「如夢如幻」的虛無感，把我們從執著中帶出來。

既然世事是一場大夢，並非真實的，那麼，我們也就沒有必要去執著於這樣虛幻的一個夢。「世事一場大夢」，一方面確實是悲觀和虛無；另一方面，卻是通向超脫和達觀的途徑。這在蘇東坡的〈滿庭芳‧蝸角虛名〉裡可以體會到。我們先看一下這首詞：

蝸角虛名，蠅頭微利，算來著甚乾忙。事皆前定，誰弱又誰強。且趁閒身未老，盡放我、些子疏狂。百年裡，渾教是醉，三萬六千場。
思量，能幾許？憂愁風雨，一半相妨。又何須，抵死說短論長。幸對清風皓月，苔茵展、雲幕高張。江南好，千鐘美酒，一曲〈滿庭芳〉。

第一句裡「蝸角虛名，蠅頭微利」用了莊子的一個寓言，在蝸牛的兩個角上，分別有兩個國家，一個叫觸國，一個叫蠻國，為了那點小得不能再小的土地，相互打仗，打得難分難解。人類看了覺得非常可笑，但是，人類為了那點名利，爭來爭去，如果從一個更廣闊的視野來看，不也是和蝸牛角上的小動物一樣可笑嗎？莊子用這個寓言，把人類放在一個無限的背景裡，講了人世間功名利祿的虛無性。這和佛教的原理一樣，一旦把人放在無限裡，世間的一切都很無常、很虛無，所以要出離世間。

在這首詞裡，蘇東坡借助對於世間虛無性的洞察，把自己從現實的痛苦中解脫出來。我們看看他的邏輯是如何展開的：第一句「蝸角虛名，蠅頭微利，算來著甚乾忙」，世間的人，包括自己都很傻，忙來忙去就為了一點虛幻的名聲、一點虛幻的蠅頭小利，太不值得了。確實，在宇宙的虛空裡回望地球，它渺小得連一粒微塵都算不上。至於你工作中和家裡的那一點點瑣事，連微塵的微塵都算不上，太渺小了。哪還有什麼想不開的呢？

「事皆前定，誰弱又誰強」，世間的事情，冥冥之中好像有一個定數，我們又何必強求。你看現在混得好的人、強大的人，是不是真的好呢？現在混得不好的人、弱小的人，是不是真的不好呢？

「且趁閒身未老，盡放我、些子疏狂」，算了，扯這些沒有什麼意思，還不如趁現在閒散的身體還沒有老去，盡情放飛自我，活得張狂一點。「百年裡，渾教是醉，三萬六千場」，如果能夠活一百年，也要陶醉在生活裡，就好像每天喝了一場酒。

「思量，能幾許？憂愁風雨，一半相妨」，仔細算來，人的一生又有多少憂愁風雨呢？大概有一半日子吧。「又何須，抵死說短論長。」所以，何必計較來計較去，非要爭個成敗輸贏？

「幸對清風皓月，苔茵展、雲幕高張」，現在正好對著皓月清風，就把草地當席子，把天空的雲當作帳幕高高張起。「江南好，千鐘美酒，一曲〈滿庭芳〉」，在江南美好的風景裡，痛飲一千盅美酒，聆聽一首〈滿庭芳〉的曲子。

這首詞好像有點悲觀，覺得世間的事情不過如此，不過是蝸角虛名、蠅頭小利，不過如此而已；沒有必要裝模作樣委屈自己，更沒有必要辛苦自己。悲觀之中，有一種洞察和清醒，是看破紅塵之後的跳躍，是跳躍之後對於現實束縛的超越。蘇東坡的重點在於，那些誘惑人的功名利祿太沒有意思了，太不值得為它們浪費時間了，不如放開心懷，為自己而活。在大自然裡，在美酒裡，活得痛痛快快，活出自己，這不是悲觀，而是透過虛無，活出豁達。

03 自其不變者而觀之，則物與我皆無盡也

如果我們從不變的角度去看待，那麼萬物和我們是一樣的，都沒有窮盡。

蘇東坡的〈前赤壁賦〉，我們在高中就讀過，我記得最牢的，是「惟江上之清風，與山間之明月，耳得之而為聲，目遇之而成色，取之無禁，用之不竭，是造物者之無盡藏也，而吾與子之所共食」。

這句話讓我在任何時候，不管多麼貧困，不管多麼忙碌，都提醒自己，其實我隨時隨地可以從大自然中得到療癒，得到喜悅，得到靈感。

這篇賦是蘇東坡在黃州時寫的。一〇八二年的黃州，家門口的江水讓蘇東坡感到了人世的艱辛、寂寞，寫出了〈寒食雨〉這樣的詩。但就在同一年，家附近一個叫赤壁磯的地方，那裡的江水卻讓蘇東坡昇華，他把自己融入歷史、山川、宇宙之中，個人的痛苦在浩瀚無垠裡，顯得那麼渺小。

這一年七月十六日，一個月夜，蘇東坡和幾個朋友去赤壁泛舟遊玩。朋友在

船上喝酒，吟誦《詩經》裡的詩歌。不一會兒，月亮升上了東山，徘徊在斗宿星和牛宿星之間，白露橫江，水光接天。小船飄蕩在茫茫無邊的江上，好像凌空御風而行，不知道要到哪裡去；飄飄蕩蕩的，好像要脫離塵世，像長了翅膀一樣，飛升到神仙的所在。大家喝著酒，唱起歌來：

桂棹兮蘭槳，擊空明兮泝流光。
渺渺兮予懷，望美人兮天一方。

桂木船棹啊香蘭船槳，擊打著月光下的清波，在泛著月光的水面逆流而上。我的情思啊悠遠茫茫，眺望美人啊，卻在天的另一方。

有一個客人會吹洞簫，大家唱歌時，他吹著簫伴奏。簫聲嗚咽，像含怨、像懷戀、像抽泣、像低訴。吹完後，餘音悠長，像細長的絲縷延綿不斷。這聲音，能使深淵裡潛藏的蛟龍起舞，使孤獨小船上的寡婦悲泣。

蘇東坡聽了有些憂傷，問吹簫的客人：「為什麼吹奏出這樣悲涼的聲音？」那個客人回答：「月明星稀，烏鵲南飛。這不是曹操的詩嗎？從這裡向西望是夏口，向東望是武昌，山水環繞，草木茂盛蒼翠，不就是曹操被周瑜打敗的地方嗎？當年曹操攻占荊州，順江一路向東，戰船連接千里，旌旗遮蔽天空，臨江飲酒，橫握著長矛吟詩，是多麼的豪邁！如今在哪裡呢？

「像你我這樣的平常人，在江中的小洲上捕魚打柴，以魚蝦為伴侶，以麋鹿為朋友；駕著一艘小船，舉杯互相勸酒；在天地之間，我們的生命像蜉蝣一般短暫，渺小得像大海裡的一粒小米。哀嘆我們生命的短促，羨慕長江的無窮無盡。多麼想和神仙相伴而遨遊，同明月一道永世長存，但這是一種無法實現的願望。人活著，大約就是無可奈何吧，我只是把無奈的心情寄託於曲調之中，在悲涼的秋風中吹奏出來而已。」

蘇東坡對客人說：「您知道水和月嗎？水好像不斷的在流走，但整體上，水在循環往復，並沒有流走。月亮有時圓有時缺，但月亮還是那個月亮，並沒有缺少，也沒有增加，不過是浮雲飄來飄去，變幻出圓缺，如果我們從變化的角度去看待，那麼天地間的萬事萬物，每一瞬間都在變化。如果我們從不變的角度去看待，那麼萬物和我們是一樣的，都沒有窮盡，我們又何必羨慕明月呢？

再說那天地之間，萬物各有自己的規律，如果不是我該有的，一絲一毫也拿不走。只有江上的清風，與山間的明月，用耳朵去聽，聽到的便是聲音，用眼睛去看，看到的便是色彩，你去獲取不會被禁止，你去享用沒有竭盡，這是大自然的無窮寶藏，是我和你可以共同享受的。」

客人聽後，馬上轉悲為喜，洗了一下酒杯，重新斟滿，又開始喝酒。把菜餚果品都吃完了，杯子盤子狼藉一片。大家互相倚靠著睡在了船上，不知不覺東方已經露出白色的曙光。蘇東坡把這一次夜遊寫成了〈前赤壁賦〉：

壬戌之秋，七月既望，蘇子與客泛舟遊於赤壁之下。清風徐來，水波不興。舉酒屬客，誦〈明月〉之詩，歌〈窈窕〉之章。少焉，月出於東山之上，徘徊於斗牛之間。白露橫江，水光接天。縱一葦之所如，凌萬頃之茫然。浩浩乎如馮虛御風，而不知其所止；飄飄乎如遺世獨立，羽化而登仙。

於是飲酒樂甚，扣舷而歌之。歌曰：「桂棹兮蘭槳，擊空明兮泝流光。渺渺兮予懷，望美人兮天一方。」客有吹洞簫者，倚歌而和之。其聲嗚嗚然，如怨如慕，如泣如訴，餘音嫋嫋，不絕如縷。舞幽壑之潛蛟，泣孤舟之嫠婦[1]。

蘇子愀然，正襟危坐，而問客曰：「何為其然也？」客曰：「『月明星稀，烏鵲南飛』，此非曹孟德之詩乎？西望夏口，東望武昌，山川相繆，鬱乎蒼蒼，此非孟德之困於周郎者乎？方其破荊州，下江陵，順流而東也，舳艫千里，旌旗蔽空，釃[2]酒臨江，橫槊賦詩，固一世之雄也，而今安在哉？況吾與子，漁樵於江渚之上，侶魚蝦而友麋鹿，駕一葉之扁舟，舉匏樽以相屬。寄蜉蝣於天地，渺滄海之一粟。哀吾生之須臾，羨長江之無窮。挾飛仙以遨遊，抱明月而長終。知不可乎驟得，託遺響於悲風。」

蘇子曰：「客亦知夫水與月乎？逝者如斯，而未嘗往也；盈虛者如彼，而卒莫消長也。蓋將自其變者而觀之，則天地曾不能以一瞬；自其不變者而觀之，則物與我皆無盡也，而又何羨乎？且夫天地之間，物各有主，苟非吾之所有，雖一毫而莫取。惟江上之清風，與山間之明月，耳得之而為聲，目遇之而成色，取之無禁，用之不竭，是造物者之無盡藏也，而吾與子之所共食。」

客喜而笑，洗盞更酌。肴核既盡，杯盤狼藉。相與枕藉乎舟中，不知東方

1 嫠音同離。
2 釃音同斯，斟的意思。

之既白。

這篇文章用一幅畫面、一段對話，完成了一次深刻的自我療癒。畫面包含了江水、月亮、人、歌聲、簫聲、飲酒。一次洋溢著古典中國神韻的夜遊。人與人之間，人與自然之間，人與文化傳統之間，人與歷史之間，構成了連接。

眼前的景象，吹簫人感受到了人世的虛無，很悲哀。

眼前的景象，蘇東坡卻感受到了存在的寂靜，很豁達。

蘇東坡用了三個自然現象開解了悲哀的吹簫人，也開解了自己。

第一個自然現象，就是月亮和江水，雖然月亮和江水時刻在變化，但實際上，它們的本體一直沒有什麼變化，還是那個樣子，由此推導出變化的視點和不變的視點。**任何事物，都應當從兩個視點去觀察，就不會執著，也不會消極。**

一方面，沒有任何東西是固定不變的，一切都在流動變幻之中；另一方面，沒有任何東西是孤立的，都是在一個連綿不絕的整體裡，其實從未消失。就我們個人而言，時刻在衰老，最終死亡。但我們個人死了以後，變成灰塵，融入空氣，融入宇宙，轉化成另一種能量。我們個人死了，人類還在；人類滅亡了，地球還在；地球滅亡了，宇宙還在；宇宙滅亡了，空虛還在……。

第二個自然現象，是大自然裡的萬物，都各有造物主，都各有自己的法則，不屬於我們的東西，一分一毫我們也無法取走。屬於你的東西，你不想要，它也會去找你。

第三個自然現象，就是大自然的饋贈，不論窮人富人，不論什麼種族的人，只要有感官，就能感受到自然，就能享受到無處不在的風景。這種自然的風景不會窮盡，但我們常常忘了抬頭欣賞月亮，忘了家門口小路上的小樹、小草、小花、小溪流……。

04 曾日月之幾何，而江山不可復識矣

才相隔多少日子，上次遊覽所見的江景山色卻已經變了樣。

透過蘇東坡的〈後赤壁賦〉，我們來探討一下虛無的另一個維度，就是不可知、神祕、時間的短暫，以及不可重複性，顯現了我們生活在一種局限之中，而夢的體驗，顯現了虛無的不可把握性。這一切的背後，有著我們難以理解的法則，人好像只能知道他所知道的，很多時候，很多事情就是無解。我們只能存而不論，保持敬畏，保持好奇心，保持探索。蘇東坡這一篇〈後赤壁賦〉，讀起來會覺得晦澀難解，但恰恰這種無法解釋，為我們打開了理解虛無的另一個通道。

一〇八二年十月十五日，也就是上一次赤壁夜遊之後大約三個月，蘇東坡和兩個朋友又去了一次赤壁。那天，當地有兩個朋友去東坡雪堂做客，天黑之後，蘇東坡和他們從雪堂回臨皋亭，經過黃泥坂。地面上有落葉，明月高懸，身影倒映在地上。他們一邊走一邊吟詩，相互酬答。

不一會兒，蘇東坡感嘆說：「有客人卻沒有酒，有酒卻沒有菜。月光皎潔，清風徐來，如此美好的夜晚，應該美好的度過吧？」其中一位朋友說：「今天傍晚，我撒網捕到了魚，大嘴巴，細鱗片，形狀就像吳淞江的鱸魚。不過，到哪裡去弄酒呢？」

蘇東坡就回家和妻子商量，妻子說：「我一直藏著一斗酒，就怕你有不時之須。」於是，蘇東坡和朋友帶著酒和魚，再次到了赤壁下面去夜遊。長江流水的聲音，陡峭的江岸高峻直聳；山巒很高，月亮顯得很小，水位降低，礁石露了出來。也就三個月沒來這裡，江景山色卻已經變了樣子。

蘇東坡撩起衣襟上岸，踏著險峻的山岩，撥開紛亂的野草；蹲在虎豹形狀的怪石上，又不時拉住形如虬龍的樹枝，攀上猛禽做窩的懸崖，下望水神馮夷的深宮。兩位朋友跟不上蘇東坡。

蘇東坡獨自登上了極高處。在極高處，他放聲長嘯，草木震動，高山共鳴，深谷回聲，大風刮起，波浪洶湧。

蘇東坡感到了悲哀，靜默中有所恐懼，覺得這裡森森然，不可久留。回到船上，把船划到江心，任憑它漂流到哪裡，就在哪裡停泊。

快到半夜，望望四周，冷清寂寞。正好有一隻鶴，橫穿江面從東邊飛來，翅膀像車輪一樣，尾部的黑羽如同黑裙子，身上的白羽如同潔白的衣衫，它嘎嘎的拉長聲音叫著，擦過遊船向西飛去。

遊玩了一會兒，朋友離開了，蘇東坡也回家睡覺。他夢見一位道士，穿著羽毛編織成的衣裳，輕快的走來，走過臨皋亭的下面，向他拱手作揖說：「遊赤壁快樂嗎？」蘇東坡問道士的姓名，道士低頭不回答。蘇東坡突然想起來，說：「噢！哎呀！我知道了。昨天夜晚，從我身邊飛鳴而過的人，不是你嗎？」道士回頭笑了起來，蘇東坡也忽然驚醒，開門一看，卻什麼也沒有看到。

這次夜遊記錄在〈後赤壁賦〉：

是歲十月之望，步自雪堂，將歸於臨皋。二客從予，過黃泥之坂。霜露既降，木葉盡脫，人影在地，仰見明月，顧而樂之，行歌相答。已而嘆曰：「有客無酒，有酒無肴，月白風清，如此良夜何？」客曰：「今者薄暮，舉網得魚，巨口細鱗，狀似松江之鱸。顧安所得酒乎？」歸而謀諸婦。婦曰：「我有斗酒，藏之久矣，以待子不時之須。」於是攜酒與魚，復遊於赤壁之下。江流有聲，斷岸千尺；山高月小，水落石出。曾日月之幾何，而江山不可復識矣。予乃攝衣而上，履巉岩，披蒙茸，踞虎豹，登虬龍，攀棲鶻之危巢，俯馮夷之幽宮。蓋二客不能從焉。劃然長嘯，草木震動，山鳴谷應，風起水湧。予亦悄然而悲，肅然而恐，凜乎其不可留也。反而登舟，放乎中流，聽其所止而休焉。

時夜將半，四顧寂寥。適有孤鶴，橫江東來。翅如車輪，玄裳縞衣，戛然長鳴，掠予舟而西也。須臾客去，予亦就睡。夢一道士，羽衣蹁躚，過臨皋之下，揖予而言曰：「赤壁之遊樂乎？」問其姓名，俯而不答。「嗚呼！噫嘻！我知之矣。疇昔之夜，飛鳴而過我者，非子也邪？」道士顧笑，予亦驚寤。開戶視之，不見其處。

和上一次的赤壁夜遊不太一樣，這一次是「興之所至」，突然來了興致，就去了。去了赤壁之後，是蘇東坡一個人爬上最高的山岩。然後，就坐在船上，任其漂遊。半夜，看見一隻鶴飛過。然後，就回家了。回家之後，做了一個夢，夢見一個道士，醒來後，發現門外空無一人。

這篇文賦包含了三段：

第一段是即興。夜色很好，覺得睡覺是一種浪費，臨時找了魚和酒，去赤壁遊玩。生活中這種小小的即興，會帶來不可言喻的快樂。我記得自己年輕時，有時候晚間突然興起，去火車站，隨意選一個下車的目的地，買一張票，到了那裡往往還是凌晨，當地人還在夢裡，走過小鎮，好像走過很多人的夢境。那幾個乘興而去的小鎮，成為我記憶裡永遠不可磨滅的意象。越是感到生活的壓力，越要有這種即興的能力。

第二段是赤壁夜遊。不是一起唱歌喝酒，而是一個人獨自登上高處，像是發洩自己的情緒，劃然長嘯。想像一下，在有山岩的江邊，夜半，一個人在那裡長嘯，會是什麼感覺呢？從高處下來後，讓船隨意漂流。看見一隻鶴飛過。和〈卜算子‧黃州定慧院寓居作〉裡「孤鴻」很接近，有一種孤獨感。看到的鶴，也是單個的，夜空中鶴鳴的聲音更讓人覺得冷清。

第三段是做了一個夢。夢裡飛來一個道士，也有版本寫的是兩個道士。這個道士好像就是前晚遊赤壁時見到的鶴幻化而成。但到底是誰？沒有明說。

這一篇〈後赤壁賦〉有點神祕，色調有點黯淡。形式上，〈前赤壁賦〉是一篇對話，非常明快，而這一篇更像一篇獨白，更確切的說，應該是一次內心的自我探索，有點幽深。

如果說，在〈前赤壁賦〉裡，蘇東坡用了三個自然現象建構起來的道理，開解了自己。那麼，在〈後赤壁賦〉裡，蘇東坡用了自我探索，來緩解現實的痛苦，既然是自我探索，就會有黑暗面，有不可解的神祕性。但是，如果熟悉蘇東坡從眉州到黃州的那一段經歷，那麼，你又能隱隱約約感覺到蘇東坡借這一次探索，在回顧自己的人生，用隱喻的意象，面對人生中的不堪和痛苦。

05 人生如夢，一樽還酹江月

人生猶如一場夢，不如舉杯致敬這永恆的江月，並祭奠江月曾照耀過的那些英雄豪傑。

蘇東坡的〈念奴嬌．赤壁懷古〉中有一句「人生如夢」，這是蘇東坡經常出現的感嘆，也是千百年來中國文學裡經常出現的感嘆。但蘇東坡在這一首詞裡，把「人生如夢」這種虛無感，寫得如此豪邁，還是非常少見。

關於赤壁，蘇東坡寫了前後〈赤壁賦〉，還寫了一首詞〈念奴嬌．赤壁懷古〉，這首詞的具體寫作時間有不同的說法，一般認為是與前、後赤壁賦的寫作時間相同或接近。前後〈赤壁賦〉，寫的是現實中的遊歷。而這首詞，寫的是神遊。

一上來就說「大江東去，浪淘盡，千古風流人物」。大江奔流的景象，讓蘇東坡想到了悠久的歷史，悠久的歷史上那麼多風流人物，好像在時間的大江大河裡，都被浪沖走了。

接著寫到現實的場景：一個古代留下來的堡壘。但目的不是要寫這個遺跡，而是要穿越到歷史當中。當地人說這是三國時周瑜打敗曹操的地方。接著，又寫眼前的景象：江邊很多凌亂無序的石頭，高聳入雲，驚濤駭浪拍打著岸邊，捲起白色的浪花，像千堆白雪。江山美得像圖畫一樣。一時間出現了多少英雄豪傑。上闋寫的是懷古。因為古代的遺跡，回想歷史上的赤壁之戰。

下闋把焦點放在了周瑜身上，當時周瑜剛剛娶了美女小喬。英雄美人，雄姿英發。搖著扇子，談笑間，就讓曹操的幾十萬大軍灰飛煙滅。蘇東坡的興趣不在於赤壁之戰這個歷史事件本身，而是這個歷史事件中的英雄豪傑，尤其是周瑜，年輕、優雅、縱橫戰場，卻像閒庭散步，彈指間，就創造了歷史，又收穫了美好的愛情。生命的光輝，人生的美滿，就在這樣如畫的江山裡熠熠閃光。

然後，筆鋒一轉，說自己在這個古戰場神遊，別人大概會笑我太多情了，居然頭髮都白了。人生真的像夢幻一樣，能夠說什麼呢？不如舉杯致敬這永恆的江月，並祭奠江月曾照耀過的那些英雄豪傑。

大江東去，浪淘盡，千古風流人物。故壘西邊，人道是，三國周郎赤壁。

亂石崩雲，驚濤裂岸，捲起千堆雪。江山如畫，一時多少豪傑。

遙想公瑾當年，小喬出嫁了，雄姿英發。羽扇綸巾，談笑間，檣櫓灰飛煙滅。故國神遊，多情應笑我，早生華髮。人生如夢，一樽還酹江月。

還記得〈寒食雨〉那首詩嗎？寫出了蘇東坡在黃州的真實境況：住在很簡陋的小房子裡，一下雨，江水就會漫溢到門口；經濟拮据，一家人陷於困窘之中。在現實裡，蘇東坡不過是一個流落到黃州，住在江邊陋室裡的潦倒官員，還在為溫飽擔憂。

但這首詞一開篇，寫江水滾滾東流，淘盡了千百年來的風流人物。然後全篇都在寫江山如畫、寫英雄豪傑、寫周瑜的英雄美人，沒有一點哀怨悲切，有的是開闊和豪邁。只是到了這一句「故國神遊，多情應笑我，早生華髮」，把個人的經歷帶了進來。多情，即多愁善感。抱持情懷、熱愛、悲憫、敏感，都可以說是多情的表現。面對一個古舊的堡壘，產生出想像和感嘆，也是多情。但「早生華髮」不是今天一次懷古才發生，而是在懷古之前就發生了。正是因為有過人生的風霜，所以，看到古戰場的遺跡，就特別動容，特別傷感。

最後一句「人生如夢，一樽還酹江月」。既是針對歷史上的英雄豪傑，也是針對自己的經歷。歷史像夢幻，個人的經歷也像夢幻。但江月穿過時間的迷霧，照耀著從前的風流人物，也照耀著今天潦倒的我。所以，我要舉杯致敬這永恆的江月。蘇東坡這首〈念奴嬌．赤壁懷古〉，一直是「豪放派」詞的代表作。在中國學文學的人，都知道這麼一個故事，說是蘇東坡有一次問一個善歌的幕僚：「我的詞和柳永的詞相比，怎麼樣？」幕僚回答：「柳郎中（柳永）詞，只合十七八女郎，執紅牙板，唱『楊柳岸，曉風殘月』；學士（蘇東坡）詞，須關西大漢，執銅琵琶，唱『大江東去』。」

這成了「婉約詞」和「豪放詞」的經典區分。一個適合女孩唱，一個適合大漢唱。這是形式上的差異。內容上，婉約詞沉溺於個人性的細微情感，以及眼前的景色；而豪放詞放眼深遠廣闊的歷史背景和自然現象。

豪放詞常常把個人的悲傷轉換成「大問題」，或者寄寓於「大場景」。蘇東坡〈水調歌頭．明月幾時有〉中「明月幾時有」是一個大問題。這一首「大江東去」是一個大的歷史場景。大問題、大場景，引發的都是「時間短暫」或「人生如夢」的感嘆。

人生如夢，其實包含了「時間短暫」的感嘆。《金剛經》裡講世間事物「如夢如幻」，像一個夢，很快就過去，同時像一個幻覺，並不真實，當然，也並不虛假。《金剛經》用這個比喻，是提醒我們，**既然萬事萬物如同夢幻，那麼，就不要執著，也不要放逸。保持中道，保持平靜**。

美國導演伍迪・艾倫（Woody Allen）講過一個冷笑話，有一群老年婦女去旅行，回來後其中一個抱怨：「這次旅行團太糟糕了，安排的食物那麼難吃。」另一個人接著說：「是啊，還給得那麼少。」伍迪・艾倫說：「這就是我的人生態度，我確實覺得人生太痛苦、太糟糕了，但是，我又覺得時間過得太快了。」

這好像是一個悖論，和另一個悖論類似，一方面我們覺得時間短暫，另一方面又覺得時間太漫長了。但這些悖論裡有生存的真相。

回到蘇東坡，挫折、不確定性，讓他陷入困境，讓他從一個上流社會跌到底層。他連自殺的心都有過。他的詩詞、文章裡寫了自己不堪的生活現狀，也充滿了「人生如夢」的感慨。為什麼會這樣呢？一方面是好死不如賴活著的本能，說得文藝一點，就是**再不堪的生活，人也還活著，活著就是美好的**。另一方面，**人生如夢，時間飛逝，那麼，現實的沉重也可以很快消失**。這是一種消解和舒緩。

06 誰道人生無再少？門前流水尚能西！

誰說老了就不會再年輕了呢？你看門前的水，尚且能向西邊流去。

時間的虛無感，是古典中國的一種普遍感傷，自從孔夫子站在水邊感嘆「逝者如斯夫」，一代一代的中國人，翻來覆去在感嘆時間像流水的虛無，但就像張愛玲說的，也就到此為止，不再往前了。充其量加一點「珍惜時間」的教訓，好像不會走得更遠。但蘇東坡〈浣溪沙．遊蘄水清泉寺〉這首詞走得很遠，發出了很特別的聲音，在中國古代的詩詞裡比較少見。

蘇東坡有一篇〈遊沙湖〉，記錄了這首詞的寫作背景。蘇東坡在黃州，想要買東南邊沙湖的田，就去那裡考察，路上淋了雨，就是〈定風波．莫聽穿林打葉聲〉寫的情景。回來後蘇東坡就生病了。他聽說麻橋有一個叫龐安常的聾醫，醫術很高明，就去那裡求醫。龐安常悟性很高，只要寫幾個字，他就知道你的意思是什麼。蘇東坡和他開玩笑說：「我是以手為口，靠寫文章來表達，而你是以眼睛為耳朵，用眼睛來聽，都不是尋常的人。」

病好了之後，蘇東坡就和龐安常一起去遊覽清泉寺。寺廟在蘄水鎮外兩里左右，那裡有王羲之的洗筆泉，泉水清甜，下面就是蘭溪，溪水是往西邊流的。這個現象一下子觸動了蘇東坡，因為在中國水都是往東流的，不可能往西流，但眼前實實在在向西流淌的溪水，卻告訴蘇東坡，**你以為不可能的事，其實也是有可能的**。於是，蘇東坡就寫了〈浣溪沙．遊蘄[3]水清泉寺〉這首詞：

遊蘄水清泉寺，寺臨蘭溪，溪水西流。

山下蘭芽短浸溪，松間沙路淨無泥，蕭蕭暮雨子規啼。
誰道人生無再少？門前流水尚能西！休將白髮唱黃雞。

山腳下溪邊的蘭草剛剛抽出嫩芽，浸泡在溪水之中，松樹之間的沙石路，潔淨得沒有一點泥土，已經黃昏了，雨聲蕭蕭，杜鵑鳥在鳴叫。

誰說老了就不會再年輕了呢？你看門前的水，尚且能向西邊流去，我們又何必總是感嘆時光流逝，感嘆自己老了呢？「休將白髮唱黃雞」套用了白居易的一首詩，白居易有一首〈醉歌〉，寫給一個叫「商玲瓏」的歌舞藝人：

罷胡琴，掩秦瑟，玲瓏再拜歌初畢。
誰道使君不解歌，聽唱黃雞與白日。
黃雞催曉丑時鳴，白日催年酉前沒。
腰間紅綬繫未穩，鏡裡朱顏看已失。
玲瓏玲瓏奈老何，使君歌了汝更歌。

停下胡琴，掩上秦瑟，舞女玲瓏行禮表示演奏結束了。誰說我不懂得欣賞歌曲？我好像聽到了黃雞報曉，白天的太陽來臨。黃雞在丑時就打鳴催促太陽升起，每日鳴叫著天要亮了，到了年底，黃雞也死了。腰間的紅綬帶還沒繫牢，鏡子裡的容顏已經衰老。在黃雞的報曉聲裡，玲瓏也會老去。我們都會老去，我唱

3 蘄音同期。

完了以後你再接著唱吧。

白居易的詩只是借著黃雞的報曉，感傷時間的流逝，生命的老去；而蘇東坡的詞則相反，是對於時間的一次抵禦。不是順著時間的流逝而隨波逐流，而是逆流而上，逆轉時間的方向。在無可奈何的時間之流裡，蘇東坡的「休將白髮唱黃雞」，為中國人的時間意識留下了一個倔強的姿態。

這首詞讓我想到詩人翻譯家穆旦的一首現代詩〈聽說我老了〉：

我穿著一件破衣衫出門，
這麼醜，我看著都覺得好笑，
因為我原有許多好的衣衫
都已讓它在歲月裡爛掉。
人們對我說：你老了，你老了，
但誰也沒有看見赤裸的我，
只有在我深心的曠野中
才高唱出真正的自我之歌。

它唱到，「時間愚弄不了我，
我沒有賣給青春，也不賣給老年，
我只不過隨時序換一換裝，
參加這場化妝舞會的表演。
但我常常和大雁在碧空翱翔，
或者和蛟龍在海裡翻騰，
凝神的山巒也時常邀請我
到它那遼闊的靜穆裡做夢。

「聽說我老了」，不是自己覺得老了，而是別人說我老了。第一段講的是皮囊的衰敗，青春以及經歷過的美好事物，現在都像一件破衣衫。第二段開始，是對於別人的回答。人們只看到我衰老的外表，卻沒有看到赤裸的我，更沒有聽到我內心的自我之歌。在年齡這個皮囊之下，是永不衰老的自由精神。

這首詩和蘇東坡那首詞，在時間的飛逝裡，喚起我們生命內在的力量。在生命的旅程中，不要被時間愚弄，要時時刻刻在內心高唱真正的自我之歌。

07 枝上柳綿吹又少，天涯何處無芳草

風吹來，樹枝上的柳絮越來越少，天地那麼大，哪裡沒有芳草呢？

〈江城子．乙卯正月二十日夜記夢〉，大家很熟悉，為什麼要在討論虛無的部分聊這首詞？因為這首詞寫了一個和死亡、情愛有關的夢。蘇東坡以意象式的語言，懷念一段隨著死亡而消失了的愛情，至少，在這裡，夢不是一種虛幻，反而是一種實在，把虛幻的帶回到當前的現實。這正是這首詞耐人尋味之處，因此，這首詞算是對於虛無的一種迂迴療癒。

這首詞記錄了一個夢，是一〇七五年正月二十日夜晚的一個夢，那麼，是一個什麼樣的夢呢？我們讀一下這首〈江城子．乙卯正月二十日夜記夢〉：

十年生死兩茫茫。不思量，自難忘。千里孤墳，無處話淒涼。縱使相逢應不識，塵滿面，鬢如霜。

夜來幽夢忽還鄉。小軒窗，正梳妝。相顧無言，惟有淚千行。料得年年腸斷處，明月夜，短松岡。

「十年生死兩茫茫」，第一句就寫了生死。蘇東坡年輕時，第一次體驗到死亡，是一〇五七年母親去世，第二次是一〇六五年夫人王弗去世，第三次是一〇六六年父親蘇洵去世。這一句寫的，顯然是王弗，王弗十六歲就嫁給了十九歲的蘇東坡，他們在一起生活了十年多，二十七歲的王弗就去世了。

「不思量，自難忘」，就算不去想妳，卻還是不能忘卻，說明兩人感情的深厚。然後，跳躍到了眉州。「千里孤墳，無處話淒涼」，王弗的墳墓在眉州，自從把王弗和父親蘇洵的靈柩送回眉州後，蘇東坡再也沒有回過故鄉。所以，兩人相隔千里之外，沒有辦法在一起訴說心中的淒涼。「縱使相逢應不識，塵滿面，鬢如霜」，就算再見面，也可能認不出來對方，因為人死去之後，年齡就定格在了那個年紀，王弗二十七歲去世，面容就一直停留在二十七歲，而蘇東坡隨著時間的流逝又老了十歲。十年來為生活奔波，風塵滿面，也有微微的白髮了。

一開始說自己的思念。然後視角上發生了變化，好像變成了王弗的視角。

「千里孤墳，無處話淒涼。縱使相逢應不識，塵滿面，鬢如霜」，從王弗的角度，寫了王弗在眉州的孤獨淒涼，又從王弗的視角寫出了自己這幾年的奔波勞碌，臉上滿是歲月的風霜。這是這首詞的微妙之處，一方面是蘇東坡單向的懷念，另一方面又彷彿是兩個人在互動。

「夜來幽夢忽還鄉」，晚上做了一個幽深的夢，回到了故鄉。「小軒窗，正梳妝」，看到妳正在小窗前梳妝。「相顧無言，惟有淚千行」，我們相互望著，默默無言，眼裡是淚水。「料得年年腸斷處，明月夜，短松岡」，我想，妳每年傷悲斷腸的地方，就是在明月照耀著的長著松樹的墳頭。

這首詞是對妻子的懷念，寫出了死亡帶來的生離死別以及聚散無常，但因著記憶裡的深情，有一種溫暖滲透進這個世界的虛無冰冷。蘇東坡作為禪宗、道家的信徒，對於死亡，以及夢幻的描寫，常常是要把自己引入豁達。這首詞的意義在於，蘇東坡告訴我們，**豁達不是冷漠，也是一種深情**。

關於深情，我們再讀一首蘇東坡的詞〈蝶戀花．春景〉：

花褪殘紅青杏小。燕子飛時，綠水人家繞。枝上柳綿吹又少，天涯何處無芳草！

牆裡鞦韆牆外道。牆外行人，牆裡佳人笑。笑漸不聞聲漸悄，多情卻被無情惱。

上闋寫春天即將逝去的感傷。花朵開始凋謝，色彩開始暗淡，樹枝上長出小小的青杏。清澈的河水圍繞著村莊流淌。風吹來，樹枝上的柳絮越來越少，天地那麼大，哪裡沒有芳草呢？雖然花在凋謝，但大地上總會有芳草生長。

下闋寫了多情和無情。牆外有一條道路，路上有一個行人，牆裡面呢，有一個鞦韆，有一個女孩子盪鞦韆的笑聲。漸漸的聽不到笑聲了，變得靜悄悄。那個行人因為笑聲而產生了情意，而牆裡面那個女孩子渾然不知，所以，多情卻被無情惱，世間的多情，總要為無情所苦惱。

這首詞總和王朝雲相聯繫，蘇東坡在第一任妻子王弗去世後，娶了王閏之。他在杭州做通判時，王朝雲作為侍妾進了蘇家，跟著蘇東坡去了黃州。去惠州之前，王閏之去世。王朝雲跟著蘇東坡又到了惠州，最終在惠州去世。據說，在惠州時，蘇東坡讓朝雲唱這首詞，唱到「枝上柳絮吹又少，天涯何處無芳草」這一句時，難過得不能唱下去。為什麼呢？在我看來，這一句貌似豁達的句子，實際上包含的是一切都無法長久的悲哀，再加上第二段中情懷的阻隔，這是一首很感傷的詞。王朝雲去世之後，蘇東坡再也沒有念過這首詞，應該是不忍再讀。因為王朝雲的故事，使這首詞為深情作了另一個注腳。說到王朝雲，我就想起杭州，想起杭州，就又想起蘇東坡一首詩，是〈陌上花〉三首裡的一首：

> 陌上花開蝴蝶飛，江山猶似昔人非。
> 遺民幾度垂垂老，遊女長歌緩緩歸。

蘇東坡在杭州時，有一次在城外的山裡遊玩，聽到幾個女孩在唱一首歌，名叫〈陌上花緩緩曲〉。蘇東坡聽的時候特別有感觸，一口氣寫了三首詩，這是第一首。這首詩的意思是已經改朝換代了，世界都已經變了，但是沒有改變的是，今天的女孩子還在傳唱那首〈陌上花緩緩曲〉。

這裡面有一個典故，這個典故來自五代十國。有一個小國家叫吳越國，吳越國的國君錢鏐很愛他的一個妃子，那位妃子在寒食節時回娘家拜訪親戚。去了幾天，錢鏐很想念她，於是就寫了一封信，本意應該是希望她早點回來，但他那封信的內容非常簡單，只寫了一句話：

陌上花開，可緩緩歸矣。

意思是，田野間小路邊，花已經開放了，妳可以慢慢的回來。

就是這麼一句樸素的話，被很多人認為，是最美的一句情話，也是最深情的表達想念、表達愛意的一句話。這確實是一句發自內心而又樸素得不能再樸素的話，卻隱含了很體貼的關心。他說我非常想念妳，非常希望妳早點回來，但是呢，妳不用著急，妳慢慢來。這句話雖然簡單，但是非常的美。他用了一個意象——陌上花開，路邊的花開了。又用了一個日常化的語氣詞——緩緩。這兩個詞加在一起就很美，別有一種打動人心的旋律。

蘇東坡的這句詩，他要表達的意思其實可以從更深一層去理解：這個世界變來變去，但是不管怎麼變，人的深情是不會變的。**無論這個世界多麼殘酷，只要我們有深情，就可以留下很多美好的東西。**

08 君子可以寓意於物，而不可以留意於物

君子欣賞美好的事物，但不會沉溺於美好的事物，再美好的事物，欣賞但不想著去占有，也不會上癮。

〈墨妙亭記〉的緣起，是湖州知州孫莘老建了一座墨妙亭，把湖州境內從漢代以來所存的古文碑刻放在裡面，請蘇東坡為這座亭寫一篇記。

蘇東坡首先講了湖州的山水清遠，孫莘老在湖州的政績，然後講到孫莘老建立這座亭的過程，最後卻提了一個疑問，就是說，世界上的萬物都會歸於滅亡，尤其是那些形體堅固的東西，尤其不能長久存在；但是，人的名聲和文章，就能流傳後世，比那些有形的東西更為長久，那麼，現在孫莘老卻把文章、詞賦寄託在金石之上，讓那些可以長久流傳的東西，求助於很快就會毀壞的載體，而且還造了宏偉寬敞的亭子來保存它們，難道孫莘老不懂得事物的規律嗎？

針對這個疑問，蘇東坡替孫莘老作了這樣一番回答：

余以為知命者，必盡人事，然後理足而無憾。物之有成必有壞，譬如人之有生必有死，而國之有興必有亡也。雖知其然，而君子之養身也，凡可以久生而緩死者無不用；其治國也，凡可以存存而救亡者無不為，至於不可奈何而後已。此之謂知命。是亭之作否，無足爭者，而其理則不可以不辨。

蘇東坡說，在我看來，凡是懂得天命的人，一定會竭盡自己的全力，把人能夠做好的事做到最好，然後就心安理得、沒有遺憾了。萬物有生就必然有滅，就像人有出生就一定會有死亡，國家有興起一定就會有毀滅。雖然人人都明白這個規律，但作為君子，還是會修養自己的身心，凡是能夠延緩衰老的辦法，無不盡力而為。治理國家也是一樣，凡是能夠挽救衰敗的方法，也是無不盡力而為，直到實在無可奈何為止。這就是真正懂得了天命。這個亭子該不該建，不值得討論，但其中的道理，我們應該分辨明白。

蘇東坡講天命，不是消極的接受上天的安排，而是要盡力把人能夠做到的做到最好，雖然明知會死亡，但還是想盡辦法延緩死亡，直至無可奈何。這個才是真正的豁達。**盡力做了應該做的，至於結果，完全放下，交給上天。**

〈寶繪堂記〉又從另一個角度講了豁達。我們之所以做不到豁達，往往是因為執著於自己喜歡的事物。所以，道家講超然物外，佛家講「無心」、「無念」，都是在告訴我們，如何從人與事物的關係之中解脫出來。〈寶繪堂記〉一開頭就提出了一個看法：

君子可以寓意於物，而不可以留意於物。寓意於物，雖微物足以為樂，雖尤物不足以為病。留意於物，雖微物足以為病，雖尤物不足以為樂。

老子曰：「五色令人目盲，五音令人耳聾，五味令人口爽，馳騁田獵令人心發狂。」然聖人未嘗廢此四者，亦聊以寓意焉耳。劉備之雄才也，而好結髦。嵇康之達也，而好鍛鍊。阮孚之放也，而好蠟屐。此豈有聲色臭味也哉？而樂之終身不厭。

蘇東坡說，君子可以把心意寄託在事物之中，而不應該把心意沉溺在事物之中，也就是說，君子欣賞美好的事物，但不會沉溺於美好的事物，再美好的事物，欣賞但不想著去占有，也不會上癮。如果把心意寄託在事物之中，保持著欣賞的態度，那麼，雖然是很微小的東西，也會給自己帶來快樂，雖然是很珍貴的東西，也不會沉溺、上癮。

如果把心意滯留在事物之上，那麼，再微小的東西也會傷害自己，再珍貴的東西也不會帶來快樂。老子說過：「過於繽紛而好看的色彩，反而使人失去視覺的能力；過於紛亂而動聽的聲音，反而使人喪失聽覺的能力；過於甘美肥膩的食品，反而使人失去味覺的能力；過於馳騁遊獵，反而使人心性癲狂。」

雖然這樣說，但古代的聖人並沒有完全排斥色彩、音樂、美食、遊獵這四件事，只不過強調你要以欣賞事物的態度去做這四件事。以劉備那樣的英雄，卻喜歡編織飾品；以嵇康那樣的通達，卻喜歡打鐵；以阮孚那樣的狂放，卻喜歡為人補鞋。難道其中有聲色香味，而讓他們喜歡了一輩子？

蘇東坡講劉備這些人的愛好，是在說明，**只要不沉溺於其中，不管什麼愛好，都沒有什麼壞處**。劉備的愛好，一點不影響他成為一個英雄。接著，蘇東坡說，萬物之中，讓人喜愛，帶給人愉悅卻不會敗壞人心的，以書法和繪畫為最。但即使這麼美好的東西，如果你過分沉溺，也會給人帶來意想不到的禍害。

鍾繇因在韋誕那裡得不到喜歡的著作而嘔血，盜了韋誕的墓；宋孝武帝和王僧虔為了喜歡的書畫，相互猜忌；桓玄逃跑時還不忘把喜歡的書畫帶到船上；王涯臨終時還操心著要把書畫藏在什麼地方。這些身外之物給他們帶來了各式各樣的禍害。這就是不懂得欣賞事物的後果。

蘇東坡又舉了自己的例子。他說自己年輕時也非常喜歡書畫。家裡收藏的，唯恐失去，別人擁有的，唯恐別人不給自己。後來自己嘲笑自己：輕視富貴，而厚愛書法，輕視性命，而厚愛繪畫，這不是本末倒置嗎？

明白了這一點，就再也沒有沉溺在對書畫的喜愛之中。見到自己喜歡的作品，有時也會收藏，但是就算被別人拿走了，也不會覺得可惜。就像美麗的煙雲從眼前經過，百鳥發出悅耳的聲音，難道不欣然欣賞嗎？但欣賞之後，不會過分眷戀，也不會想著去占有。這樣一來，我從我喜歡的書法和繪畫裡，得到很多快樂，卻不會使我沉溺。

第五章

蘇式治鬱主義，只要三件事

人生多漂泊，如何安定？人生多衝突，如何進退？人生多風雨，如何平靜？人生多虛無，如何豁達？歸納起來，就是人生多煩惱，怎麼辦呢？蘇東坡提出了一種治鬱主義的方法：作個閒人，對一張琴、一壺酒、一溪雲。

「作個閒人」，是對社會身分的一種超越，一種扭轉。「一張琴」、「一壺酒」、「一溪雲」，是用三種具體的事物增添到我們原有的生活裡，帶來新的場景，新的興趣領域，不需要摧毀性的革命，只需要視角的轉換、事物的排列，以及觀念的重構，就可以形成突圍的能量，讓生命蓬勃生長。

01 作個閒人

什麼時候，我能夠歸去作一個閒人呢？

一〇九三年，蘇東坡五十八歲，已經經歷過了人生的黑暗時刻，在黃州過了四年的底層生活，感嘆過人生求富貴很難，但沒有想到，求溫飽也很難。而現在，沒有想到的是，富貴自己來了，擋也擋不住。

一〇九三年這一年，他在朝廷擔任端明殿學士、翰林侍讀學士、禮部尚書，這是他一生在世俗社會達到的高峰，再往前進步一點點就是宰相了。

在春風得意裡，蘇東坡寫了一首詞〈行香子．述懷〉：

清夜無塵，月色如銀。酒斟時、須滿十分。浮名浮利，虛苦勞神。嘆隙中駒，石中火，夢中身。

雖抱文章，開口誰親。且陶陶、樂盡天真。幾時歸去，作個閒人。對一張琴、一壺酒、一溪雲。

「清夜無塵，月色如銀」，夜晚空氣清新，沒有一點塵埃，月光是銀色的。

「酒斟時、須滿十分」，往杯子裡倒酒，應該倒得滿滿的。沒有說明是一個人喝，還是和朋友一起喝，只是一個喝酒的動作。

「浮名浮利，虛苦勞神」，喝了酒，更容易看到真相，名利是浮在表面的東西，看上去很華美，但很脆弱，如過眼雲煙。但我們卻為了名利，勞心勞力，還憂愁煩惱。

「嘆隙中駒，石中火，夢中身」，人的一生只不過像快馬馳過縫隙，像擊石迸出一閃即滅的火花，像在夢境中短暫的經歷一樣。

「雖抱文章，開口誰親」，古代中國人把文章看得很重，所謂「文章經國之大業，不朽之盛事」。懷抱文章，說的是懷抱著美好的政治理想，想要去改變社會。但是「開口誰親」，意思是我的理想、我的主張，又會得到誰的喜歡呢？有點懷才不遇，有點孤獨。

「且陶陶，樂盡天真」，算了，不去想那些亂七八糟的事了，順其自然，自得其樂吧。

「幾時歸去，作個閒人」，什麼時候，我能夠歸去呢？作一個閒人。「對一張琴、一壺酒、一溪雲」，作一個閒人，就是對著一張琴、一壺酒、一溪雲。想一想這樣一個畫面：一個人在彈琴，旁邊有美酒，房子的外面有溪流，溪流裡有雲彩。這就是閒人生活的意境。

三個「一」，很簡潔，但每一個「一」都意蘊無限。一溪雲，這個意象很美。一般說一朵雲，這裡把溪流的溪當作了量詞，展現出這樣一個畫面：溪流清澈，滿是藍天白雲的倒影。我們用現代漢語，完全沒有辦法以這麼簡潔的三個字，表現這麼豐富的畫面和意象。

這首詞傳達出一種很深的厭倦。厭倦什麼呢？厭倦浮名浮利。因為這種厭倦，蘇東坡對於人生產生了一種虛無感。既然忙忙碌碌為著名利沒有什麼意思，既然人生的一切都是空虛，那麼，活著是為了什麼呢？蘇東坡沒有回答這個問題，也許他覺得這是一個無法回答的問題，他只是提醒自己：什麼時候回去呢？蘇東坡用了「歸去」這個詞，讓人聯想到陶淵明的〈歸去來兮辭〉。

陶淵明不願意為五斗米折腰，辭官歸隱了，去做什麼？陶淵明說：「歸去。」意思是我不做了，我要回去了。〈歸去來兮辭〉裡說，再不回去，田園將要荒蕪了，為什麼還不回去呢？陶淵明用了這樣一個比喻：「鳥倦飛而知還。」鳥在外面飛得疲倦了，都知道要回去。

回到哪裡呢？回到家裡。陶淵明寫辭官後回家，感慨自由的感覺真好。一路上是輕快的小舟，是輕柔的風兒吹起了衣角，是輕快的心。歡天喜地，回到了家，那些傭人啊、孩子啊，早就在門口等候了。回到了家，有親人、有酒，自飲自酌，醉眼朦朧中依稀看見庭院裡的高樹。靠在南邊的視窗，覺得神暢氣傲，環視狹小的居室，雖然環堵蕭然，卻住得讓人心安。

不用再理會世俗的應酬，不用再理會這個世界怎麼看我，不用再去追求這個社會要求我追求的名利。親人之間淡淡的話語比什麼都讓人喜悅，彈彈琴讀讀書，也就沒有什麼憂慮了。

看看白雲，做做農活。看著樹木欣欣向榮，聽著泉水涓涓流動。自然界的一切，都在季節裡自然流轉。人的生命是多麼短暫，為什麼要那麼慌慌張張的急著求這求那呢？為什麼不順應自己的本心，坦然面對生死？

陶淵明的「歸」，不是回到儒家的「天理」、不是回到佛家的「真如」、不是回到道家的「道」，而是回到「生活」。陶淵明〈歸去來兮辭〉的歸去，表達了一個很通俗的意思：與其陪主管吃飯，不如回家和兒子翻筋斗。蘇東坡的詩詞裡用了很多次「歸去」這個詞，延續的是陶淵明的傳統：回到生活。

在中國歷史上，陶淵明的意義在於：他是第一個「生活型」的人物。在陶淵明之前，基本上是「觀念型」的人物，儒家的聖人、君子，道家的隱士、神仙，佛家的高僧，都是「觀念型」的人物。老子、孔子、莊子、許由、伯夷、叔齊、屈原等人，包括後來的惠能、玄奘、朱熹、王陽明、曾國藩等人，都是「觀念型」的人物，他們打動人的，都是因為他們踐行了某種「觀念」。在他們身上，「觀念」是比生活更重要的東西。陶淵明出現了，帶來了比「觀念」更豐富的東西——生活。

「一張琴、一壺酒、一溪雲」，也和陶淵明的〈時運〉遙相呼應：「斯晨斯夕，言息其廬。花藥分列，林竹翳如。清琴橫床，濁酒半壺。黃唐莫逮，慨獨在余。」從早到晚，我都在自己的家裡，花卉藥草長滿了院子。樹林鬱鬱蔥蔥。床上有一把寂寞的琴。壺裡還有濁酒半杯。

「幾時歸去，作個閒人，對一張琴、一壺酒、一溪雲。」是一個提醒，提醒自己不要在功名利祿的追求裡迷失了自己，這也是一個解決方案，一個針對人生痛苦的解決方案。人生有很多痛苦，怎麼辦呢？根本上是無解，但蘇東坡說你可以接受、重組，創造新的場景和新的意義，讓生命不斷找到新的出口。這是一種療癒，一種自我的癒合，是和時間的對話。

在西方，療癒主義這個概念表達了哲學應該回歸生活的願景。身兼記者與作家雙重身分的朱爾斯・伊凡斯（Jules Evans）在《活哲學》（*Philosophy for Life and Other Dangerous Situations*）裡對於「哲學」這門學科的「學院化」表示了疑慮，他認為哲學應該解決人生問題，解決如何生活的問題，應該能夠撫慰人們的心靈，而不應該脫離生活，鑽研那些抽象的、玄乎的問題。

他認為哲學的本意是生活的，在他看來：「蘇格拉底（Socrates）哲學核心的樂觀資訊是，我們有能力治癒自己，我們可以省察我們的信念，選擇去改變我們，而這將改變我們的情緒。這種能力是內在於我們的。我們不需要向教士、心理分析師或物理學家下跪，去祈求救贖。」

蘇格拉底、愛比克泰德（Epictetus）等古代哲學家，和現代心理學一起，成為一種治癒資源，是「人生旅途的醫藥箱」。愛比克泰德的**「你改變不了事情，**

但你可以改變你對事情的看法」，不知道治癒了多少焦慮的現代人。

相比之下，蘇東坡的獨特之處在於，他並沒有停留在觀念的治癒，這是他比西方的「生活哲學」更深刻、更有趣的地方，也是更具有「現代性」的所在。蘇東坡進一步提出了三個意象：一張琴、一壺酒、一溪雲，很具體的生活場景，然而都是「一」，很簡單，不複雜，卻很中國。

蘇東坡用他一生的生活實踐和海量創作，傳達給我們的樂觀訊息是，我們可以選擇作一個閒人，用「閒」來治癒因為「忙」帶來的煩惱和痛苦，我們可以用「一張琴、一壺酒、一溪雲」，來不斷重組、調整我們的生活，在重組中創造理想的生活。

02 散我不平氣，洗我不和心

琴聲把我心中種種的不平驅散了，把我心中種種的不和洗淨了，讓心變得平和。

如果你很煩惱，怎麼辦呢？蘇東坡說，不妨去聽聽琴。

一〇五九年，蘇東坡和父親蘇洵、弟弟蘇轍，從蜀地去京城，有一天深夜，聽到父親在江邊彈琴，彈的是〈松風〉、〈瀑布〉、〈玉佩〉，聽得蘇東坡如痴如醉。這時，江面空闊，月亮爬上了山頂，聽不到一點人的聲音。這樣安靜的深夜，蘇東坡請父親再彈一曲〈文王操〉。

這首〈文王操〉，孔子曾經彈奏過。孔子向魯國的樂師師襄子學習彈琴。一首曲子學了十天，師襄子說：「你已經學會這首曲子了，可以學習新的曲子了。」孔子卻說：「我只是學會了曲調，還沒有學會技巧。」又練習了幾天，師襄子對孔子說：「演奏技巧你也已經學會了，可以學新的曲子了。」孔子說：「還不行，我還沒有領會這首曲子的志趣和神韻。」說完又全神貫注的彈奏起來。

琴聲悠揚，彷彿天籟，一曲終了，師襄子說：「你已經完全領會了這首曲子的神韻志趣了，可以學新的曲子了。」孔子若有所思，說：「還沒有，我還沒有琢磨出這首曲子的作者是一個怎樣的人！」又繼續彈奏。

過了很久，琴聲突然停了，孔子說：「我知道作者是誰了，除了周文王，誰還能創造出這樣的曲子呢？」師襄子聽了，馬上向孔子叩首，說：「您太了不起了，我的老師教我這首曲子時，說它的曲名叫〈文王操〉。」

年輕的蘇東坡，去京城的途中在深夜的江邊請他父親演奏〈文王操〉。這個旋律從此迴盪在他的生命裡。後來，他已經宦海沉浮多年，寫過一首詞〈浣溪沙．憶舊〉，寫了宓子賤的故事。宓子賤是孔子七十二門徒之一，魯哀公讓他治理單父這個地方。他出去時，總有隨從跟著他。於是，每當隨從做紀錄時，他就去拉扯他們的胳膊，以至隨從們寫的字很亂。隨從很生氣，就去向魯哀公告狀，魯哀公反應過來，這是宓子賤在暗示，希望他在管理單父時，不要受到任何掣肘。於是，魯哀公就把權力完全下放，讓宓子賤全權負責。

宓子賤在單父，並不是自己什麼都做，而是大膽任用有才華和有品德的人，自己呢，經常在草堂裡彈琴。三年之後，單父成為一個人民安居樂業的美好地方，人們稱讚宓子賤是「鳴琴而治」。

長記鳴琴子賤堂。朱顏綠髮映垂楊。如今秋鬢數莖霜。
聚散交遊如夢寐，升沉閒事莫思量。仲卿終不避桐鄉。

蘇東坡說自己經常想起宓子賤的鳴琴而治。想起來自己也曾經年輕，紅潤的面色和黑色的頭髮映照著楊柳。現在呢，兩鬢斑白，已經在經歷人生的秋天。聚散離合，就像夢幻一樣，得失進退，成敗盛衰，沒有必要去細細思量，就隨他去吧。你看西漢時的朱邑（仲卿），在桐鄉做了很多實實在在的事情，當地的老百姓就一直記得他，他死了也埋葬在那裡。

這是蘇東坡經歷很多挫折之後寫的一首詞，想到的是宓子賤鳴琴而治的故事，雖然一切如夢如幻，雖然遇到種種不公平的對待，但最後卻寫了「仲卿終不避桐鄉」，還是應該有所作為，有所作為總能得到迴響。這首詞有傷懷，更多的卻是心平氣和。心平氣和，正是「一張琴」的意義。這就是為什麼，當你煩惱時，蘇東坡說，不妨去聽聽琴。有一次，他在杭州的一個寺廟，聽一位僧人彈琴，聽著聽著，心平氣和，寫下〈聽僧昭素琴〉：

至和無攫醳，至平無按抑。
不知微妙聲，究竟何從出？
散我不平氣，洗我不和心。
此心知有在，尚復此微吟。

攫醳，彈琴時琴弦一張一弛。按抑，彈琴時按弦的指法。彈琴到了最和諧、最平正的境界，好像所有技巧都消失了，連那張琴都好像不存在了，只有微妙的聲音環繞在周圍，把我心中種種的不平驅散了，把我心中種種的不和洗淨了。在琴聲裡，心變得平和，這是琴的意義，也是為什麼在我們的生活裡需要一張琴。

一張琴，治癒的是心，是情緒。在琴聲中，那些引起煩惱的波動和混亂，會慢慢澄靜下來。

03 欲待曲終尋問取，人不見，數峰青

當音樂結束時，彈奏的人不見了，只見幾座山峰呈現出綠色。

有一天，蘇東坡和朋友在西湖邊閒坐，突然湖面上緩緩漂來一艘船。船上站著一個風姿綽約的女子，三十歲上下，見到蘇東坡，就說自己沒有出嫁之前就很喜歡蘇東坡的詩文，卻苦於沒有機會見面，不想在這裡偶遇，請蘇東坡為自己寫一首詞。

於是，蘇東坡就寫了〈江城子．鳳凰山下雨初晴〉這首詞，那個女子就在船上用古箏伴奏，唱了這首詞。當然，這不過一個傳說。

從詞前面的說明來看，應該是和張先一起在西湖上遊玩，吟詩作詞，突然聽到彈箏的音樂聲，就寫了這首詞〈江城子．鳳凰山下雨初晴〉。

湖上與張先同賦，時聞彈箏

鳳凰山下雨初晴，水風清，晚霞明。一朵芙蕖[1]，開過尚盈盈。何處飛來雙白鷺，如有意，慕娉婷。
忽聞江上弄哀箏，苦含情，遣誰聽！煙斂雲收，依約是湘靈。欲待曲終尋問取，人不見，數峰青。

鳳凰山是杭州西湖邊的一座山，雨後初晴，水是清清的，風是輕輕的，天邊是明亮的晚霞。一朵荷花，雖然已經開放過，卻依然美麗。哪裡飛來一對白鷺，像是也能聽懂樂曲，想要向彈箏的人表示傾慕。

忽然聽到江上彈箏的聲音，聲音裡流淌著悲哀，誰會忍心去聽呢？煙靄為之斂容，雲彩為之收色。好像是湘江女神在演奏。等到樂曲終了，想要去看看那個彈箏的人，卻發現已經沒有了蹤影。

最後一句「欲待曲終尋問取，人不見，數峰青」，套用了唐代詩人錢起的詩〈省試湘靈鼓瑟〉，這是錢起參加考試時的答卷，寫湘妃在江上彈琴。最後一句

1 音同渠。芙蕖為荷花之古稱。

「曲終人不見，江上數峰青。」當音樂結束時，彈奏的人不見了，只見幾座山峰呈現出綠色。

錢起的詩寫的是想像中的湘江女神在江邊演奏，蘇東坡寫的是現實裡的偶遇，偶遇之後，因樂曲而心有靈犀，卻在曲終之後，不見人影，空留下淡淡的茫然，但心靈在音樂聲裡得到洗禮，而沉靜為「人不見，數峰青」。

近二十年後，蘇東坡在潁州西湖泛舟，正在船上欣賞湖光山色，突然傳來婉轉的歌聲，細細一聽，原來有歌女在唱歐陽修的〈木蘭花令〉。歐陽修已經去世很多年了，居然在這裡，還有人在唱他的詞，勾起了蘇東坡的回憶。一方面是飛逝的時間，一方面是凝固的情意。那些美好的東西，緩緩的留在了旋律裡。當我們感到心煩意亂時，一首優美的老歌，就能把我們拉回到時間之外。

有一年，蘇東坡去了三次蘇州。北宋時，士大夫聚會，總有歌妓相伴。蘇東坡第三次到蘇州，有一個女孩子問他：「這次回去之後，還來蘇州嗎？」蘇東坡當場寫了一首〈阮郎歸·一年三度過蘇台〉：

一年三度過蘇台，清尊長是開。佳人相問苦相猜：這回來不來？

情未盡，老先催。人生真可咍！他年桃李阿誰栽？劉郎雙鬢衰。

面對女孩子的問題，蘇東坡說，情緣未了，人卻老了，人生就是可笑可嘆，當我再回來時，大概兩鬢都斑白了。實際上是在說，以後大概不會再來了。不知道那個女孩子唱這首詞時，是怎樣的一種表情？人生很多無奈，還好有音樂，可以在旋律裡流轉。

蘇東坡一生寫了三百多首詞，詞其實就是我們現在的歌詞。北宋時期的士大夫，大都能夠填詞作曲，蘇東坡當然也不例外。在各種聚會上，他經常當場填詞。據說，蘇東坡也能唱曲，唱曲的風格豪邁奔放，不願意遷就音律。他有一個朋友，記錄了蘇東坡苦悶時，放聲唱〈古陽關〉。

如果沒有音樂，蘇東坡會失去多少美好的時光。所以，蘇東坡說，煩惱時，不妨讓音樂流進你的生活。

04 某平生無快意事，惟作文章

我平生沒有什麼愛好，惟有寫文章。

人生有很多煩惱，但只要我們有喜歡做的事，就總能化解這些煩惱。蘇東坡說，你可以去聽古琴、也可以去欣賞各種音樂、也可以自己去彈琴，當然，也可以去寫書法、也可以去畫畫、也可以抄書。

蘇東坡有抄書的習慣，抄寫過《後漢書》這樣的歷史著作，有些還抄寫了很多遍，所以，很多文獻，他都是脫口而出。和抄書有關的是書法，蘇東坡喜愛書法，名列北宋四大書法家之一。他早期學習王羲之，之後學習顏真卿；中期自成風格，以〈黃州寒食帖〉為代表；後期，也就是海南時期，達到巔峰。蘇東坡說：「吾書雖不甚佳，然自出新意，不踐古人，是一快也。」

蘇東坡也喜歡畫畫，他評價王維「詩中有畫，畫中有詩」，其實也是他的特點。在黃州，有一段時間做什麼都提不起興趣，就埋頭畫畫，他用一種很獨特的材料和風格，畫了好幾張畫寄給朋友。蘇東坡很自負，認為那是一種創造。在去海南的路上，他隨手畫了一張彌勒佛的像寄給秦觀，又畫了一張人像，好像是一個罪犯一樣，還在上面寫了一行小字：「元祐罪人寫影，示邁」。他把自己畫成一個罪犯給兒子蘇邁看。

蘇東坡寫書法、畫畫有一個共同特點，就是需要先喝酒，喝到醉醺醺，才能寫字、畫畫，他說：「吾醉後乘興作數十字，覺酒氣拂拂從十指間出也。」（〈跋草書後〉）又說自己在喝醉時，能寫出平常狀態下寫不出來的字體。

黃庭堅說：「東坡居士性喜酒，然不能四五龠，已爛醉，不辭謝而就臥，鼻鼾如雷。少焉蘇醒，落筆如風雨，雖謔弄皆有義味，真神仙中人……」（〈題東坡字後〉）

那麼，這些愛好裡，蘇東坡最喜歡的是什麼呢？是寫文章。他說：「某平生無快意事，惟作文章，意之所到，則筆力曲折，無不盡意，自謂世間樂事無逾此者。」蘇東坡二十歲左右開始創作，六十六歲去世，四十多年間留下了兩千七百多首詩歌，三百多首詞，四千兩百多篇文章。要知道古人沒有電腦，也沒有鋼筆，用的是毛筆。古時候沒有空調，也沒有風扇，夏天很炎熱，冬天很冷，蘇東坡卻寫了那麼多的文字，像是在寫日記。

蘇東坡寫文章的特點，用他的話說：「吾文如萬斛泉源，不擇地皆可出。在平地，滔滔汩汩[2]，雖一日千里無難。及其與山石曲折，隨物賦形，而不可知也。所可知者，常行於所當行，常止於不可不止，如是而已矣！其他雖吾亦不能知也。」（〈文說〉）

他的文思就像源源不斷的泉水，隨時隨地都會湧出。在平地上，文思如滔滔流水不斷，即使一天流淌千里也不難。遇到山峰石頭，就隨著山石高低婉轉，自然事物是什麼樣，就變換成什麼樣，事前無法知曉。可以知道的，只是文思該行走的時候就行走，要停下來的時候，就會停下來，不過如此而已。其他的什麼，我也不知道。

蘇東坡除了詩詞，還留下了很多信手拈來的小短文，特別能夠看出他當時的心境，也特別能夠體現出文字在日常生活裡的意義。不經意記錄一件小事，或者某一種心情，不僅治癒了當時的作者，也治癒了後來閱讀的人。

他在黃州的日子過得並不好，卻記下了一段文字：

「黃州今年，大雪盈尺，吾方種麥東坡，得此，固我所喜。但舍外無薪米者，亦為之耿耿不寐，悲夫！」（〈書雪〉）

翻譯過來的意思是，黃州今年下了很大的雪，有一尺深，我剛在東坡種好麥子，下了雪我自然很開心。但是，那些沒有柴火和糧食的人，會因為大雪感到焦慮不安，睡不好覺，也是很悲哀的。看到下雪，蘇東坡既為自己的麥子感到高興，又為那些貧困的人感到揪心。這段文字寫出了人之所以為人的本質：能夠感受到別人的痛苦。這不僅是自我治癒的精神源流，也是人類文明的基本動力。

還是在黃州，他寫下著名的〈記承天寺夜遊〉：

元豐六年十月十二日夜，解衣欲睡，月色入戶，欣然起行。念無與為樂者。遂至承天寺尋張懷民。懷民亦未寢，相與步於中庭。庭下如積水空明，水中藻、荇交橫，蓋竹柏影也。

2 音同古，波浪聲，比喻文思勃發。

何夜無月，何處無竹柏，但少閒人如吾兩人者耳。

翻譯過來的意思是，元豐六年（一〇八三年）農曆十月十二日的夜晚，剛想解衣睡覺，看到照進房子裡的月光，突然起了興頭，想出去走一走。這樣美好的月色，要是有人一起欣賞，就更加快樂了，於是就走到承天寺，去找張懷民。正好張懷民也沒有睡覺，兩個人到中庭去散步。月光底下，地面好像是清澈的水面，水中有各種水草縱橫交錯，其實是竹子和松柏的影子。哪一個晚上沒有月亮呢？哪裡沒有松樹竹子呢？但是缺少了兩個像我們這樣的閒人。

在儋州，蘇東坡寫了一段文字：

己卯上元，予在儋耳，有老書生數人來過，曰：「良月佳夜，先生能一出乎？」予欣然從之。步城西，入僧舍，歷小巷，民夷雜揉，屠酤紛然。歸舍已三鼓矣。舍中掩關熟寢，已再鼾矣。放杖而笑，孰為得失？問先生何笑，蓋自笑矣。然亦笑韓退之釣魚，無得更欲遠去。不知走海者，未必得大魚也。（〈儋耳夜書〉）

翻譯過來的意思是：己卯上元節，我在儋州。有幾個老書生過來看我，說：「這樣好的月光，這樣美的夜晚，先生出去走走嗎？」我很高興的跟著他們走了出去。走到城西，進入僧人的住處，穿過小巷，那裡漢族和少數民族混雜而居，亂哄哄的是那些賣肉的和賣酒的。

遊玩了很久，回到家已經三更了。家裡人掩門就寢，已經一覺睡醒又睡下了。放下竹杖，自己笑了起來，究竟什麼是得，什麼是失？有人問我笑什麼，我說不過自己笑自己，也在笑韓愈，他在一個地方沒有釣到魚，就想到更遠的地方去，卻不知道就算走到海裡，也不見得能釣到大魚呀！

05 萬事到頭都是夢，休休

萬事到最後都是夢幻，算了吧，算了吧，往事何必再提呢？

如果你感到很煩惱，怎麼辦呢？蘇東坡說，不如喝酒。讀讀蘇東坡三首重陽節的詩詞，看看他是怎麼喝酒的？先看第一首〈九日次韻王鞏〉：

我醉欲眠君罷休，已教從事到青州。
鬢霜饒我三千丈，詩律輸君一百籌。
聞道郎君閉東閣，且容老子上南樓。
相逢不用忙歸去，明日黃花蝶也愁。

這首詩作於元豐元年（一〇七八年）農曆九月九日，蘇東坡在徐州當知州，雖然有點牢騷，但那時候，他的人生還是很順遂，一切都在軌道上。那一年的重陽節，蘇東坡的好朋友王鞏等一眾人，正好在徐州，當然就要一起喝酒。「我醉欲眠君罷休，已教從事到青州」，這裡先用了陶淵明的句子，陶淵明喝酒喝多了，就說：「我醉欲眠，卿可去。」意思是我喝多了，我要去睡了，你們回去吧。

然後用了一個典故，晉朝時，桓公手下有一個主簿，善於品鑒酒的好壞，遇到好酒，就說「青州從事」，不好的叫「平原督郵」。這是因為：青州有個齊郡，「齊」與「臍」同音，他認為好酒的酒力能達到人體下腹的臍部，所以稱好酒為「青州從事」。平原郡有個鬲縣，「鬲」與「膈」同音，不好的酒，酒力只能達到胸腹之間，所以稱不好的酒為「平原督郵」。酒力直達肚臍，說明喝得很盡興了。所以，這句詩的意思是，我有點醉了，想去睡覺了，你也不要再多喝了，今晚已經喝得很盡興了。

「鬢霜饒我三千丈，詩律輸君一百籌」，我花白的鬢髮比你多了三千丈，你寫詩的水準卻比我高一百籌。是謙辭，說自己寫詩的水準還不如王鞏。

「聞道郎君閉東閣，且容老子上南樓」，聽說你以後將在東閣閉門不出，那麼我將會去南方陪你喝一杯。

「相逢不用忙歸去，明日黃花蝶也愁」，相遇了不用匆忙分別，明天一過，重陽節就過了，蝴蝶會因為菊花凋謝而悲傷。

最後一句「明日黃花蝶也愁」，是這首詩的情緒焦點。明天的黃花，讓蝴蝶感到悲傷。一個自然的意象，卻寫出了時間流逝的感傷，在時間流逝之中，朋友的相聚顯得多麼短暫。又好像隱隱的有另一層意思，在時間流逝之中，如果我的才華不能得到欣賞，那麼，我很快就老了。還好有朋友可以一起喝酒，在醉意朦朧中，卻也有友情的喜悅。

再看第二首〈定風波．重陽〉：

與客攜壺上翠微，江涵秋影雁初飛，塵世難逢開口笑，年少，菊花須插滿頭歸。

酩酊但酬佳節了，雲嶠，登臨不用怨斜暉。古往今來誰不老，多少，牛山何必更沾衣。

這首詞寫於一〇八一年，蘇東坡的人生遇到了一個很大的坎坷，被貶謫到了黃州。這是他在黃州過的重陽節。

「與客攜壺上翠微，江涵秋影雁初飛」，和客人帶著酒壺去登山，長江水倒映著秋天景物的影子，大雁剛剛從這裡飛過。

「塵世難逢開口笑，年少，菊花須插滿頭歸」，活在世間很難遇到開心歡笑，趁年輕，滿頭插上菊花盡興而歸。

「酩酊但酬佳節了，雲嶠，登臨不用怨斜暉」，為了佳節喝得酩酊大醉，爬上高聳入雲的山頂，不要抱怨太陽快落山了。

「古往今來誰不老，多少，牛山何必更沾衣」，古往今來有誰不老死，數不清啊，沒有必要像齊景公登牛山感嘆時光消逝而哭泣。

還是和朋友喝酒，但這首詞寫的重點不是宴飲的場面，而是秋天的景色，從景色裡，感覺到了老去的蕭條，但重點寫了面對蕭條時的豁達。世界上的人，都會老去，都會死去，有什麼可感慨的呢？在醉眼朦朧中，蘇東坡對於時間流逝不再感傷，而是多了一份清醒的豁達。

再看第三首〈南鄉子·重九涵輝樓呈徐君猷〉：

霜降水痕收，淺碧鱗鱗露遠洲。
酒力漸消風力軟，颼颼。破帽多情卻戀頭。
佳節若為酬，但把清尊斷送秋。
萬事到頭都是夢，休休。明日黃花蝶也愁。

這首詞寫於一〇八二年，還是在黃州。「霜降水痕收，淺碧鱗鱗露遠洲」，霜降了，水位下降了，遠處江心的沙洲都露出來了。「酒力漸消風力軟，颼颼」，酒力消了，覺察到微風吹過，涼颼颼的。「破帽多情卻戀頭」，這裡用了一個和陶淵明有關的典故，陶淵明的外祖父叫孟嘉，有一年重陽節，和將軍桓溫一起登龍山，宴會上風吹掉了他的帽子，卻渾然不覺。蘇東坡反用了這個典故，講的不是帽子吹落，而是說一頂破帽子，還眷戀著頭，不肯離開。

關連到蘇東坡經歷了烏臺詩案，這一句好像隱隱的有他複雜的心情，想退隱卻總是下不了決心。

「佳節若為酬，但把清尊斷送秋」，重陽節怎麼過？除了喝酒送別秋天，還能做什麼呢？「萬事到頭都是夢，休休」，萬事到最後都是夢幻，算了吧，算了吧，往事何必再提呢？

「明日黃花蝶也愁」，這一句在一〇七八年的〈九日次韻王鞏〉裡出現過，但意味有所不同。一〇七八年，蘇東坡多少有點「為賦新詞強說愁」，到了一〇八二年，經歷了人世的風霜、絕望，再寫出「明日黃花蝶也愁」，那是一種真正的滄桑之感了。

三個重陽節，三種心境，但都有酒、有菊花。人事確實像一場大夢，明日黃花蝶也愁。但還好，有酒可以喝，有花可以欣賞，在飛逝的時間裡，總有陶醉的片刻，讓我們從時間和現實的羅網裡解脫。這已經足夠。

06 行看花柳動，共用無邊春

現在出門看看，雖然還是寒冬，花和柳卻已經在萌動，春天已經來了，我們可以盡情享受無邊的春色。

蘇東坡曾經感嘆，原本只知道富貴難求，沒想到求一溫飽就已經很難。人世的艱難，都在蘇東坡這一句感嘆裡了。不過，再艱難，蘇東坡總會有他快樂的理由。冬天很冷，但有陽光，哪裡都可以晒太陽，就像後半生潦倒的詩人穆旦，即使人生已經到了嚴酷的冬天，他還是「愛在淡淡的短命的陽光裡，臨窗把喜愛的工作靜靜做完」。所以，人生的樂趣也在嚴酷的冬天。

那一年是一〇八三年，大寒，一年中最冷的一天，也是二十四節氣中的最後一個節氣，之後是立春，新輪迴開始。元稹說：「大寒宜近火，無事莫開門」（〈詠廿四氣詩・大寒十二月中〉），蘇東坡的朋友文同說：「大寒須遣酒爭豪」（〈和仲蒙夜坐〉）。

可以想像，從前中國人在大寒之日，大都躲在房子裡圍爐喝酒。一〇八三年，文同已經去世，蘇東坡在黃州，雨下得天昏地暗，狂風亂卷，好像要把人吹倒。晒太陽是晒不成了。蘇東坡說，還好，我有一壺酒。更好的是，我還有一個朋友，也在東坡。

這位朋友叫巢谷。這個人原來也考過進士，但突然就去當兵了，後來他離開了軍隊，流落江湖。蘇東坡落難到黃州，他也到了黃州，做了蘇東坡兩個孩子的家庭老師。一種說法是他特地到黃州去幫助蘇東坡，而另一種說法是蘇東坡收留了他。不管事實是哪一種，都是兩個朋友之間患難時的彼此溫暖。

有一件事是確定的。當蘇東坡離開黃州，重新回到朝廷，變得有權有勢時，巢谷就回到老家，不再打擾蘇東坡了。幾年後，蘇東坡被貶到海南，已經七十五歲的巢谷，從蜀地一路往海南走，想去探望再次落難的蘇東坡。他一路奔波，勞累成疾，在廣東新會去世。巢谷就是這麼一個溫暖的人。

那一年黃州大寒，蘇東坡提了一壺酒，找他一起喝。

巢谷住的地方，其實也是蘇東坡的家，是什麼樣子的呢？床上空蕩蕩的，就一床破棉被，鍋灶也是破的，柴火是冒著雨撿來的，潮溼的。蘇東坡說，這麼冷的天，我們兩個窮光蛋，就湊合著一起喝酒吧。一壺酒很少，我自己喝了也不會臉紅。雖然少，自己獨享，還是不實在。我拿過來，姑且讓你潤潤嘴唇。

從前我也有過好日子，朋友都是達官貴人，連馬夫喝的都是好酒。當時哪會想到今天，我會和你兩個人坐在這樣的破房子裡，像秋天的蟲子那樣可憐。唉，算了，還是自己努力吧，不要怨天尤人了。說起來我們都是老天的子民。現在出門看看，雖然還是寒冬，花和柳卻已經在萌動，春天已經來了，我們可以盡情享受無邊的春色。

寒冷的天氣裡，沒有太陽，就溫一壺小酒；沒有了前呼後擁，沒有了繁華熱鬧，卻有了一個生死相交的老朋友，淡淡的，彼此相對，發發牢騷，互相鼓勵，一起欣賞已經萌動的無邊春色。

再嚴酷的冬天，有了一壺酒，有了門外的綠葉，有了人與人之間那一點溫情，也就有了穆旦所說的人生的樂趣，〈大寒步至東坡贈巢三〉：

春雨如暗塵，春風吹倒人。
東坡數間屋，巢子與誰鄰。

空床斂敗絮，破灶郁生薪。
相對不言寒，哀哉知我貧。
我有一瓢酒，獨飲良不仁。
未能赬[3]我頰，聊復濡子脣。
故人千鍾祿，馭吏醉吐茵。
那知我與子，坐作寒蛩呻。
努力莫怨天，我爾皆天民。
行看花柳動，共用無邊春。

3 音同撐，淺紅色的意思。

07 何須魏帝一丸藥，且盡盧仝七碗茶

雖然我病了，但是並不需要魏文帝的仙藥，只要盧仝的七碗茶就可以了。

人生多煩惱，怎麼辦呢？可以喝酒，也可以喝茶。廣東潮州人喜歡喝茶，我每次到潮州，朋友帶我去見朋友，總是在喝茶，見你來了，只說坐下，喝茶，慢慢聊。不斷有人來，也是坐下，慢慢聊。其間，有人起身，說你們慢慢喝，我先走了。這樣來來去去，認識的、不認識的，坐在一起喝茶，雲淡風輕。

潮州人喜歡說：「沒有什麼事是喝茶解決不了的。」在雲淡風輕的喝茶之中，世間的沉重，好像隨著茶香和水霧嫋嫋而去。有什麼大不了的事呢？我很喜歡潮州，倒不是喜歡那裡的風景，而是喜歡這種見面就坐下喝茶慢慢聊的風情，喜歡這種把人生的磕磕絆絆消解在泡茶、喝茶中的氛圍。

一〇七三年，蘇東坡在杭州做通判，有一天病了，不太舒服，坐在家裡無聊，更加不舒服，就一個人到西湖遊覽了淨慈、南屏、惠昭、小昭慶這些寺廟。

天快黑了，他又去孤山拜訪惠勤禪師。禪師請他喝茶，七碗茶下去，病痛居然消失了。

蘇東坡寫了一首〈遊諸佛舍，一日飲釅[4]茶七盞，戲書勤師壁〉：

示病維摩元不病，在家靈運已忘家。
何須魏帝一丸藥，且盡盧仝[5]七碗茶。

第一句寫的是維摩詰，佛教裡有名的居士，有一部佛經叫《維摩詰經》。維摩詰雖然身處紅塵，內心卻早已覺悟，所以，即使生病，也不是真正的病。第二句寫的是謝靈運，東晉詩人，醉心於山水，所以，雖然身在家裡，其實已然忘家。第三、第四句寫雖然我病了，但是並不需要魏文帝的仙藥，只要盧仝的七碗茶就可以了。

4 音同驗，味道濃厚。
5 同的異體字。

盧仝是唐朝詩人，他的〈七碗茶歌〉寫出了喝茶的最高境界，被稱為茶仙。〈七碗茶歌〉是盧仝〈走筆謝孟諫議寄新茶〉中的一段，講的是喝茶之後的奇妙感受。

一碗喉吻潤，二碗破孤悶。
三碗搜枯腸，惟有文字五千卷。
四碗發輕汗，平生不平事，盡向毛孔散。
五碗肌骨清，六碗通仙靈。
七碗吃不得也，唯覺兩腋習習清風生。
蓬萊山，在何處？
玉川子，乘此清風欲歸去。

第一碗茶喝下去，喉嚨感到了滋潤。

第二碗茶喝下去，孤單鬱悶不見了，喝著茶就算一個人，也好像有老朋友在和你聊天。

第三碗茶喝下去，文思枯竭的人，也能靈感泉湧，下筆若有神。
第四碗茶喝下去，微微冒汗，平生那些憤憤不平的事，都從毛孔裡散發了。
第五碗茶喝下去，身體肌骨感到清爽，由內而外都煥然一新，如同新生。
第六碗茶喝下去，身心似乎與天地自然合而為一，能夠與神靈對話。
第七碗茶喝下去，感覺腋下徐徐生風，好像要羽化登仙了。
蓬萊山，在哪裡呢？我盧仝喝了七碗茶，要乘著清風歸去。

唐宋的時候，禪院裡把七碗茶演化成了一種禪修。我曾去過天臺山，在通玄寺的茶室跟著茶師傅學習了七碗茶的喝法。這是一種融合了打坐、呼吸、吐納的練習。喝七碗茶，慢慢喝，需要將近一個半小時。

天臺山的周邊有點混亂，但在山間還保留著兩、三間古樸的寺院，如智者大師塔院、古方廣寺，一進去就像到了唐詩宋詞裡。有些朋友驚訝：「太像京都了。」其實，不是天臺山像京都，而是京都的寺院像天臺山。當年日本的僧人漂洋過海，來到天臺山學習佛法，不僅學會了喝茶，還把天臺山華頂上的茶葉種子帶回了日本。

中國人經歷的亂世太多，那些美好的往事常常湮滅在歲月的蠻荒裡。

唐代的趙州禪師在自己的寺院裡看到一個和尚，問他：「你以前來過這裡嗎？」和尚回答：「來過。」趙州馬上說：「吃茶去。」

又來了一個和尚，趙州又問：「你以前來過這裡嗎？」和尚說：「沒有。」趙州即刻說：「那吃茶去。」

旁邊主管寺廟裡事務的院主很疑惑，問：「師父啊，人家來過，你要他去吃茶，人家沒有來過，也叫他去吃茶。這是為什麼呢？」

趙州叫了一聲：「院主。」院主答應道：「師父，我在。」

趙州接著說：「那吃茶去。」

我老家浙江的方言不說喝茶，說吃茶。從前中國人也不說喝茶，只說「吃茶」。不管是誰，趙州禪師都要他們去喝茶，為什麼？也許只有我們去好好喝了茶才知道。又或者，趙州禪師所說的，不過是潮州人的口頭禪：「沒有什麼事是喝茶解決不了的。」

蘇東坡在杭州時，三天兩頭去寺院裡喝茶、寫詩、讀經。那真是一個明媚的時代，有那麼多妙人，有那麼多值得去花費時間的閒事。

到了荒涼的海南，蘇東坡還是喝茶。我特別喜歡他在海南儋州寫的一首喝茶的詩〈汲江煎茶〉：

活水還須活火烹，自臨釣石取深清。
大瓢貯月歸春甕，小杓分江入夜瓶。
雪乳已翻煎處腳，松風忽作瀉時聲。
枯腸未易禁三碗，坐聽荒城長短更。

也有人說這首詩是詩人在惠州寫的。是惠州還是儋州不重要，重要的是，蘇東坡把喝茶這件日常小事寫得意味無窮，並再次引用了盧仝七碗茶的典故。蘇東坡在這首詩中反用了盧仝的意思，盧仝說喝到第三碗就能讓枯竭的才思重新泉湧，而蘇東坡說三碗還不夠。蘇東坡喝了幾碗，不知道。

汲江，就是從江裡取水。煎茶，是宋代喝茶的習慣。我們現在是沖泡，而唐宋時期，是煎茶和點茶，煎茶是把茶放入滾水中煎煮。蘇東坡這首詩就寫了煎茶的過程。

煎茶需要用流動的、有源頭的活水和旺火來烹煮，於是親自到江邊釣石汲取深處的清水。大瓢把映有月影的江水貯存入甕，小杓將清水濾淨裝進瓶內。茶沫如雪白的乳花在煎處翻騰漂浮，煮茶時的沸聲好像松林間狂風在怒吼。要達到才思泉湧，好像不能以三碗為限，喝著茶，坐著傾聽荒城裡長更與短更相連。

詩人楊萬里特別喜歡第二句，說七個字卻有五個意思，第一是水清，第二是深處清，第三是「石下之水，非有泥土」，第四是「石乃釣石，非尋常之石」，第五是「東坡自汲，非遣卒奴」。

我特別喜歡最後一句詩：「坐聽荒城長短更。」荒城，不一定就是荒廢的城市。人世荒涼，哪裡不是荒城呢？喝著茶，坐聽時間的聲音，再荒涼的人世也好像生動了起來，有了些許的暖意。

有一次，我在潮州，那一天夜晚到一點還沒有睡，信步到附近的街區閒逛。在一個賣消夜的店門口，兩個老人居然在下象棋，泡著一壺茶，一言不發，在皎潔的一彎月光之下，想著下一步怎麼走。我一個人坐著，看著他們，等他們下完一局，天已經亮了。我想起蘇東坡那句「坐聽荒城長短更」。

08 勿使常醫弄疾

不要讓平庸的醫生治病。

喝酒喝茶，能給身體帶來愉悅。還有美食，也是讓身體快樂的一種方法。關於美食，蘇東坡寫有一篇文章〈老饕賦〉。饕餮本來是一種凶惡貪吃的野獸，後用來形容貪吃的人。老饕，就是吃貨。那麼，蘇東坡是怎麼當吃貨的呢？

蘇東坡說，我們吃東西，首先烹調用的水、使用的餐具一定要乾淨，柴火也要燒得恰到好處。吃東西要有一個好的程序，包括食材和工具的使用。

其次，不要亂吃。吃肉只吃小豬的豬頸後部那一小塊肉，吃螃蟹應該選霜凍[6]前最肥美的螃蟹，只吃它的大螯。把櫻桃放在鍋中煮爛煎成蜜，用杏仁漿蒸

6 氣溫降到攝氏零度以下，使植物體受到凍害的天氣現象。

成精美的糕點。蛤蜊要半熟而含酒，蟹則要和著酒糟蒸，稍微生些吃。蘇東坡說，天下這些精美的食品，都是我這個老吃貨所喜歡的。

再次，吃的時候要有好的氛圍。要有端莊大方、豔若桃李的女子奏樂，要有仙女隨著〈鬱輪袍〉的古曲翩翩起舞，要用珍貴的南海玻璃杯，斟上滿滿的涼州葡萄酒，還要倒一缸雪乳般的清茶，擺一艘裝滿上百種酒的酒船。

最後，用兔毫盞沖泡雪花茶。

這樣一頓飯下來，蘇東坡說「先生一笑而起，渺海闊而天高」，笑著起身，瞬間覺得海闊天空。顯然，蘇東坡雖然稱自己是老饕，但實際並不貪吃，而是講究，把飲食當作一種美學。因此，蘇東坡被認為是美食家。

酒、茶、美食，都是為了取悅身體，但人的身體很脆弱，需要保養，所以，蘇東坡又很講究養生。他說過一句：「勿使常醫弄疾」，不要讓平庸的醫生治病。那讓誰來治呢？讓優秀的醫生來治，但優秀的醫生可遇不可求，所以，還要能自己為自己治病，自己做自己的醫生。蘇東坡一生漂泊，尤其是晚年，在海南島上醫療條件極差，怎麼治病呢？靠自己給自己看病。這也符合中醫的一個理念，其實每一個人都是自己最好的醫生。

蘇東坡有不少文章談論醫學，談論養生。在寫給朋友的信中，養生是非常重要的內容。在寫給王定國的信中，蘇東坡表達的意思是：

揚州有侍從大臣太保的人，在南方煙瘴之地做官十多年，回到北方卻紅光滿面，身體絲毫沒有沾染瘴氣。只因他用了摩揉腳心的方法。請你也試試。更請加倍用功，堅持不懈。請你每天飲少量酒，調劑節制飲食，這樣，可以讓胃氣壯健。

蘇東坡給王定國的另一封信的大意是：

近來我頗知養生之法，也自覺稍有所得，見我的人都說我的氣色與過去大不相同，要是再久別幾年，你可能要到仙人所居的崑崙山去找我了……近日有人送我一點丹砂，光彩很奇特，當然不敢服用，然而這位先生教我以火爐煉製丹砂，觀察火的變化，姑且可以用來消磨時間……朝廷發給的糧米雖不多，但我能狠下心來節儉，每日限用一百五十錢，從每月初一取四千五百錢整，分作三十塊包起來，掛在梁上。天亮用杈子挑下來一塊，可以說是很節儉了。但是每天還有肉吃，因為這裡物價便宜。

蘇東坡在給秦觀的信如是說：

我輩逐漸衰老，不能再用年少時的生活方式，應當盡快用道書和方士所說的方法，加強養生修煉。我被貶謫居住在黃州，沒有什麼事情做，頗能得到養生術的一點要領，已經借得本州天慶觀道堂三間，冬至後，就搬進道堂去住，要過四十九天才能出來。要不是被貶謫，就不會有這麼多的時間修煉。你將來一旦受到官場雜務的束縛，想要求得四十九天的空閒，又能從哪裡得到呢？你應該趁著現在有空閒趕緊去修煉。你只需選擇平時簡要易行的方法，日夜修煉，除了睡覺吃飯之外，其他事都不要管了。只要滿了這期限，就樹立了養生的根本。以後即使又要出去做別的事情，事情一辦完，心就能收回來了，修煉身心的事情自然不會廢止。

蘇東坡還有一篇〈上張安道養生訣論〉，詳細的分享了自己的養生方法，主要運用打坐、呼吸來冥想，蘇東坡還特別提到了一點，這種養生方法有三種人不能學，一是憤怒暴躁的人，二是陰險的人，三是貪婪的人。那什麼人能學呢？清雅的有德之人。養生的問題又回到了修心的層面，身體的問題，歸根結柢還是要回到心性層面去解決。

蘇東坡經常給自己提出一些要求，比如有一段時間，他要求自己早晚吃飯，不超過一杯酒和一個肉菜。如果有客人來，不超過三杯酒和三個肉菜；如果有人請他赴宴，主人卻不同意這個定量，他就退席。他這樣做的理由是為了「安分以養福」、「寬胃以養氣」、「省費以養財」。

雖然蘇東坡對於道家的煉丹之類很感興趣，甚至還上過當，但總體上，他對於養生保持了理性的態度。他曾經帶著點調侃給朋友開過四味長生藥丸：**第一味是「無事以當貴」，無事，指的是有平常心、閒心，把平常心、閒心當作寶貴的東西。第二味是「早寢以當富」，每天早睡早起就是你的財富。第三味是「安步以當車」，經常走路，經常運動。第四味是「晚食以當肉」，餓了才去吃，什麼都像肉那樣美味，不要吃太飽，保持微微的飢餓狀態。**

所以，哪有什麼長生不老的靈丹妙藥，只要保持良好的心態和生活習慣，就能讓你的身體保持健康。

就像他在給一位朋友的信中所說：

近頗覺養生事絕不用求新奇，惟老生常談，便是妙訣，咽津納息，真是丹頭（養生的基礎）。仍須用尋常所聞般運溯流法，令積久透澈乃效也。孟子說：「事在易而求諸難，道在邇而求諸遠。」

一些簡簡單單的事，很容易做到，就可以使得我們健康，沒有必要去尋求奇奇怪怪的東西。

09 詩酒趁年華

趁著年華還在，寫寫詩，喝喝酒。

一〇七五年，蘇東坡在密州修復城北舊臺，蘇轍為這個臺取名超然臺，出自老子和莊子的思想：超然物外。一〇七六年暮春的一天，蘇東坡登上超然臺欣賞風景，寫下了這首詞〈望江南・超然臺作〉：

春未老，風細柳斜斜。試上超然臺上看，半壕春水一城花。煙雨暗千家。
寒食後，酒醒卻咨嗟。休對故人思故國，且將新火試新茶。詩酒趁年華。

讀〈望江南・超然臺作〉，我們可以發現，蘇東坡將詩、茶、酒這三個元素巧妙的連接在一起，構成了一個完整的場景。這首詞所顯現的生活模式，貫穿了蘇東坡人生的每一個階段，甚至每一個時刻。

春天還沒有老，把春天擬人化，實際上說的是，春天還沒有過去。微風習習，柳枝斜斜的飄蕩。登上超然臺眺望，護城河裡只有半滿的春水微微蕩漾，滿城都是繽紛競放的花朵。煙雨之中的家家戶戶，顯得有點朦朧。

寒食節過後，酒醒之後常常嘆息，不要對著老朋友思念故鄉了，不如點上新火來煮一壺新茶。趁著年華還在，寫寫詩，喝喝酒。

上闋寫春天的景象，下闋寫自己的感懷。這是比較表面的解讀。如果細細品味，會有新的發現。春未老，這是人對春天的感受，感受到了春天的活力。春天不是靜態的，是活的，有生命力的。那麼，這個感受從哪兒來的呢？是從微風中的柳樹上感受到的。

「春未老，風細柳斜斜」，這裡藏著一個人，這個人看到了柳樹在風裡斜斜的飄蕩，引起了一種感動。「試上超然臺上看」，試著去超然臺，不是很正式的去，好像興之所至。上了超然臺看到了什麼呢？「半壕春水一城花。煙雨暗千家。」河裡面一半是春天的河水，而滿城是繽紛的花，還有煙雨裡變得朦朧而悠遠的千家萬戶。

上闋從表面看，是寫春天的景色，那個人隱藏在景色後面。我們讀的時候，只看到景色，忘了人的存在。實際上，這是人的行動。什麼行動呢？因為感受到了柳樹上春天還在，就去了超然臺，看到了「半壕春水一城花。煙雨暗千家」。

下闋是在抒寫這個人的感懷。寒食之後，喝酒喝醉了，醒過來之後就嘆息。嘆息意味著遇到了不開心的事。「休對故人思故國，且將新火試新茶」，意思是這個人是在異鄉遇到了老朋友，免不了要聊聊往事，但想了想還是算了吧，在這樣一個春天，正好有新茶，不如喝茶。「詩酒趁年華」，在時光流逝裡，年華老去，要珍惜生活裡的詩和酒。

下闋把這個人的情緒寫了出來，這是一個懷有心事的人。此時再去讀上闋，又會有新的理解，上闋呈現了一種模式：一個懷有心事的人，當他從現實裡抽離出來，去體驗季節的流轉、去觀賞自然的風景、去高處遠望自然中的人世間，好像一切都變得淡然了。

「煙雨暗千家」，千家萬戶構成了現實世界，各種衝突、各種是非在煙雨中變得模糊，變得遙遠，變成了靜態的景物。寫詞的人本來也是「千家」裡的一家，現在卻以觀賞者的視角回看日常現實。這確實是最簡單的一種自我療癒：**即刻融入自然，一切的煩惱都會變成一種觀賞的對象**。我好像遊於物之外。

這首詞的下闋寫的是酒、嘆息，老朋友相聚、思念故鄉、喝茶，最後用了一句「詩酒趁年華」。一方面是現實中瑣碎的事情在慢慢消磨著生命，另一方面是時間迅速流逝，不如趁著年華還在，寫寫詩，喝喝酒。寫詩，是為了心靈的陶冶；喝酒，包括喝茶，是為了身體的愉悅。在時間的流逝裡，蘇東坡透過「詩」和「酒」讓身心安寧、愉悅。在平庸的日常裡，我們每一個人都可以透過「詩」和「酒」去創造生命的美和喜悅。

這首詞的上闋是回到自然，下闋是詩和酒的昇華，兩段構成了一種組合。「煙雨暗千家」、「詩酒趁年華」這兩句詞，是自然、詩、酒、時間這幾個元素的組合。因為有了「煙雨暗千家」這樣一個背景，「詩酒趁年華」就有了和「及時行樂」不一樣的沉靜和明亮。

蘇東坡還有一首詞〈浣溪沙．細雨斜風作曉寒〉：

元豐七年十二月二十四日，從泗州劉倩叔遊南山。

細雨斜風作曉寒，淡煙疏柳媚晴灘。入淮清洛漸漫漫。

雪沫乳花浮午盞，蓼茸蒿筍試春盤。人間有味是清歡。

元豐七年（一〇八四年）農曆十二月二十四日，蘇東坡跟泗州劉倩叔一起遊覽南山。這首詞寫的是遊覽的經歷。

冬天的早晨，細雨斜風，天氣微寒，淡淡的煙霧和稀疏的楊柳，使得初晴後的沙灘更加嫵媚。洛澗[7]進入淮水後，茫茫一片。上闋寫了兩個變化，從陰雨到天晴，從河流的狹隘到開闊。

下闋又是一個變化，時間的變化，從早晨到中午。午盞，是午茶的意思。中午了，就要開始野餐。首先是茶，宋代人煎茶，講究茶泡的顏色，以乳白色為貴，所以說「雪沫乳花浮午盞」。其次是春天的蔬菜。古人在立春時用蔬菜水果、糕餅等裝盤饋贈親友，叫春盤，這裡指的是野餐時吃的蔬菜，特別點出了兩種用來調味的菜，一是水蓼的嫩芽，二是蒿筍。水蓼是一種野菜，可用來調味，有點像胡椒，嫩芽可以生吃。水蓼的花在古代也有離愁的意思，李煜有一句詩：

7 又名洛水。即今安徽淮南市、長豐縣東淮河支流洛河。

「莫更留連好歸去，露華淒冷蓼花愁。」（〈秋鶯〉）

最後一句「人間有味是清歡」，人間雖然有很多煩惱，但還是可以活得有滋有味。這是一種理解。另一種理解是，人間最有味道的還是清淡的歡愉。「清歡」，代表了蘇東坡對於快樂的理解。如果勉強找一個詞來形容的話，可以說這是一種「輕享樂主義」，也是「微醺主義」。「人間有味是清歡」，不是憑空而來的，是經過了從狹隘到開闊，從陰雨到晴朗，在時間的流轉裡，在午茶的清香裡，在新鮮蔬菜的調味裡，慢慢浮現出人間真正的滋味，一種清淡的歡愉。

這首詞在結構上和〈望江南．超然臺作〉是一樣的，上闋是融入自然，從狹小到開闊，隱含著自然規律；下闋講人的審美努力，喝茶、喝酒、美食、寫詩。當自然作為一個背景，作為人所指向的歸宿，人的審美努力就顯得生機勃勃，創造出豐富而內斂的意義。前面一首歸結為「詩酒趁年華」，後面一首歸結為「人間有味是清歡」。一則是動態生命的向上生長，一則是靜態生命的向內品味。蘇東坡用了「一張琴」、「一壺酒」、「一溪雲」，為身心在人世間找到了安頓的所在。

10 明月幾時有？把酒問青天

明月從什麼時候才開始出現的？我端起酒杯問一問蒼天。

作為自然之物的月亮，陪伴了蘇東坡一生，和他一起度過了每一次的悲歡。在惠州，蘇東坡說：「先生獨飲勿嘆息，幸有落月窺清尊。」（〈十一月二十六日松風亭下梅花盛開〉）一個人獨自喝酒也不需要嘆息，幸好你的酒杯裡還有探看你的月亮。

而〈水調歌頭．明月幾時有〉這首詞，把月亮寫到了無人可及的高度。一〇七六年的中秋夜，蘇東坡在密州的超然臺和朋友一起通宵達旦喝酒，酩酊大醉。蘇東坡為什麼會到密州呢？簡單的說，因為王安石變法。

一〇六五年一月，蘇東坡從鳳翔回到京城，在登聞鼓院工作。這個登聞鼓院，屬於諫官系統，就是專門對皇帝和丞相主導的政府提出各種意見的部門。老百姓如果有什麼冤屈，都可以到鼓院擊鼓告狀。這是蘇東坡在朝廷的第一份工作，處理各種建議和投訴。二月，蘇東坡參加祕閣考試，以第三等入選，擔任直史館，一個管理典籍和圖書的職位，雖然清閒，卻有很高的聲望，只有名流才能入選。

一〇六五年年底，夫人王弗去世，一〇六六年，父親蘇洵去世。蘇東坡把他們的靈柩送回眉州，並從一〇六六年六月到一〇六八年七月，在眉州居喪。一〇六九年二月回到京城，擔任殿中丞直史館判官告院，管理官員和將士的勳封、官告等事務，是比較閒散的一個職位。一〇七〇年任開封府推官。一〇七一年兼任尚書祠官，一個和文書有關的職務。其間，正好遇上王安石變法，朝廷中圍繞變法形成兩個黨派，新黨和舊黨。贊同變法的叫新黨，反對變法的叫舊黨，這在中國歷史上是一個大事件。

對蘇東坡來說，一生的命運都困在舊黨和新黨的衝突敘事裡。他在政治上不贊成王安石的變法措施，成為舊黨的核心人物，也捲入了黨派鬥爭，這讓他一開始就感到很厭倦。一〇七一年，蘇東坡主動辭職，要求去地方做官，朝廷任命他為杭州通判。一〇七四年，又改派到密州做知州。

這是蘇東坡到密州的歷史背景。一〇七六年的中秋，他一個人在密州，想起了濟南的弟弟，大概也想起了這些年來，因為王安石變法而陷入人事的糾纏，總有身不由己的苦惱。他很想逃離，又有萬般眷戀，信筆寫下了一首詞〈水調歌頭．明月幾時有〉。這首詞後來成為千古名篇，有人甚至認為這首寫中秋的詞一出來，其他人寫中秋的詞就都不值得一看了。

丙辰中秋，歡飲達旦，大醉。作此篇，兼懷子由。

明月幾時有？把酒問青天。不知天上宮闕，今夕是何年。我欲乘風歸去，又恐瓊樓玉宇，高處不勝寒。起舞弄清影，何似在人間。

轉朱閣，低綺戶，照無眠。不應有恨，何事長向別時圓？人有悲歡離合，月有陰晴圓缺，此事古難全。但願人長久，千里共嬋娟。

這首詞的第一句：「明月幾時有？把酒問青天。」中秋節，蘇東坡和朋友一起賞月、喝酒。蘇東坡的特別在於，他望著月亮，不只是欣賞，而是發問，問月亮是什麼時候掛在天上的。這個問題，按照科學家史蒂芬．霍金（Stephen

Hawking）的說法，是「大問題」。比如「宇宙是什麼時候開始的」、「萬物是從哪兒來的」這些大問題，超出人類的認知能力，即使是科學，也一直在追問之中，並沒有絕對的答案。但人類不斷追問這樣的大問題，就能不斷跳出自己的局限，不斷的去接近無限。

中國人問這類大問題，在文學裡，愛國詩人屈原是第一個。他的〈天問〉，一連問了一百七十餘個諸如「天地是怎麼形成的」之類的「大問題」，開創了一個「天問」傳統。初唐詩人張若虛的〈春江花月夜〉：「江畔何人初見月？江月何年初照人？」則開創了「明月幾時有」的先河。

不過，中國人的「天問」激發的不是科學的探索，而是以「無限性」的遼闊來治癒「有限性」的狹隘，以天上的宏偉想像來治癒人世間的瑣細煩惱。所以答案不重要，重要的是提問本身，重要的是在提問中被治癒了。

痛苦的時候，仰望天空，問一句「明月幾時有」，好像瞬間把自己拉到了和月亮同一層次的境界，一下子從狹隘的現實裡飛躍到更廣闊的空間中，覺得一切都很渺小。

李白有一首詩〈把酒問月〉：「青天有月來幾時？我今停杯一問之。」蘇東坡的句子和李白的一脈相承。

「不知天上宮闕，今夕是何年。」不知道天上華美的宮殿，現在是什麼時候？好像天上是和我們人間不一樣的時空。

「我欲乘風歸去」。我想乘著風，回到天上。這個有點奇怪，蘇東坡不是世間的人嗎，怎麼說要回到天上？古代的中國人把那些有才華的人看作星宿下凡。而有才華的人，尤其是個性張揚的人，也常常自認為自己是「謫仙」，被貶到人間的神仙。李白有「謫仙人」的稱號。蘇東坡也認為自己是謫仙。

中秋之夜，人間很熱鬧。但蘇東坡卻關心天上是什麼時候，他想回去了。但一轉念，「又恐瓊樓玉宇，高處不勝寒」。擔心天上的宮殿雖然華麗輝煌，但在高處，容易吹到寒冷的風，也可以引申為越到高處越孤獨。

當然，也有人把「天上宮闕」理解為朝廷，把這一段理解為要不要回朝廷的猶豫。據說，神宗皇帝讀到這一句，就說蘇東坡還是掛念著我的。看來神宗覺得詞裡的「天上宮闕」就是朝廷。

既然高處不勝寒，那麼，不如回到人間。「起舞弄清影，何似在人間。」在人間，在月光下起舞，即使一個人很孤獨，也有自己的影子陪伴。所以，天上哪裡比得上人間呢？人間有人間的溫度。

下闋以月光的角度寫人間。「轉朱閣，低綺戶，照無眠。」講月光的動態，在房子和房子之間，在門窗和門窗之間，在夜晚還沒有睡覺的人身上流轉、蕩漾。這是一個很美的中秋之夜。「不應有恨，何事長向別時圓？」月亮不應該有什麼怨恨吧，但為什麼今晚的月亮那麼圓，而我和家人卻天各一方？

然後是自己開解自己，「人有悲歡離合，月有陰晴圓缺，此事古難全」。月亮有圓，一定有缺；天氣有晴，一定有陰。人也是一樣，有悲痛，一定有歡樂；有相聚，一定有分別。這件事從古以來就很難兩全。這個世界不完美，不可能只要成功，不要失敗；只要快樂，不要悲傷；只要相聚，不要離別。所以，我們**活在人間，就要接受人間的不完美**。

「但願人長久，千里共嬋娟。」但願每一個人長長久久，平平安安，雖然相隔千里，你在天涯，我在海角，不能相聚，但你我見到的月亮是同一個美好的月亮，只要你我能夠欣賞同一個月亮的美好，就已經足夠了，還需要什麼呢？

這首詞由賞月這樣一個儀式，寫出了月亮這個意象對於中國人意味著什麼，首先是一種陰柔的美學，其次是一種感傷的情感，再次是一種豁達的哲理。月亮這銀色的朦朧的意象，總是帶給中國人感傷。月亮顯現了時間上和空間上的雙重局限：從前看到這個月亮的人早已不在人世了，但月亮還照耀著你我；另一個地方看月亮的你和這一個地方看月亮的我，在同一個月亮下相互隔絕。

月光照耀，開啟中國人豁達的視野。月亮陰晴圓缺，人世悲歡離合，在時間之河和宇宙之海裡，不過一粒微塵。蘇東坡仰望星空，心存飛翔之想，但一轉念，還是回到人間。人間煙火裡瑣瑣碎碎、磕磕絆絆，也有清清爽爽、明明白白，更有生命溫暖的平靜和喜悅。

這首詩寫盡了「月亮」的中國式意蘊，也寫出了蘇東坡一生的彷徨。一方面，蘇東坡厭倦世俗生活的無聊和殘酷，總在渴望著「歸去」，總在努力退隱；另一方面，他又留戀人間生活的熱鬧和溫暖，總在發現著詩意，總在體驗著驚喜。這樣的彷徨，好像一個悖論、一個矛盾，但恰恰因為在這樣的悖論和矛盾裡的掙扎、苦惱，蘇東坡一步一步充實著他的生命。

11 不識廬山真面目，只緣身在此山中

我不能了解廬山真正的全貌，只因為，我身處在廬山中。

蘇東坡這個人總是感動於四季的流轉，生命裡迴盪著花花草草的芬芳，流水的聲音，也沐浴在月光之下。蘇東坡喜歡旅行，每到一個地方，都能發現這個地方獨特的美，比如最有名的寫杭州西湖：「水光瀲灩晴方好，山色空濛雨亦奇。欲把西湖比西子，淡妝濃抹總相宜。」（〈飲湖上初晴後雨〉其一）這首詩成為至今難以逾越的「西湖書寫」。

事實上，從早年的鳳翔，到後來的儋州，蘇東坡每去一個地方旅行，都會和這個地方產生深刻的連接。一方面是蘇東坡能發現這個地方沒有人發現過的光與影，另一方面是這個地方往往能賦予蘇東坡新的感悟，甚至能夠讓他發現另一個內在自我。

最突出的，毫無疑問是廬山的旅行，蘇東坡在旅行之後留下的兩首詩，既是

中國人寫廬山的一個巔峰，也是蘇東坡心性層面的一次蛻變。一〇八四年，蘇東坡結束在黃州的流放生活，在去河南之前，他有一段空閒時間，就去了廬山遊玩。

蘇東坡一進入廬山，就感到山谷奇秀，是他這輩子從來沒有見過的，而且廬山的美讓他應接不暇。他本來不想寫詩，但到了山裡面，聽到和尚和普通人都在說，蘇東坡來了，就覺得應該寫一點什麼，就寫了一首：「芒鞋青竹杖，自掛百錢遊。可怪深山裡，人人識故侯。」（〈初入廬山〉其三）既然開始寫了，就有點收不住，接著又寫了一首：「青山若無素，偃蹇不相親。要識廬山面，他年是故人。」（〈初入廬山〉其一）又寫了一首：「自昔懷清賞，神遊杳靄間。而今不是夢，真個在廬山。」（〈初入廬山〉其二）

有一個朋友給了他一本《廬山記》，相當於我們現在的「廬山攻略」，他一邊走一邊讀，看到裡面有李白和徐凝寫廬山的詩，他很欣賞李白那一句：「飛流直下三千尺，疑是銀河落九天。」（〈望廬山瀑布〉）這是神來之筆，是謫仙寫的詩。而徐凝那一句「飛流濺沫知多少」很惡俗。

他在廬山走了十幾天，他覺得最好的地方是漱玉亭和三峽橋。最後，他與東林寺的常總禪師會面，留下兩首千古絕唱，第一首就是〈題西林壁〉，第二首就是〈贈東林總長老〉，又以第一首最為出名，在中國幾乎家喻戶曉。

橫看成嶺側成峰，遠近高低各不同。
不識廬山真面目，只緣身在此山中。

從字面上看，這首詩不複雜，大多數人都讀得懂，講的道理也很明白。這首詩講的不過是一個自然現象，在山裡走過路的人都會知道，從不同的角度、不同的高度看到的是不一樣的景色。橫看是山嶺，側看就成了山峰，遠近高低各不同。為什麼會這樣呢？因為自身就在山裡面。意思是你想要看到廬山的全貌，就要走出廬山，要站得比廬山更高更遠。

日本學者內山精也提出了一個有趣而精闢的問題，「不識廬山真面目」中的廬山，是不是可以換成別的山？就這首詩表達的道理來說，好像換成什麼山都可以，換成什麼地方也都可以，甚至還可以運用到人生的一切方面，比如，你想要看清婚姻的面目，就要跳出婚姻。

內山精也認為這只是表層的，從深層看，對蘇東坡而言，廬山是不可替換的。「不識廬山真面目」，只能是廬山，不能是別的山。為什麼呢？他認為蘇東坡在黃州時，有兩個重大變化，一是信仰佛教，成了佛教徒，二是更加喜歡陶淵明。可以說，佛教以及陶淵明幫助蘇東坡度過了最艱難的時光。而廬山和陶淵明，以及佛教的禪宗，都有深厚的聯繫。

陶淵明歸隱田園，就在廬山的南邊，他的飲酒詩第五首，講了自己「採菊東籬下，悠然見南山」，然後就感覺到「此中有真意」，想要去分辨、捕捉，卻難以言說，「欲辨已忘言」。這裡講了自然的韻味讓人陶醉，讓人忘言，另外，也好像是說自然法則是語言不能表達的，我們可以在審美之中去用直覺感受到，而很難用邏輯的語言去把握。蘇東坡說的「不識廬山真面目」，所謂的「真面目」，相當於「此中有真意」的「真意」。這是我們在讀這首詩時，要了解的陶淵明的背景。

另一個背景是佛教，尤其是佛教裡的禪宗。廬山是東晉時候慧遠大師修行的地方。在蘇東坡的年代，也是禪師們修行的地方。蘇東坡很早就讀過六祖惠能的《壇經》，應該知道有一個「本來面目」的禪宗公案。他去惠州經過韶關時，還把這個公案寫到詩裡了。

惠能從黃梅回嶺南，有人去追趕，想要去搶傳法衣缽。有一個叫陳惠明的人追上了惠能，惠能把法衣給了他，他卻不肯取，說：「我追了這麼久，是為了求佛的道理，不是求衣缽。」

於是，惠能就問了他一個問題：「不思善，不思惡，正與麼時，那個是明上座本來面目？」意思是不要去想善，也不要去想惡，這個時候，我只問你哪一個是你的本來面目？這一問，陳惠明當下就覺悟了。

後來，在禪宗裡，「哪個是明上座本來面目？」成為參禪的一個話頭。修行就是為了看清我們的本來面目，回到我們的本來面目。所謂「廬山真面目」，也不妨看作我們的本來面目。

這兩個背景，確實讓〈題西林壁〉這首詩的內涵更為豐富，意義也更為明確。這是第一首，我們再讀第二首〈贈東林總長老〉：

溪聲便是廣長舌，山色豈非清淨身。
夜來八萬四千偈，他日如何舉似人。

這首詩完全用了佛教的名詞。「廣長舌」，很長的舌頭，是佛經裡形容佛的舌頭很神奇，可以說出美妙的佛法，指的是佛善於說法。溪流的聲音，就是佛在說法，而山巒的色彩繽紛，難道不就是清淨的佛身嗎？「八萬四千偈」，佛經說佛針對不同的眾生，講了八萬四千法門。晚上在廬山聽到各種自然的聲音，看到各種自然的色彩，其實就是佛在顯現八萬四千法門，我聽到了、看到了，卻不知道怎麼告訴別人。

禪宗有一個有名的說法，參禪有三個階段。第一階段是看山是山，看水是水；第二階段是看山不是山，看水不是水；第三個階段是看山還是山，看水還是水。**覺悟的過程，好像隨時隨地與周邊自然發生關係，這種關係取決於我們自己，我們可以不斷以重新組合來創造新的意義和新的境界**。把禪宗參禪的三個階段和蘇東坡的那首〈贈東林總長老〉相互玩味，我們對自然會有另一番的感悟。

12 一張琴、一壺酒、一溪雲

何時能歸隱田園，不為國事操勞，有琴可彈，有酒可飲，賞玩山水，就足夠了。

〈題西林壁〉這首詩講出了自然元素的最終作用：回歸到本來面目，或者領悟到終極的自然法則。自然對蘇東坡而言，固然是一種抽離、一種陶醉、一種賞心悅目、一種陪伴，但最終，透過自然，蘇東坡要去領悟「廬山真面目」，這才是回歸自然的真正意義。

對蘇東坡而言，喝酒也一樣，喝酒固然是為了身體的愉悅，但更是為了上升到終極的人生境界。蘇東坡在〈和陶飲酒詩·十三〉裡講得非常透澈：

醉中雖可樂，猶是生滅境。
云何得此身，不醉亦不醒。

喝酒不是為了喝醉逃避現實，醉了雖然快樂，但還是生滅的境界，很快會消失。醉的時候很快樂，醒過來就更加憂愁。所以，蘇東坡經常說自己半醉半醒，而在這首詩裡，用了「不醉亦不醒」，這才是喝酒的最終意義。

彈琴也是一樣，固然是為了心平氣和，但更為了領悟自然的運行法則。他有一首〈琴詩〉，寫得很明白：

若言琴上有琴聲，放在匣中何不鳴？
若言聲在指頭上，何不於君指上聽？

這首寫琴的詩直接套用了《楞嚴經》裡的經文，講的是**世間萬事萬物都不是孤立的，也不是無緣無故的，而是彼此連接的，有這個才會有那個，這個沒有了，那個也就沒有了**。在彈琴這件事上，我們可以領會到什麼是「五蘊聚合」。

人生有很多煩惱，假如你遇到不開心的事情，去找蘇東坡聊天，想讓他開導一下，他多半不會和你講什麼道理，而是隨手拿起一壺酒，一起喝了再說。或者請你彈琴，或者拉著你去樓下的草地上躺下看雲。生活中的煩惱，靠想可以想開一點，但更應該靠體驗，去體驗一件很美、很細微的事，在體驗之中讓心胸慢慢變得廣闊。

那麼，為什麼要用琴、酒、雲呢？

第一，這三種事物都是一種有形的東西，能夠看見、聽見、觸摸。最關鍵的是能夠讓你去做具體的某件事，即彈琴、喝酒、看雲。這些東西有一個共同點，他們都不是必需品。我們的家必須有燒飯的鍋、必須有睡覺的床，起床了必須穿衣服、必須出門去工作、必須每天喝水，但不一定需要一張琴、一壺酒、一溪雲。它們都屬於無用之物，屬於業餘愛好。

不是必須，卻是應該。不是你必須做的事，卻是你應該做的事。吃飯，不用別人說，你也一定會吃，不吃會餓。但彈琴之類的事，你可以不做，不去做也不會怎麼樣，但你應該去做，因為做了之後，生活就會有所不同。**彈琴是欲望的昇華、淨化，會讓你變得風雅。看雲是把個人融入大自然，會讓你變得有趣**。喝酒是承認欲望，承認肉體的愉悅，在妥協中達到微醺，可以馬上疏解你的痛苦，但也會傷害你，讓你失控。**喝酒的真正意義在於，讓你學會節制、學會平衡，從而變得更好**。所以，這三種事物，可以讓我們的生活變得更有意思。

第二，這三種事物，不單單是一個孤立的器具，而是一個場景。彈琴、喝酒、看雲，都是一個場景，不僅是場景，還是一個愛好體系。琴、棋、書、畫是傳統中國最典雅、最廣泛的業餘愛好，寫作、閱讀也可以歸入其中。這些事情可以陶冶性情，可以讓人心平氣和，屬於心靈層面的事情。

「一壺酒」代表著包括茶在內的美食體系，養生也包括在內。這個體系裡的事情可以給人帶來愉悅和陶醉，可以讓人身體安康，屬於身體層面。

「一溪雲」代表著自然風景體系。蘇東坡特別喜歡月亮，也喜歡海棠和梅花，喜歡旅行，喜歡在自然裡感受季節的變化。

如何構建出我們的生活美學？最簡單的方法，就是在生活中營造這三個體系：業餘愛好體系、美食體系、自然體系。這三個體系可以為我們的生活增添一點鹽，讓人變得更有品味、更有趣味。

第三，這三種事物背後，包含著一套價值觀。琴，代表音樂，儒家講「禮樂」，這個樂，就是音樂。可見音樂在儒家心目中有多麼重要。孔子喜歡音樂，曾經在齊國聽韶樂，沉醉其中，三個月都不知道肉的味道。孔子有一句話很有名：「興於《詩》，立於禮，成於樂。」（《論語・泰伯》）大意是人的成長開始於學習詩，自立於學習禮，完成於學習樂。當我們把琴棋書畫、寫作等包含在「一張琴」裡，意味著一張琴涵蓋了成長的整個過程。

關於酒，古代希臘有酒神的傳統。《莊子》關於酒的一個說法也頗耐人尋味：「夫醉者之墜車，雖疾不死。骨節與人同，而犯害與人異，其神全也。乘亦不知也，墜亦不知也，死生驚懼不入乎其胸中，是故遻[8]物而不慴。」醉酒的人從車上掉下來，雖然滿身都是傷卻沒有死去，他的骨骼關節跟別人一樣，但受到的傷害卻不同，為什麼呢？是因為醉酒以後忘掉了外在現實，忘掉了對死的恐懼，因此，外物就傷害不了。莊子用了一個詞：神全。醉酒的人，「神」是全的。這是透過非理性、直覺來探尋生命的本原。

關於自然，儒家說「仁者樂山，智者樂水」，道家說「道法自然」，佛教說「鬱鬱黃花，無非般若；翠翠青竹，總是法身」，又說「看山是山，看水是水；看山不是山，看水不是水；看山仍是山，看水仍是水」。儒、道、佛都認為人類應該和自然和諧共處，儒家上升到天命、天理，道家上升到返璞歸真，佛家上升到覺悟成佛。

歸納起來，一張琴、一壺酒、一溪雲不是必需品，是隨手可得的審美之物。

一旦我們把它們融入生活，就會帶來一個體系式的場景，帶來一套基於興趣的生活方式。而這三種事物在儒家、道家、佛家以及在西方哲學的詮釋系統裡，都具有形而上的意義。一張琴、一壺酒、一溪雲，都是一，很簡單，帶來的卻是趣味和意義的無限疊加。透過一張琴、一壺酒、一溪雲，最終我們可以從現實煩惱裡解脫出來，通向本來面目，也通向自然法則。這就是蘇東坡為什麼說你需要一張琴、一壺酒、一溪雲的原因。

這不僅僅是愛好，而是一種重組，在重組裡為身心找到安頓。喜歡古琴、喜歡閱讀、喜歡寫作、喜歡喝酒、喜歡看月亮、看雲，開始也許是為了緩解壓力，但慢慢的，在欣賞之中，在陶醉之中，漸漸找回到本來面目，激發內在的直覺。那麼，生命就在重組中不斷被重新創造，不斷突破邊界，不斷從有限走向無限。

美國學者詹姆斯・卡斯（James P. Carse）認為存在著無限和有限兩種遊戲，有限遊戲的目的是贏得勝利，而無限遊戲的目的是讓遊戲一直玩下去。有限的遊戲在邊界內玩，而無限的遊戲玩的是邊界，是對於邊界的突破。有限的遊戲具有

8 音同物，牴觸、冒犯。

確定的開始和結束，而無限的遊戲沒有明確的開始和結束，沒有贏家和輸家，可以一直玩下去，而且可以把更多的人帶入遊戲。

蘇東坡「作個閒人」以「一張琴、一壺酒、一溪雲」作為媒介，建構了一種無限的遊戲。如果說官場或者現在的職場是有限的遊戲，那麼，「作個閒人」把人從有限的遊戲裡解放出來，進入了無限的遊戲。

一張琴、一壺酒、一溪雲，運用的不是宏大的觀念或體系，而是一些微小的，甚至微不足道的事物。這讓我想起作家法蘭茲・卡夫卡（Franz Kafka）的一則日記，第一次世界大戰爆發那一天，卡夫卡在日記裡寫了這麼一句：「德國向俄國宣戰——下午游泳。」面對巨大的時代變故，卡夫卡用了一個破折號表達了一種堅持，堅持自己的閒情逸致。

德國詩人海因里希・海涅（Heinrich Heine）說：「人生最重要的東西就三樣：自由、平等、蟹肉湯。」把蟹肉湯這麼日常的食物，和自由平等放在一起有點奇怪，但哲學家斯拉沃熱・齊澤克（Slavoj Žižek）覺得蟹肉湯的重要性一點不亞於自由，他把蟹肉湯解讀為「生活中所有精緻的樂趣」。一旦失去這些小確幸，我們就會變得與恐怖分子無異——我們會淪為抽象觀念的信徒，並會絲毫不顧具體情境的要將這些觀念付諸現實。

蘇東坡的一張琴、一壺酒、一溪雲所具有的意義和蟹肉湯是一樣的，也是以「閒情逸致」來抵禦現實的平庸和束縛。

經歷烏臺詩案之後的蘇東坡，剛到黃州，就寫下了這麼兩句詩：「長江繞郭知魚美，好竹連山覺筍香。」（〈初到黃州〉）風景和美食，這樣的小確幸，讓蘇東坡從時代的洪流裡抽身而出。

13 予之所為，適然而已

我的所作所為，不過是求個適意罷了。

「作個閒人」，「閒」是一種什麼樣的狀態？「閒人」是一種什麼樣的人？

蘇東坡流落在黃州，開始時還幻想著不久就能回到京城。很快，他就絕望了，決定在黃州安頓下來。有一個老朋友幫了他的忙，把一塊官府廢棄的荒地給了他。那個地方在東邊的坡上，正好蘇東坡欣賞的白居易，在忠州時喜歡在東坡上種花，所以，蘇東坡就把自己黃州的那塊荒地叫做「東坡」。

他還為自己取了一個號「東坡居士」。古人的名和字是父輩取的，但號是自己取的，從古人的「號」上可以看到他內心嚮往哪一種生活，看出他的價值觀。蘇軾自號「東坡居士」，居士是佛教的在家修行者。可以看出，到黃州後，蘇東坡喜歡上了佛教，甚至想要去修行。而「東坡」意味著他要學陶淵明，過一種田園生活，在這裡種地、讀書、寫字、畫畫、彈琴、喝酒。他寫了一首詞〈江城子・夢中了了醉中醒〉：

夢中了了醉中醒，只淵明，是前生。走遍人間，依舊卻躬耕。昨夜東坡春雨足，烏鵲喜，報新晴。

雪堂西畔暗泉鳴，北山傾，小溪橫。南望亭丘，孤秀聳曾城。都是斜川當日境，吾老矣，寄餘齡。

這首詞的前面有一段說明，大概意思是，當年陶淵明在斜川遊玩，流連忘返，於是寫了〈斜川詩〉，至今還讓人神往。我現在也回歸田園，在東坡耕種，還建了東坡雪堂，四面的風景很怡人，和陶淵明的斜川有同樣的韻味。

在詞裡，蘇東坡說，能夠做著夢又很清醒的，能夠越喝酒越清醒的，大概只有陶淵明吧，他是我的前輩，也是我的知己。我在人間歷練了一番，如今還是回到田園耕作。昨夜東坡下了一場春雨，鵲鳥鳴叫著，預示著今天天氣晴朗。雪堂西邊的山石間一道幽泉流水潺潺，北山微微傾斜，還有小溪橫流在山間，再向南邊的四望亭小山丘望去，獨特的美景好似當年陶淵明筆下的曾城山。我已經老了，剩下的歲月就在這裡這樣度過吧。

陶淵明辭官歸隱田園，是主動的選擇。他寫了很多描繪自己勞動的詩歌，比如「採菊東籬下，悠然見南山」。但陶淵明留給我們的是永遠的桃花源，「桃花源」成了人們理想生活的代名詞。桃花源裡沒有神仙、沒有菩薩，也沒有聖人，都是普普通通的人，都是些平平淡淡的日常，但這裡沒有改朝換代，沒有權力鬥爭，只有歲月靜好。桃花源裡的生活是一種不被打擾的生活，一種不違心的生活。陶淵明開創了這種生活的基調，卻缺少系統和豐富的細節。

桃花源就像一種召喚，又像一幅很療癒的畫面，成為中國人千百年來沉澱在內心的一種嚮往。

蘇東坡去黃州，不是主動的選擇，而是身不由己。但在身不由己中，蘇東坡在黃州開荒，在一塊貧瘠的土地上耕田種菜。他還建了東坡雪堂，呼朋喚友、吟詩作畫、喝酒聽曲，創造了自己的桃花源。「東坡」的意義在於：人應該擁有一塊自己的天地，哪怕是很貧瘠的土地，在這塊土地上，你要自食其力，做自己想做的事，讓生活昇華為一種詩意的境界。

雖然蘇東坡很謙虛，說自己不如陶淵明，還在世俗事務裡「纏綿之」，但在我看來，恰恰這個「世事纏綿之」，使蘇東坡更具有當代性，也更深刻。從桃花源到東坡，是中國式「療癒主義」生活方式的一個完成。蘇東坡把一種嚮往變成了現實。所以，桃花源一直就是桃花源，是一個詩意的地理概念。而東坡由一塊荒蕪貧瘠的山坡，變成了一個人名，一個最療癒中國人的人名。

東坡，顯示了一個普通人在世俗生活裡，所能達到的最高生活境界。

蘇軾還給自己取過另外一些號，比如東坡病叟、雪浪翁、毗陵先生、東坡道人、鐵冠道人、老泉山人等，從他的這些號裡可以一窺他的心路痕跡。在中國的文人裡，蘇東坡為自己取的號最多，別人稱呼他的號也最多。一方面說明他從未停止過自我探索，另一方面也說明他給人的印象的多面性。但他最被接受的號還是東坡。當然，最重要的是，蘇軾成為蘇東坡之後，他和世界那種緊張關係被轉化了。甚至可以說，當東坡這個名字出現時，傳統中國文化的美妙哲理一下子就在日常生活中盛開成花朵，不再是教條，而是生動有趣的生活。

在這本書裡，我全部用「蘇東坡」這個名字，是因為我覺得東坡這個名字本身已經涵蓋了我想在這本書裡闡述的核心思想。更重要的是，就生活而言，「東坡」是一個比「桃花源」更意味深長，並具有實踐性的意象，體現了中國式療癒主義的觀念系統和行為系統。

在〈江城子・夢中了了醉中醒〉這首詞裡，提到了「雪堂」。這是蘇東坡在東坡視野最好的一個地方，自己設計的一個空間，用來接待朋友。建好的時候，正好下雪，所以在牆上畫滿了雪景，取名雪堂。坐在裡面，感覺四面都是雪。

蘇東坡有一篇散文叫〈雪堂問潘邠老〉，說是有一天，他在雪堂裡剛剛睡醒，有個朋友來這裡問蘇東坡：「你在世間是一個閒散的人，還是一個拘謹的人？」所謂閒散的人，就是不受束縛，自由任性的人；拘謹的人，就是受到各種束縛，放不開自己的人。蘇東坡還沒有回答，這個人就給蘇東坡下了結論，你是想做閒散的人而不得。然後，這個客人就說了一通怎麼達到閒散的道理，又批評蘇東坡以為躲在雪堂，就是跳出了世間的藩籬，就可以安頓自己的身心，這其實是一種妄念，而且仍在危險之中。

蘇東坡明白這個人說的意思，但是他有自己的看法，他覺得在雪堂生活已經可以了，沒有必要再去更遠的地方。而且更重要的是，他說：「予之所為，適然而已，豈有心哉，殆也，奈何！」（〈雪堂問潘邠老〉）意思是「我的所作所為，不過是求個適意罷了，哪有什麼用心？怎麼能說我就危險了呢？」又說「吾非逃世之事，而逃世之機」。意思是「我並不想逃避世上的事物，只是想躲開世上的機鋒[9]」。

蘇東坡只是求個適意罷了，並不是想逃避世界上的各種事情，只是要逃避現實裡的各種算計、各種鉤心鬥角。這才是蘇東坡要表達的「作個閒人」最本質的意義：**作個閒人，不過就是做個適意的人，做一個自然而然的人**。

蘇東坡評價陶淵明：「欲仕則仕，不以求之為嫌；欲隱則隱，不以去之為高。飢則叩門而乞食，飽則雞黍以延客。古今賢之，貴其真也。」

想當官就去當官，不覺得有什麼不好意思，不想當了就不當，也不會覺得不當官了就有多麼清高。餓了就敲鄰居的門要點吃的，吃飽了就殺雞宴請賓客。所以，從古到今的人都喜歡他，因為他做人很真實、很率真。

這應該就是蘇東坡心目中閒人的形象。當然，在蘇東坡的觀念裡，閒人不應該是一個教條式的觀念，而是一種生動的姿態。閒人不是由觀念規定出來的，而是在具體的生活裡活出來的，是鮮活的形象。

9 佛教禪宗用語。泛指機警鋒利的語句。

14 我今身世兩悠悠，去無所逐來無戀

我如今自身和世俗兩不相關，去無追求，來也無所留戀。

透過一個故事，我們來了解一下蘇東坡對於死亡的看法。

有一次，退休副宰相韓維的女婿拜訪蘇東坡，聊起他的岳父，說韓維退休後沉迷於宴飲享樂。

蘇東坡聽了不以為然，說老了更加不能這樣。然後，他講了一個故事，有一個老人，臨終之前把子女叫到身邊，告訴他們：「我就要離開人世了，我只有一句話要留給你們。」子女問：「什麼話呢？」老人說：「每天五更[10]就起床。」

子女們很困惑，我們家那麼富裕，為什麼要早起呢？老人就說：「五更起來，可以做自己的事，太陽出來後，想做自己的事就很難了。」子女更加困惑，自己的事什麼時候都能做啊？家裡的事不都是自己的事嗎？老人就說：「我說的自己的事，是死的時候能帶走的。你們看我賺了萬貫家財，死的時候都帶不走，

那我死的時候能帶走什麼呢？」

蘇東坡說完這個故事，就對韓維的女婿說：「請轉告你岳父，越是到了晚年，越是要做自己的事。與其在聲色犬馬裡消耗生命，不如多想想死的時候可以帶走什麼？」

為什麼故事裡老人說「五更起來，可以做自己的事，太陽出來後，想做自己的事就很難了」？為什麼要自己獨處的時候，才能做死後能帶走的事情呢？

蘇東坡臨終之前的一番話也許可以回答這個問題。一一〇一年八月二十四日，蘇東坡彌留之際，維琳法師在他耳邊說：「端明宜勿忘西方。」蘇東坡曾經是端明殿學士，「端明」是對蘇東坡的尊稱，維琳法師是在提醒蘇東坡不要忘了往生西方極樂世界。蘇東坡輕聲回答：「西天不無，但此中著力不得。」（西方極樂世界不是沒有，但不應該刻意用力。）他的朋友錢世雄在旁邊勸導：「固先生平時履踐至此，更須著力。」（先生您一直在踐行於此，此時更應該用力。）蘇東坡回答：「著力即差。」（用力就錯了。）

10 五更在寅時，凌晨三點到五點。

佛教徒的蘇東坡相信西方極樂世界，但他認為去往西方極樂世界，不應該用力，更不應該刻意。那麼，死後他要帶去的是什麼呢？我們在蘇東坡去世前兩天，也就是八月二十二日，寫給維琳法師的一首詩〈答徑山琳長老〉中可以找到答案：

與君皆丙子，各已三萬日。
一日一千偈，電往那容詰。
大患緣有身，無身則無疾。
平生笑羅什，神咒真浪出。

我和你都是丙子年出生的，在這個世界上已經過了三萬天。就算每一天說一千句偈，時間也像電一樣一閃而過，不容置疑。人的憂患在於有身體，如果沒有身體，就沒有什麼疾病。鳩摩羅什雖然是一位高僧，但好像還沒有看透，臨終前要弟子念西域的神咒，但念誦的儀式還沒有完成，他就去世了。

蘇東坡對於死亡，始終保持著一種坦然的態度。因為死亡不可避免，無論你怎麼保養，怎麼祈禱，人都會死亡。至於死亡之後是不是能夠去極樂世界，蘇東坡是抱著自然而然的態度，不贊成刻意追求去極樂世界，他覺得順其自然就好。順其自然，就是接受死亡；順其自然，就是回到自然的本源，回到本來面目，不生不滅，不垢不淨，不增不減。

仔細體會一下蘇東坡的意思，死後，人世間的東西我們什麼也帶不走，西方世界不是有形的東西，也是一種妄念。我們真正能夠帶走的，或者說，我們能夠進入的，是回到我們本來的樣子。我們本來的樣子是什麼呢？就是《心經》裡說的：「不生不滅，不垢不淨，不增不減。」這是空的境界。換一種說法，**一旦我們放下執念，我們就能夠回到自己本來的樣子**。**這才是死後能夠帶走的**。

蘇東坡說，要作個閒人，最終極的意思是做一個活在空性裡的人。這聽起來有點玄，但在蘇東坡的人生實踐裡變得很簡單，就是**做一個自然而然的人**，用我們現在的話來說，就是**做一個理性的人**。

有一次蘇東坡坐船遭遇逆風，船很難前行，他點了香向著僧伽寺祈禱，結果風向就變了，變成了順風。但後來，他又遇到了逆風，卻不願再求神拜佛。為什麼呢？耕田的人要下雨，收割的人要晴天；離去的人要順風，來的人又對逆風抱怨。如要讓人人祈禱都如願，老天爺豈不是一天要千變萬化？也就是說，如果滿足了我的願望，那一定會讓別人滿足不了願望。所以，蘇東坡說，從此以後「我今身世兩悠悠，去無所逐來無戀。得行固願留不惡，每到有求神亦倦。」（〈泗州僧伽塔〉）我如今自身和世俗兩不相關，去無追求，來也無所留戀。能走得快些固然很好，走不了無所謂，假如每次有所求的時候就去求神，神也會厭倦。

「我今身世兩悠悠，去無所逐來無戀。」確實是蘇東坡一生作為閒人的最好寫照。

跋

英國哲學家伯特蘭．羅素一九二〇年來到中國，做了好幾場演講，也發表了好幾篇文章，大都談論中國，後來結集為《中國問題》（*The Problem of China*）。羅素批評了中國人的「冷漠」、「貪婪」等毛病，但也看到了中國人的很多優點，比如，中國人冷靜的尊嚴，喜歡享受自然環境之美……尤其令他印象深刻的，是中國人的快樂天性。

羅素發現，一個普通的中國人可能比一個英國人窮，卻比英國人更快樂。由此，羅素得出一個結論：「中國傳統裡對於智慧和美的重視，對於人生快樂的重視，使得其他的古國都已經消失，唯獨中國生存了下來。」

因此，他給世界開了一個藥方，現代中國人應該從西方學習科學知識，而西方人應該向中國學習「寬容的美德」、「深沉平和的心靈」。這樣，世界就會變得更美好。

羅素講的中國人，前面應該加上「傳統的」這個定義。從晚清到今天的一百多年裡，中國社會經歷了巨大變化，中國人成了「現代中國人」。現代性、商業化、消費主義等，也讓現代中國人在很大程度上，變得更接近羅素口中的「西方人」，也同樣遭遇到了「現代性」的衝擊。

更確切的說，經過一百多年的全球化，今天沒有純粹的「西方人」，也沒有純粹的「東方人」，沒有純粹的「美國人」，也沒有純粹的「中國人」。都是「現代人」。

科技、商業構成了現代生活的核心，關於科技和商業，西方的傳統顯然更具有優勢。但如何解決科技和商業帶來的人類精神問題，東方的傳統更值得重視。作為中國人，回顧從晚清到現在的一百多年歷史，總體上是向西方學習的一百年。今天我們生活其中的中國，從政治體制、教育、科技到生活方式，都烙上了「西方」的痕跡。傳統中國在向西方學習的過程中，完成了現代轉型。

到了二十一世紀，中國人發現了「傳統中國」，中國經典讀物開始流行，從《論語》、《道德經》、《莊子》、《金剛經》，一直到《浮生六記》之類的生活藝術讀物，都成為市場上的暢銷書，再到近期「國潮」興起，傳統中國的時尚化成為趨勢。

而在二十世紀，西方人卻在向中國、東方學習。一九五〇年代，美國人有意識的學習東方的「平和的心靈」。禪宗、藏傳佛教、瑜伽之類，在西方成為一種「時尚」，延續至今。從垮掉的一代、嬉皮到今天的矽谷菁英，離不開的一個思想資源是東方的禪。二〇一九年HBO的紀錄片《「壓力山大」的美國人》（*One Nation Under Stress*）中，揭示了美國社會極高的壓力指數，在尋求解決方法的時候，禪修、瑜伽、冥想之類成為很多美國人的首選。

所以，羅素才會開出這麼一個藥方，在現代社會，科學知識應該學習西方的傳統，而心智層面，應該學習中國智慧。為什麼呢？因為傳統的中國人比較快樂，沒有現代人的那種焦慮和精神壓力。但羅素沒有進一步去探尋為什麼傳統的中國人比較快樂。

那為什麼傳統的中國人比較快樂呢？

最簡單的回答，也許是傳統的中國人對於生活持有「知足常樂」的態度。知足常樂，是最流行、最通俗的中國人生哲學。有一個中國民間故事，說是有一個人死了，成了鬼，閻王判他轉世為富人。沒想到這個鬼說，我不要做富人！閻王很奇怪，富人你都不想當，那你想做什麼人呢？

這個鬼回答，只求一生有飯吃、有衣穿，沒有是是非非，燒燒清香，吃吃苦茶，安安閒閒過日子，就很滿足了。閻王聽完，沉默了一下才慢慢說，你想要錢，給你幾萬兩沒有問題，但你想要清閒，實在太難太難了。

不去追求大富大貴，不去追求功名利祿，而是小富即安，平平淡淡，清清閒閒。這樣的知足，其實並不容易，很難做到。因為欲壑難填。所以，中國人最看重的能力，就是知足。當一個人能夠知足，那麼，他就能夠擁有美好的生活。

蘇東坡在密州，認識一個當地人叫趙明叔，家裡窮，卻愛喝酒，什麼酒都喝，喝了就醉，他很愛說一句話：「薄薄酒，勝茶湯，醜醜婦，勝空房。」大意是雖然我喝著很差的酒，但和那些沒有酒喝、只能喝茶湯的人相比，我已經很幸福了；雖然我妻子很醜，但和那些娶不到妻子的人相比，我已經很幸福了。

這叫「比上不足，比下有餘」。從前的中國人，不論是富還是窮，都愛把這句話掛在嘴邊，很療癒。

蘇東坡是一個文人，而且是當時的文壇領袖，對這句話卻很有一番共鳴，說趙明叔這句話雖然說得粗俗了一點，但話糙理不糙，「近乎達」。「近乎達」，是一個很高的評價。這個「達」，是中國人特別喜歡的一個字，很雅，有達觀、通達的意思。做人，看得透徹，活得明白，就是「達」。蘇東坡認為這句話裡有「達」的境界，特地寫了《薄薄酒二首》來詮釋這句話。第二首詞的最後一句：

達人自達酒何功，世間是非憂樂本來空。

通達的人自己就通達，不需要借助酒醉，世間的是非憂樂，本來就是空的，何必想不開呢？讀過《紅樓夢》的人，再讀蘇東坡這首詞，會想起《紅樓夢》開篇的《好了歌》：「好就是了」。很顯然，中國人的知足，建立在虛無感上，因為人會死亡，世間一切都很虛無，所以，對於成功和富貴有很深的懷疑。當然，這種懷疑樓夢和中國歷史的循環也有關，週期性的改朝換代，使中國式的成功很難長久。

這種懷疑使中國人注重當下，喜歡知足，通俗的說是想得開。這本書以蘇東坡作為樣本，分析了他如何重視智慧和美，如何重視人生快樂，尤其是如何從自我療癒中獲得生活的樂趣和意義。

結束這本書的時候，好像要和蘇東坡告別，有所不捨。千言萬語，不如一起小酌。所以，我引用一段蘇東坡關於喝酒的自述，再次給予大家一個提示，關於如何快樂的提示，作為一種告別。

蘇東坡說自己每天喝酒，但喝得不多，他說天底下沒有比他酒量更小的人了。但是他很喜歡別人喝酒，看著客人慢慢舉杯品酒時，他會感到像是自己喝了酒一樣，有心胸開闊、酣暢淋漓的感覺。他閒居在家，每一天家裡都有客人來，每一次都會為客人擺酒。他說天底下沒有比他更喜歡喝酒的人了。

又說他認為人最快樂的莫過於身體健康，心裡沒有憂愁。他說自己身體還好，也很少憂愁，卻總是見到一些得病的人或者憂愁的人，很不忍心，怎麼能夠見到這些不幸的人，又能讓自己快樂呢？

因此，蘇東坡每到一處常常會收集一些藥物，有人跟他要，他就送給這個人，他還喜歡釀酒給別人喝。有人問蘇東坡：「你沒有什麼病卻收集了那麼多藥，自己不喝酒卻釀了許多酒，辛苦為別人做這些，到底是為了什麼呢？」蘇東坡回答：「病人得到我的藥之後，我就會感到身體輕鬆；喝酒的人沒有酒喝，我讓他喝了，自己就會感到痛快淋漓。其實我是為了自己才那麼做的。」

國家圖書館出版品預行編目（CIP）資料

這僅有一次的人生，一定要讀蘇東坡：不管你遇到了什麼，一句蘇東坡就能療癒。／費勇著.--初版-- 臺北市：大是文化有限公司，2023.02
384 面；14.8 × 21公分. --（Think；247）
ISBN 978-626-7192-87-0（平裝）

1. CST：（宋）蘇軾　2. CST：詩詞
3. CST：人生哲學

852.4516　　111018884

Think 247

這僅有一次的人生，一定要讀蘇東坡

不管你遇到了什麼，一句蘇東坡就能療癒。

作　　者／費勇
責任編輯／蕭麗娟
校對編輯／連珮祺
美術編輯／林彥君
副總編輯／顏惠君
總 編 輯／吳依瑋
發 行 人／徐仲秋
會計助理／李秀娟
會　　計／許鳳雪
版權主任／劉宗德
版權經理／郝麗珍
行銷企劃／徐千晴
行銷業務／李秀蕙
業務專員／馬絮盈、留婉茹
業務經理／林裕安
總 經 理／陳絜吾

出 版 者／大是文化有限公司
臺北市 100 衡陽路 7 號 8 樓
編輯部電話：（02）23757911
購書相關諮詢請洽：（02）23757911 分機 122
24 小時讀者服務傳真：（02）23756999
讀者服務 E-mail：dscsms28@gmail.com
郵政劃撥帳號：19983366　戶名：大是文化有限公司
法律顧問／永然聯合法律事務所
香港發行／豐達出版發行有限公司 Rich Publishing & Distribution Ltd
地址：香港柴灣永泰道 70 號柴灣工業城第 2 期 1805 室
Unit 1805, Ph. 2, Chai Wan Ind City, 70 Wing Tai Rd,Chai Wan, Hong Kong
電話：2172-6513　傳真：2172-4355
E-mail：cary@subseasy.com.hk

封面設計／孫永芳
內頁排版／Judy
印　　刷／緯峰印刷股份有限公司
出版日期／2023 年 2 月 初版
定　　價／新臺幣 420 元（缺頁或裝訂錯誤的書，請寄回更換）
ISBN 978-626-7192-87-0
電子書 ISBN／9786267251034（PDF）
9786267251041（EPUB）